SAISON 1

Sexy LAWYERS

OBJECTION

La présente édition a été publiée en accord avec l'éditeur américain :

Titre de l'édition originale : *Overruled – The Legal Briefs Series*

Pour la traduction française :
Photos de couverture : © iStock
Graphisme : Marion Rosière

Collection dirigée par Hugues de Saint Vincent
Ouvrage dirigé par Sophie Le Flour

Département de Hugo et Cie
34-36, rue La Pérouse, 75116 Paris
www.hugoetcie.fr

ISBN : 9782755623499
Dépôt légal : novembre 2016
Imprimé en France par Corlet
N° d'imprimeur : 183333

NEW ROMANCE®

EMMA CHASE

SAISON 1

Sexy LAWYERS

OBJECTION

Traduit de l'anglais (États-Unis) par Robyn Stella Bligh

Hugo Roman

À ma mère et à mon père,
pour m'avoir montré comment fonctionne
cette histoire d'éducation des enfants.

1

Classe de Terminale, octobre
Sunshine, Mississippi

Cette histoire commence par la fin. Du moins, je pensais que c'était la fin – de ma vie et de mes rêves. Pour moi, tout était fichu, et ce à cause de deux petits mots.

« C'est positif. »

Deux petits mots. Deux petits traits bleus.

Mon estomac se noue et mes genoux se mettent à trembler. Mon maillot de football est trempé de sueur, et cela n'a rien à voir avec la chaleur qu'il fait. Je prends le test de grossesse et je le secoue, priant pour qu'une des lignes disparaisse.

Ce n'est pas le cas.

« Merde. »

J'ai beau n'avoir que dix-sept ans, mon esprit d'analyse est au top et je propose un contre-argumentaire, une explication. J'exprime un doute raisonnable.

– Peut-être que tu l'as mal fait ? Ou qu'il est défaillant ? Peut-être qu'on devrait en faire un autre ?

Jenny renifle et ses beaux yeux bleus s'emplissent de larmes.

– J'ai des nausées tous les matins depuis une semaine, Stanton. Et j'ai deux mois de retard. Le test est positif, un point c'est tout, dit-elle en essuyant ses joues du revers de la main. Je refuse de voler un autre test à monsieur Hawkin pour qu'il nous dise ce que l'on sait déjà.

Elle marque un point. Lorsque l'on habite dans une petite ville – surtout une petite ville du sud des États-Unis –, tout le monde connaît tout le monde. Les gens connaissent votre grand-père, votre mère, votre grand frère un peu fou et votre adorable petite sœur. Ils savent que votre oncle a fait de la prison et que votre cousin n'est plus tout à fait le même depuis son accident de tracteur. Les petites villes font qu'il est trop gênant d'acheter des préservatifs, trop difficile de se procurer la pilule, et qu'il est impossible d'acheter un test de grossesse. Sauf si, bien sûr, vous voulez que vos parents soient au courant avant même que votre copine n'ait eu le temps de faire pipi sur le bâtonnet.

Jenny croise les bras et je vois ses mains trembler. J'ai beau être mort de trouille, ce n'est rien à côté de ce qu'elle ressent. C'est ma faute, de toute façon. C'est moi qui étais pressé et qui étais chaud comme la braise. Bon sang, quel abruti.

Quoi que l'on dise du féminisme et de l'égalité des sexes, on m'a appris que les hommes sont des protecteurs. Les femmes et les enfants d'abord. Si ma nana a des ennuis, c'est de ma faute, c'est mon problème.

– Eh, viens ici, dis-je en l'attirant dans mes bras. Ça va aller. Tout ira bien.

– Je suis désolée, Stanton, dit-elle alors que ses épaules sont secouées par des sanglots.

J'ai rencontré Jenny au CP. J'ai mis un crapaud dans son cartable parce que mon frère avait parié que je n'oserais pas. Elle a passé deux mois à se venger en me lançant des boulettes de papier mâché dans le cou. Au CE2, je pensais être amoureux d'elle, en sixième j'en étais sûr. Elle était magnifique, drôle, et elle lançait un ballon de football mieux que toutes les filles, et que la plupart des mecs, que je connaissais. On a rompu en quatrième quand Tara-Mae Forrester m'a proposé de peloter ses seins – ce que j'ai fait –, et on s'est remis ensemble l'été suivant lorsque je lui ai offert le gros ours en peluche que j'avais gagné à la foire.

Elle n'est pas seulement mon premier baiser, elle est toutes mes premières fois. Jenny est mon âme sœur, et je suis la sienne.

Je recule la tête pour la regarder dans les yeux et je caresse ses longs cheveux blonds et soyeux.

– Tu n'as pas à être désolée. Tu n'as pas fait ça toute seule. J'étais là aussi, tu te souviens ? répondis-je en jouant des sourcils, parvenant enfin à la faire sourire.

– Ouais, c'était une belle soirée…

– Géniale, même.

Ce n'était pas notre première fois, ni notre dixième, mais c'était l'une des meilleures. Le genre de nuit que l'on n'oublie jamais – sur une couverture au bord de la rivière, un soir de pleine lune, avec un pack de bières et la radio de mon pick-up diffusant de la musique. C'était à quelques mètres de là où nous nous trouvons maintenant. Une nuit de doux baisers, de chuchotements enflammés, nos corps en sueur, nos mains baladeuses, ses ongles dans mon dos. Une symbiose si parfaite que je ne savais plus où mon corps terminait ni où le sien commençait. Un plaisir si intense que je voulais que cela dure pour toujours. Nous y aurions repensé dans quelques années, essayant de reproduire cette nuit-là, même sans bébé pour nous la rappeler pour toujours.

Un bébé.

Bordel de merde.

– Qu'est-ce qu'on va faire ? demande Jenny, semblant lire dans mes pensées.

Mon père m'a toujours dit qu'il ne fallait pas avoir honte d'avoir peur, que ce qui compte, c'est notre *réaction* face à la peur. Les lâches s'enfuient, les vrais hommes prennent leurs responsabilités. Je ne suis pas un lâche.

Je déglutis, ravalant par la même occasion toutes mes ambitions, mes espoirs et mes projets pour quitter cette ville. Je regarde la berge, de l'autre côté de la rivière, l'eau qui scintille dans le soleil, et j'accepte la seule option qui s'offre à moi.

– On va se marier et on vivra chez mes parents, au début. Je travaillerai à la ferme et je suivrai des cours du soir, comme ça, on économisera. Il faudra que tu attendes un peu pour aller en école d'infirmière, mais on finira par avoir notre propre maison. Ne t'en fais pas, je vais m'occuper de toi – de vous deux… j'ajoute en posant ma main sur son ventre encore plat.

Sa réaction n'est pas celle à laquelle je m'attendais. Elle fait deux pas en arrière et écarquille les yeux en secouant la tête.

– Quoi ? Non ! Non, tu es censé partir à New York après le bac !

– Je sais.

– Tu as refusé une bourse d'athlète que t'offrait l'Université du Mississippi parce que tu as été pris à Columbia. C'est l'Ivy League [1], Stanton !

1. Groupement de huit universités parmi les plus anciennes et les plus prestigieuses des États-Unis.

Je secoue la tête et je mens.

– Ça n'a plus d'importance, maintenant, Jenn.

Tous les mecs de la ville se seraient battus pour jouer dans l'équipe de football de l'Université du Mississippi. Pas moi. J'ai toujours voulu autre chose, quelque chose de plus grand, de plus brillant, de plus loin.

Les tongs de Jenny soulèvent des jets de sable tandis qu'elle fait les cent pas sur la rive. Sa robe d'été en coton blanc tourbillonne lorsqu'elle se tourne en pointant son index sur moi.

Tu vas y aller, Stanton, fin de la conversation. On va faire comme prévu. Rien n'a changé.

Je ne peux empêcher ma rancœur de transparaître dans ma voix.

– Comment ça, *rien n'a changé ?* Tout a changé, Jenny ! Tu ne peux pas venir me voir une fois par mois avec un bébé ! On ne peut pas accueillir un bébé dans une chambre d'étudiant !

– Je sais, chuchote-t-elle sur un ton résigné.

– Tu crois que je vais te laisser ici toute seule ? Ça allait être suffisamment dur à faire comme ça, mais maintenant… je ne vais pas t'abandonner alors que tu es enceinte ! Tu crois vraiment que je suis ce genre de mec ?

– Non, rétorque-t-elle en me prenant les mains. Tu es le genre de mec qui va aller à Columbia et qui va finir major de sa promo. Un mec qui sera tellement brillant que c'est lui qui choisira son salaire. Tu ne m'abandonnes pas, Stanton, tu fais ce qu'il y a de mieux pour nous. Pour notre famille, notre avenir.

– Je ne peux pas partir.

– Bien sûr que si.

– Et toi, qu'est-ce que tu vas faire ?

– Je resterai chez mes parents, ils m'aideront avec le bébé. Ils élèvent pratiquement les jumeaux, de toute façon.

La sœur aînée de Jenny, Ruby, a déjà deux enfants et le troisième est en route. Elle a toujours attiré les cas sociaux : alcooliques, chômeurs de longue durée, fainéants… Elle les adore.

– Entre mes parents et les tiens, je pourrai quand même aller à l'école d'infirmière, dit Jenny en passant ses bras autour de mon cou.

Bon sang, ce qu'elle est belle.

– Je n'ai pas envie de te laisser, je murmure.

Elle semble avoir pris sa décision.

– Tu vas partir, et tu reviendras quand tu pourras.

Je l'embrasse sur la bouche, sa bouche aux lèvres si douces et charnues, au délicieux goût de cerise.

– Je t'aime, Jenny. Jamais je n'aimerai personne comme toi.

– Je t'aime aussi, Stanton Shaw, je n'aimerai jamais un autre que toi.

Ah, l'amour jeune est si fort. Le premier amour si puissant. Ce que l'on ne sait pas quand on est jeune – ce que l'on ne peut pas savoir –, c'est que la seule chose sur laquelle on peut compter dans la vie, en dehors de la mort et des impôts, c'est le changement. Et un tas de changements se profilaient à l'horizon.

Elle prend ma main et nous retournons à mon pick-up.

– À qui on l'annonce en premier ? Tes parents ou les miens ? demande-t-elle en plongeant son regard dans le mien.

– Les tiens, autant se débarrasser des barjots tout de suite.

Jenny n'est pas vexée, elle est lucide.

– Pourvu que mamie ne mette jamais la main sur les cartouches de son fusil.

◆◆◆

Sept mois plus tard

«*Aaaaahhhhhhh!*»

Cela ne peut pas être normal. Le docteur Higgens dit que oui, mais c'est impossible.

« *Grrrraaaaaaa!* »

J'ai grandi à la ferme. J'ai vu un tas de naissances – des veaux, des poulains, des agneaux –, aucune ne ressemblait à cela.

«*Iiiiiiihhhhhh!*»

On se croirait dans un film d'horreur. Comme *Saw*... C'est un massacre.

«*Rrrrrrrrrrrr!*»

Si c'est ce qu'elles subissent lorsqu'elles accouchent, je ne comprends vraiment pas pourquoi les femmes prennent le risque de faire l'amour.

«*Aaaaaïïïïïïïe !*»

Je crois que, même moi, je ne veux plus jamais prendre le risque de faire l'amour. Soudain, la masturbation me semble beaucoup plus attrayante.

Jenny hurle si fort que mes oreilles bourdonnent. Je m'empêche de gémir lorsqu'elle serre ma main plus fort encore. Je suis en nage et je suis mort de trouille. Alors que le docteur Higgens est assis tranquillement sur son tabouret, remontant ses lunettes sur son nez. Lorsqu'il se courbe pour inspecter l'entrejambe de Jenny, il me fait penser à la façon dont ma mère regarde dans le four à Thanksgiving pour voir si la dinde est prête.

Jenny se laisse retomber sur le lit en haletant.

– Je vais mourir, Stanton ! Promets-moi que tu t'occuperas du bébé quand je ne serai plus là. Ne le laisse pas devenir un abruti comme ton frère ou une salope comme ma sœur !

Je relève les mèches de ses cheveux, noircis par la sueur, qui sont tombés sur son visage.

– Oh, je ne sais pas. Les abrutis sont souvent drôles et les salopes ont leur utilité.

– Ne me fais pas la morale, bon sang ! Je vais mourir ! Tu comprends ?

– Écoute-moi bien, Jenny, il est hors de question que tu me laisses tout seul. Tu ne vas pas mourir, je dis fermement en me tournant vers le médecin. Vous ne pouvez pas faire quelque chose ? Lui donner des sédatifs ?

Et m'en donner aussi, par la même occasion ? Je n'ai pas l'habitude de me droguer, mais je vendrais mon âme pour fumer un joint dans la minute.

Le docteur secoue la tête.

– Ça ne servirait à rien. Les contractions arrivent trop vite, votre bébé a l'air très impatient de sortir.

Vite ? *Vite ?* Si cinq heures, c'est *vite*, je n'imagine même pas ce que c'est lorsque ça ne l'est pas.

Mais qu'est-ce qu'on fait, bon sang ?

Nos vies n'étaient pas censées se dérouler ainsi. Je suis le quarterback, le major de la promo. Jenny est la reine sa promo et la capitaine des cheerleaders. Du moins, elle l'était avant que son ventre ne soit trop gros pour son uniforme. Nous étions censés aller au bal de fin d'année dans un mois. On devrait être en train de penser à toutes les fêtes à venir, à tous les barbecues de l'été, à baiser sur la banquette arrière de mon pick-up et à profiter de nos amis avant de partir à la fac.

Au lieu de cela, on va avoir un bébé, un vrai, pas un œuf comme celui qu'ils nous font trimbaler pendant une semaine pour nous montrer ce que c'est que d'être parents[2]. J'avais cassé le mien, d'ailleurs.

– Je crois que je vais vomir.

– Non ! s'écrie Jenny. Je t'interdis de vomir alors que je me fais écarteler ! Ravale ta bile et sois un homme ! Et si je survis à ça et que tu t'avises de me toucher, je te jure que je te couperai la queue, tu m'entends ?

Alors ça, c'est quelque chose qu'un homme n'a besoin d'entendre qu'une seule fois.

– D'accord.

J'ai appris il y a quelques heures qu'il valait mieux acquiescer à tout ce qu'elle disait. *D'accord, d'accord, d'accord.*

Lynn, la sage-femme souriante, essuie le front de Jenny.

– Allez, allez, personne ne va couper quoi que ce soit. Vous oublierez tout une fois que le bébé sera là. Tout le monde *adooore* les bébés, ils sont un cadeau de Dieu.

Lynn est trop joyeuse pour être sincère, je parie que c'est *elle* qui a pris tous les antidouleurs et qu'il n'en reste plus assez pour nous.

Une énième contraction arrive et Jenny serre les dents en grognant.

– Je vois la tête, annonce Higgens en tapotant son genou. Poussez une dernière fois et ce devrait être fini.

Je me lève et je regarde entre les jambes de Jenny. Je vois le haut de la tête qui se fraie un passage dans l'endroit que je préfère sur terre. C'est bizarre et dégoûtant, mais… mais c'est aussi assez incroyable. Jenny s'affale sur le lit, pâle, épuisée. Elle sanglote et cela me fend le cœur.

2. Il s'agit d'une expérience, dans les années 1980 et 1990, qui consistait à confier un œuf à des binômes de lycéens pour leur montrer les responsabilités inhérentes à la parentalité et ainsi lutter contre les grossesses adolescentes, dont le nombre était alors en augmentation.

– Je ne peux pas. Je pensais y arriver, mais c'est trop difficile. Stop, c'est fini, je suis épuisée.

Sa mère voulait être là pour l'accouchement et elles se sont disputées parce que Jenny voulait qu'on ne soit que tous les deux. Elle et moi, ensemble.

Je soulève délicatement les épaules de Jenny pour me glisser derrière elle sur le lit, une jambe de chaque côté d'elle, et je passe mes bras autour de sa taille. Son dos est appuyé sur mon torse, et sa tête sur ma clavicule. Mes lèvres effleurent sa tempe, puis sa joue, et je murmure des mots qui n'ont pas de sens, comme je le faisais pour rassurer un cheval angoissé.

– Chhuut, ne pleure pas, ma belle. Tu t'en sors super bien. C'est presque fini. Il faut juste que tu pousses une dernière fois. Je sais que tu es fatiguée, et je suis désolé que ça fasse aussi mal. Pousse une dernière fois et tu pourras te reposer. Je suis là avec toi, on va le faire ensemble.

Elle tourne la tête et pose sur moi un regard inquiet.

– Une dernière fois ?

– Tu es la fille la plus forte que je connaisse. Tu l'as toujours été. Tu peux le faire, ma chérie.

Elle prend plusieurs inspirations pour se préparer.

– OK.

Elle respire de nouveau.

– OK, répète-t-elle.

Elle se redresse et se penche en avant. Lorsque la nouvelle contraction arrive, elle agrippe mes mains aussi fort que possible – je ne pensais pas qu'elle avait autant de forces – et la salle d'accouchement se remplit de grognements et de sons gutturaux pendant une dizaine de secondes, puis… un cri strident les remplace. Le cri d'un bébé.

De notre bébé.

Jenny est haletante, pantelante, soulagée. Le docteur Higgens tient notre bébé dans les mains, tout gigotant, et déclare : « C'est une fille. »

J'ai les larmes aux yeux et Jenny rit. Elle se tourne vers moi, les larmes ruisselant sur ses joues.

– On a une petite fille, Stanton.

– Doux Jésus.

Et nous rions et nous pleurons, dans les bras l'un de l'autre. Quelques minutes plus tard, Lynn, la joyeuse sage-femme, apporte un petit ballotin rose qu'elle met dans les bras de Jenny.

– Mon Dieu, elle est parfaite, soupire Jenny. Comme je ne réponds rien, elle s'inquiète. Tu es déçu que ce ne soit pas un garçon ?

– Non, les garçons ne servent à rien, ils ne causent que des ennuis. Elle… Elle est… tout ce que j'ai toujours souhaité.

Je ne m'étais pas préparé à cela. Je ne savais pas que ce serait ainsi. Un nez minuscule, deux parfaites petites lèvres, de longs cils, une touffe de cheveux blonds, et des mains qui sont déjà des versions miniatures des miennes. Le monde bascule autour de moi et je suis à sa merci. Je suis déjà prêt à tout pour rendre heureuse cette merveilleuse petite créature.

– Coucou, jolie petite fille, dis-je en effleurant sa joue soyeuse.

– Vous avez choisi un prénom ? demande Lynn.

Les yeux souriants de Jenny trouvent les miens puis elle regarde la sage-femme.

– Presley. Presley Evelynn Shaw.

Evelynn est le prénom de la grand-mère de Jenny. On a pensé que cela aiderait peut-être, au cas où elle retrouverait un jour les cartouches de son fusil. Elle a redoublé d'efforts dans ses recherches depuis qu'elle a appris que Jenny et moi n'allions pas nous marier, enfin, pas encore.

Lynn nous enlève déjà Presley pour lui faire tous les examens habituels et je descends du lit pendant que Higgens s'affaire entre les jambes de Jenny.

– Pourquoi tu n'irais pas dehors pour annoncer la bonne nouvelle à la famille, fiston ? Ils ont attendu toute la nuit.

Je regarde Jenny qui hoche la tête, et je lui prends la main pour l'embrasser.

– Je t'aime.

Elle sourit, fatiguée mais comblée.

– Je t'aime aussi.

Je longe le couloir jusqu'à la salle d'attente, où je trouve une douzaine des personnes qui nous sont le plus proches ; leurs visages sont impatients ou paraissent angoissés.

Je suis à peine entré dans la pièce que Marshall, mon petit frère – pas l'abruti, l'autre –, m'interroge :

– Alors ? Qu'est-ce que c'est ?

Je m'accroupis pour être face à lui et je souris.

– C'est une fille !

◆◆◆

Deux jours plus tard, j'installais le siège auto dans mon pick-up, vérifiant quatre fois s'il était bien fixé, et je ramenais Jenny et Presley à la maison.

À la maison *de ses parents*.

À peine deux mois plus tard, je les quittais, et je parcourais deux mille kilomètres jusqu'à l'université de Columbia, dans l'État de New York.

2

Un an plus tard

– Elle était tellement chou, Stanton, dit Jenny en riant. Elle ne voulait pas toucher le glaçage parce que c'était collant, alors elle a plongé sa tête dans le gâteau ! Et elle était furieuse quand je l'ai pris pour couper les parts. J'aurais tellement aimé que tu la voies – cette petite a plus de caractère que mamie, ça je te le confirme !

J'aurais tellement aimé que tu la voies.

La culpabilité me ronge parce que j'aurais dû être là pour voir Presley découvrir son premier gâteau d'anniversaire, voir sa réaction face aux rubans, la façon dont elle a préféré le papier coloré au cadeau lui-même. J'aurais dû être là pour allumer la bougie et prendre les photos. Pour être sur les photos.

Or ce n'était pas le cas. Je ne pouvais pas être avec elle, parce que c'est la semaine des examens et que je dois être ici, à New York. Je me force à sourire, faisant de mon mieux pour paraître enthousiaste.

– C'est génial, Jenn. Ça a l'air d'avoir été une super fête. Je suis content que ça lui ait plu.

J'ai beau feindre l'enthousiasme, Jenny n'est pas dupe.

– Chéri, arrête de t'en vouloir. Je t'enverrai les photos et la vidéo par email. Ce sera comme si tu y étais.

– Ouais, sauf que ce n'est pas le cas.

Elle soupire.

– Tu veux lui dire bonne nuit ? Lui chanter ta chanson ?

J'ai passé peu de temps avec ma fille depuis qu'elle est née, mais nous avons vite compris que Presley aimait le son de ma voix. Même au téléphone, cela la calme lorsqu'elle fait ses dents ou qu'elle est en colère. C'est devenu notre rituel.

– Papa !

Je suis sans cesse épaté par le pouvoir que ces deux petites syllabes ont. Elles réchauffent mon cœur et me font sourire pour la première fois depuis le début de la journée.

– Joyeux anniversaire, ma puce.

– Papa !

– Tu me manques, Presley, dis-je en riant. Tu es prête pour ta chanson ?

Doucement, je me mets à chanter.

You are my sunshine, my only sunshine.
You make me happy when skies are gray[3]…

Presley, son adorable petite voix, essaie de chanter avec moi. Après deux couplets, j'ai les larmes aux yeux et je ne peux plus chanter tant je suis triste de ne pas être avec elle. Elles me manquent tellement, toutes les deux…

Je me racle la gorge.

---

3. Chanson de Johnny Cash : « *Tu es mon soleil, mon unique soleil, tu me rends heureux lorsque le ciel est gris…* »

– C'est l'heure de se coucher, ma puce. Bonne nuit.

Jenny reprend le téléphone.

– Bonne chance pour ton partiel, demain.

– Merci.

– Bonne nuit, Stanton.

– Bonne nuit, Jenn.

Je jette mon téléphone sur le matelas et je m'allonge sur le lit, les yeux rivés sur le plafond. Quelque part à l'étage en dessous, j'entends des rires et des appels à boire cul sec – apparemment, le marathon de beer-pong[4] qui a commencé il y a deux jours bat toujours son plein. Dès ma première semaine à Columbia, j'ai appris que les carrières ne se construisent pas seulement sur ce que l'on sait, mais aussi sur qui l'on connaît. C'est pour cela que j'ai rejoint une fraternité – pour les liens d'amitié et de loyauté qui s'y créent. Je suis donc dans Psi Kappa Epsilon, une bonne fraternité, pleine de futurs cadres dans les domaines de l'économie, des affaires ou du droit. La plupart des membres viennent de familles riches, mais ce sont néanmoins de bons gars qui travaillent dur, étudient sans cesse et s'amusent sans relâche.

Le semestre dernier, l'un des étudiants a décroché son diplôme en avance et il a été envoyé en Europe par son entreprise listée parmi les cinq cents plus grosses au monde. Mon grand frère de fraternité s'est battu pour que j'aie une chambre dans la maison. Un grand frère, c'est le mec avec qui on est en binôme lorsqu'on postule pour devenir membre : c'est lui qui vous mène la vie dure et qui fait de

---

4. Jeu à boire américain dans lequel deux équipes s'affrontent pour lancer à la main une balle de ping-pong sur une table, en vue de la faire atterrir dans l'un des dix verres à bière du camp adverse. Lorsque le lancer est réussi, l'un des membres de l'équipe dont c'était le verre doit en boire le contenu.

vous son esclave pendant une semaine. Cependant, une fois que l'on est membre – frère – il devient votre meilleur ami. Votre mentor.

D'ailleurs, je suis à deux doigts de me laisser engloutir par le dédain que j'ai pour moi-même lorsque mon grand frère passe devant ma porte ouverte. Du coin de l'œil, je vois sa tête brune passer, puis je le vois s'arrêter et faire marche arrière.

Drew Evans[5] entre dans ma chambre comme s'il était chez lui. Il est unique au monde, je ne connais personne qui lui ressemble. C'est comme si un projecteur l'éclairait en permanence – vous ne pouvez pas l'ignorer, c'est impossible. Il se comporte comme si le monde lui appartenait, et lorsque vous êtes avec lui, cette impression déteint sur vous également.

Il me regarde, et je vois dans ses yeux bleus, qui rendent les nanas folles de lui, qu'il désapprouve mon attitude.

– C'est quoi ton problème ?

– Rien, je réponds en m'essuyant le nez.

– Ça n'a pas l'air de rien, dit-il en haussant les sourcils. Tu es presque en train de chialer dans ton oreiller, bon sang. J'ai honte pour toi, mec.

Qu'il chasse les filles ou la vérité, il ne baisse pas les bras tant qu'il n'a pas obtenu ce qu'il voulait. Drew ne lâche rien et c'est une qualité que j'admire.

Mon téléphone tinte pour m'annoncer un email – ce sont les photos que Jenny m'envoie. Je soupire en m'asseyant dans le lit et j'ouvre le fichier.

– Tu te souviens de ma fille, Presley ?

Il hoche la tête.

– Ouais, une jolie gamine, avec un prénom horrible.

---

5. Héros de la série *Love Game*, d'Emma Chase.

– C'était son anniversaire, aujourd'hui, j'explique en lui montrant une photo de mon bébé couvert de gâteau. Son *premier* anniversaire.

– Elle a l'air de s'être amusée, dit-il en souriant.

– Ouais. Mais je n'étais pas à ses côtés, je réplique en m'essuyant les yeux. Qu'est-ce que je fous ici, mec ? C'est difficile à vivre… beaucoup plus dur que je ne le pensais.

Je suis doué pour tout ce que j'entreprends, je l'ai toujours été. Le football, l'école – je suis aussi un super petit ami. Au lycée, toutes les filles étaient jalouses de Jenny. Elles voulaient toutes coucher avec moi. Quant aux mecs, ils voulaient tous être moi. À l'époque, tout me paraissait simple.

– C'est juste que je me sens… j'ai l'impression d'échouer… tout ce que j'entreprends. Peut-être que je devrais jeter l'éponge et aller dans une fac pourrie plus près de chez moi. Au moins je les verrais plus de deux fois par an. Quel genre de père rate le premier anniversaire de sa fille, putain ?

Tous les mecs ne pensent pas comme moi. Je connais des gars qui ont mis leur copine en cloque et qui étaient heureux de partir sans plus se retourner. Ils leur envoient un chèque seulement s'ils sont traînés au tribunal, et encore. Les pères des gamins de Ruby ne les ont pas vus plus d'une fois.

Je ne pourrais jamais être comme ça.

– Mais tu as complètement craqué, mon pote ! s'exclame-t-il. Il ne te reste plus qu'à chanter du Céline Dion, et là, tu auras touché le fond…

Je rumine en silence et Drew soupire, puis il s'assoit sur le bord de mon lit.

– Tu veux que je te dise la vérité, Shaw ? demande-t-il.

Evans est un fan de la vérité, la dure vérité, même blessante. C'est une autre de ses qualités que je respecte, même si ce n'est pas marrant lorsque c'est à vous qu'il s'adresse.

– Ouais, je suppose.

– Mon vieux est de loin le meilleur père que je connaisse. Je ne me souviens pas s'il était là pour mon premier anniversaire, ni mon deuxième… et d'ailleurs je m'en fous royalement. Grâce à lui je n'ai jamais eu froid, il est fier de moi quand je le mérite, et il m'engueule quand je fais des conneries. Il nous a toujours offert de super vacances en famille et il paie pour mes frais de scolarité. En gros, il me sert sur un plateau d'argent une vie qui s'annonce belle et sans encombre. Ce que je veux dire, c'est que n'importe quel débile peut couper un gâteau. Toi tu es ici, à travailler le week-end, à étudier comme un malade, pour qu'un jour ta gamine n'ait pas à le faire. C'est ça, qui fait de toi un bon père.

Je réfléchis à ce que dit Drew.

– Ouais… ouais, je suppose que tu as raison.

– Bien sûr que j'ai raison. Maintenant sèche tes larmes et brosse-toi les dents. Tu fais pitié. On dirait une nana qui a ses règles.

Je lui fais un doigt d'honneur, mais il l'ignore. Il hoche la tête en direction de mon énorme classeur libellé *Introduction aux statistiques*.

– Tu es prêt pour le partiel de Windsor ?

– Je crois.

Il secoue la tête.

– Il ne suffit pas de le croire, il faut que tu le *saches*. Windsor est un connard en plus d'être un snob. Il n'attend qu'une chose, c'est de coller un zéro à des ploucs dans ton genre.

Je feuillette la pile de papiers.

– Je vais le relire une dernière fois, mais ça va, je suis prêt.

– Super, dit-il en mettant une claque sur ma cuisse. Alors prépare-toi à sortir dans une heure.

Je regarde ma montre, il est vingt-deux heures.

– Et où va-t-on ?

Evans se lève.

– Si je ne dois t'apprendre qu'une seule chose, je veux que ce soit celle-ci : la veille d'un exam important, tu sors boire un verre – *un seul* – et tu baises. C'est une technique infaillible pour réussir. D'ailleurs ils devraient le noter dans la brochure qu'ils distribuent aux premières années.

Je me frotte la nuque.

– Je ne sais pas…

– C'est quoi, le problème ? demande-t-il. Vous êtes un couple libre, non, avec ta femme ?

– Ouais, mais…

– Au passage, bien joué, c'était une super idée, mec. Je ne comprendrai jamais pourquoi les mecs s'engagent auprès d'une seule femme alors qu'il y en a tant à découvrir.

Je ne le corrige pas. Je ne lui dis pas que l'idée vient de Jenny, que c'est elle qui a insisté, lorsqu'on s'est disputés à Noël. Je ne lui dis pas que la seule raison pour laquelle j'ai accepté c'est parce que les chauds lapins qui sont à Sunshine savent que Jenny est *ma meuf*, la mère de *ma fille*, et que même si je ne rentre que trois fois par an, je ne manquerai pas d'en profiter pour refaire le nez du gars qui aurait osé la toucher.

Je ne lui avoue pas non plus que je n'ai pas profité de notre nouvel accord, même si cela fait cinq mois que la décision a été prise.

Pas une seule fois.

– Je n'ai jamais dragué de meuf dans un bar. Je ne saurais pas quoi dire.

Drew ricane.

– Contente-toi de leur parler avec ton accent du Sud et laisse-moi faire le reste. Dans une heure, tiens-toi prêt, mec, dit-il avant de sortir de ma chambre.

◆◆◆

Une heure et demie plus tard, nous passons la porte du Central Bar, un des lieux préférés des étudiants. On y mange bien, il y a une piste de danse avec un DJ à l'étage, et l'entrée est gratuite. Cela a beau être la semaine des partiels, le bar est plein à craquer.

– Tu bois quoi ? demande Evans tandis qu'on approche du comptoir.

– Un Jim Beam, sans glaçons.

Si je ne bois qu'un verre, autant qu'il soit bon.

J'aperçois mon reflet dans le miroir derrière le bar. Je porte un tee-shirt bleu uni, une barbe de trois jours parce que j'ai eu la flemme de me raser, et ma touffe de cheveux blonds a bien besoin d'un petit tour chez le coiffeur. Le gel n'a pas le moindre effet dessus, alors je passe mes journées à les enlever de mon visage.

Drew me tend un verre de bourbon et boit une gorgée du sien. Silencieux, nous observons la salle pendant quelques minutes, puis il me pousse du coude et hoche la tête en direction de deux filles assises près du jukebox. Elles ont cette beauté qui paraît naturelle alors qu'elles ont passé deux heures à se préparer. L'une est grande avec de longs cheveux blonds, raides, et des jambes infinies. Elle porte un jean troué et un minuscule débardeur qui laisse voir son soutien-gorge en dentelle noire et un piercing au nombril. Sa copine est plus petite, ses cheveux sont bruns et bouclés, et son jean est si moulant qu'il a l'air d'avoir été cousu sur elle.

Drew marche vers elles d'un pas assuré et je le suis.

– J'aime bien ton tee-shirt, dit-il à la blonde en désignant l'inscription qui s'étend sur sa poitrine : *Barnard Women Do It Right*[6].

---

6. Les femmes de Barnard le font bien.

Elle le regarde des pieds à la tête et un sourire aguicheur s'étend sur ses lèvres.

– Merci.

– J'ai le même à la maison, sauf que le mien dit *Columbia Guys Do It All Night*[7].

Elles gloussent et je bois mon bourbon tandis que la brune me reluque.

– Vous allez à Columbia ? demande-t-elle.

– Ouais, répond Drew en hochant la tête.

Même si je n'ai pas la moindre idée de ce que je fais ici, j'essaie de suivre les instructions de Drew, et je pose la question la moins originale au monde.

– Qu'est-ce que vous étudiez ?

– Waouh, tu as un sacré accent, tu n'es pas d'ici, toi, dit la brune en pouffant de rire.

– Non, je viens du Mississippi.

Elle observe mes biceps et je suis presque certain de la voir saliver.

– New York te plaît ?

Je prends une seconde pour me préparer à avoir l'accent le plus fort possible.

– Eh ben écoute, j'aimais déjà, mais là… depuis ce soir… j'adore.

– On est en licence d'art, répond la blonde.

– Vous êtes sérieuses ? En licence d'art ? ricane Drew. Ça ne vous intéresse donc pas de contribuer au bien-être de la société ? demande-t-il avant de lever son verre. Trinquons à votre diplôme inutile, alors !

Je sais qu'il passe pour un enfoiré, mais croyez-moi, les filles adorent.

---

7. Les hommes de Columbia le font toute la nuit.

– Quel connard ! s'exclament-elles en gloussant, déjà conquises par son charme.

Je bois une nouvelle gorgée de bourbon.

– Vous êtes spécialisées dans quelle forme d'art ?

– Moi je peins, répond la blonde. J'aime surtout le body-painting, ajoute-t-elle en dévorant Drew du regard. Ton corps ferait une très belle toile, d'ailleurs.

– Et moi je sculpte, répond la brune à son tour. Je suis très douée de mes mains…

Elle finit son cocktail rose bonbon et je saute sur l'occasion, même si je n'ai pas vingt et un ans et que je n'ai pas de fausse carte d'identité sur moi.

– Tu en veux un autre ? je lui demande.

– Et si on partait plutôt d'ici ? interrompt Drew. On pourrait aller chez vous, peut-être ? Tu pourrais me montrer ton… art, dit-il en regardant la blonde. Je parie que tu es *super* douée.

Les filles acquiescent, je finis mon bourbon, et nous sortons tous les quatre.

◆◆◆

Il s'avère que les nanas sont colocs et qu'elles habitent dans le quartier. Je ne dis presque rien sur le chemin, trop distrait par la culpabilité qui me ronge déjà. J'imagine le visage de Jenny, toute souriante et adorable. Je l'imagine en train de bercer notre fille dans le rocking-chair que nous a donné Tante Sylvia quand Presley est née. Je me demande si ce que je fais, du moins ce que je m'apprête à faire, est une bonne chose.

Pour deux étudiantes, leur appartement est étonnamment luxueux. Elles vivent au troisième étage d'un immeuble avec portier, leur salon est immense et meublé de canapés en cuir beige, et un tapis persan recouvre une bonne partie du parquet en chêne. La cuisine est également spacieuse, tout équipée, avec des placards en bois et des plans de travail en marbre.

– Faites comme chez vous, dit la brune en souriant. On en a pour deux minutes, on va se refaire une beauté.

Elles disparaissent dans le couloir et Drew se tourne brusquement vers moi.

– C'est quoi ton problème ? On dirait un puceau le soir du bal de promo.

J'essuie mes mains moites sur mon jean.

– Je ne sais pas si c'est une bonne idée d'être là.

– Tu n'as pas vu les miches de la brune ? Comment ça pourrait être une mauvaise idée ?

– Le truc, c'est que… Jenny est la seule femme avec qui j'ai couché.

– Oh putain, dit-il en se frottant le front. Mais elle est d'accord pour que tu couches avec d'autres nanas ?

– Euh… oui, c'est elle qui a suggéré l'idée.

– C'est mon genre de fille, ça, répond-il en hochant la tête. Alors c'est quoi, le problème ?

Je me frotte la nuque pour essayer de me détendre.

– Eh ben… même si on en a parlé… je ne suis pas sûr que… ça ne me paraît pas… j'ai l'impression de la tromper.

– Je t'admire, Shaw, dit-il d'une voix plus calme. Tu es un bon gars. Tu es loyal, j'aime ça. Et c'est pour ça que je pense qu'il est de ton devoir – et de celui de Jenny – d'accepter de baiser avec cette femme.

Je me demande, et ce n'est pas la première fois, si Drew Evans ne serait pas le diable incarné. Je n'ai aucun mal à l'imaginer donner du pain au Christ pendant le carême en faisant comme si ce n'était rien de grave.

– Tu penses vraiment toutes les conneries que tu dis ? je l'interroge, incrédule.

– Écoute-moi, tu verras. C'est quoi ta glace préférée ?

– Je ne vois pas le rapport avec…

– Réponds à la question, putain. C'est quoi ta glace préférée ?

– Noix de pécan, je soupire.

Il hausse les sourcils, choqué.

– Noix de pécan ? Je croyais qu'il fallait avoir soixante-dix ans pour aimer ça. Bref. Comment tu sais que c'est ton parfum préféré ?

– Parce que ça l'est, c'est tout.

– Mais *comment* tu le sais ? insiste-t-il.

– Parce que je préfère ça à…

Je ne finis pas ma phrase car j'ai compris où il voulait en venir.

– À tous les autres parfums que tu as goûtés ? finit Drew. Tu trouves ça meilleur que la vanille, la fraise, ou la menthe aux pépites de chocolat ?

– Ouais.

– Et comment tu aurais su que la noix de pécan était le parfum qu'il te fallait si tu n'avais pas goûté aux autres ? Comment tu aurais su que ce n'était pas juste un choix par défaut si tu avais eu trop peur d'essayer autre chose ?

– Je ne l'aurais pas su.

– Exactement, dit-il.

Vous voyez ? C'est l'incarnation du diable.

Cependant… Jenny a plus ou moins dit la même chose, demandant si on pouvait être sincères en se disant qu'on s'aime alors qu'on n'a rien connu d'autre, si on était assez forts pour traverser ce genre d'épreuve, et à quoi ressemblerait notre avenir si on ne l'était pas, justement.

Drew claque des doigts pour me faire redescendre sur terre.

– Écoute, Shaw, c'est censé être fun. Si tu n'es pas à l'aise, si tu préfères partir, je ne t'en tiendrai pas rigueur.

– Bien sûr que si, je m'exclame en ricanant.

– OK, tu as raison, admet-il en souriant. Je me moquerai probablement de toi, mais je ne le dirai pas aux autres. Ça restera entre nous.

Je n'ai pas le temps de répondre parce que les filles reviennent. Elles ont enfilé des nuisettes en satin, et je sens l'odeur de dentifrice lorsque la blonde s'approche pour parler à Drew.

– Viens, j'aimerais te montrer quelque chose dans ma chambre, susurre-t-elle.

– Dans ce cas, il y a quelque chose que j'aimerais voir, dit-il avant de se tourner vers moi. Tout va bien, mec ?

Est-ce que tout va bien ?

La brune me dévisage, attendant ma réponse, et je comprends soudain que… je n'ai aucune raison de refuser.

– Ouais. Ouais, tout va bien.

Drew prend la main de la blonde et ils s'en vont.

Seul avec ma nouvelle amie, j'en profite pour la regarder – *vraiment* la regarder. Je ne suis pas habitué à d'aussi gros seins, bien que sa taille soit minuscule et ses fesses petites mais rebondies. C'est le genre de cul que les hommes aiment empoigner, masser, et diriger. Ses jambes sont fines et musclées et sa peau est parfaite. Pour la première fois de la soirée, je ressens du désir et ma pauvre queue, délaissée depuis cinq mois, sort enfin de son hibernation.

Je ne lui demande pas comment elle s'appelle et elle se fiche de mon prénom. La liberté que procure cet anonymat est excitante. Je ne reverrai plus jamais cette fille et ce que l'on se dit ou que l'on se fait ne quittera pas cet appartement. Soudain, des milliers de fantasmes, plus délirants les uns que les autres, envahissent mon esprit – des choses que je n'oserais jamais demander à Jenny parce qu'elle me mettrait probablement une gifle. Alors qu'une belle étrangère dont je ne connais pas le nom… pourquoi pas ?

– Tu veux voir ma chambre ? demande-t-elle.

– OK.

La pièce est un tourbillon de rouge bordeaux, de marron et d'ocre. Je m'assois sur son lit, pieds à terre, genoux écartés. Toute trace d'hésitation a disparu.

– Tu étudies quoi, toi ? demande-t-elle en fermant la porte. Je voulais te le demander tout à l'heure.

– Je suis en droit.

Elle avance vers moi, s'arrête à un mètre, et me regarde d'un air suspect.

– Pourquoi veux-tu devenir avocat ?

Je souris.

– Parce que j'aime me disputer. J'aime… prouver aux gens qu'ils ont tort.

Elle fait un pas en avant et prend ma main puis elle la retourne pour y promener son index. C'est à la fois chatouilleux et stimulant – mon cœur bat plus vite.

– Tu as des mains musclées, dit-elle.

Le contraire est impossible, lorsqu'on grandit à la ferme. Les outils, la corde, les clôtures, les selles, sans parler de tout ce qu'il faut soulever ou de tous les trous qu'il faut creuser, durcissent la peau et fortifient les muscles.

– Tu sais ce qui me plaît le plus dans la sculpture ? demande-t-elle d'une voix suave.

– Non, quoi ?

Elle lâche ma main et plonge son regard dans le mien.

– Je ne réfléchis pas pendant que je travaille. Je ne prévois rien. Je laisse mes mains… faire ce qu'elles veulent, ce qui leur procure du plaisir.

Elle saisit le bas de sa nuisette et la passe par-dessus sa tête. Ses seins son pâles et généreux et merveilleusement nouveaux. Elle est à quelques centimètres de moi, nue et fière.

– Tu veux essayer ?

Elle prend mes mains et les promène sur son ventre avant de les poser sur ses seins. C'est le moment pour moi de prendre les rênes. Je les soupèse et les masse lentement, caressant ses tétons avec mes pouces. Ils durcissent et brunissent, et je dois me mordre la lèvre pour repousser l'envie pressante de les prendre dans ma bouche, de les lécher et de les mordre.

Ma dernière pensée cohérente tient en une phrase :

Voilà une chose à laquelle je pourrais m'habituer.

◆◆◆

Trois semaines plus tard

– Espèce d'enfoiré et de menteur !

Les mains de Jenny volent dans tous les sens, affolées, fouettant l'air, frappant mon visage, mes épaules, et tout ce qu'elles rencontrent et qui m'appartient.

Splaf.

Splaf splaf.

Splaf.

– Jenny, arrête ! je crie lorsque j'arrive enfin à saisir ses bras pour l'immobiliser. Arrête, bordel !

Des larmes de rage couvrent ses joues et ses yeux sont gonflés.

– Je te déteste ! Tu me fais gerber ! Je te hais !

Elle m'échappe et remonte les marches du perron en courant, claquant la porte derrière elle, me laissant planté sur sa pelouse, anéanti. J'éprouve bien plus que de simples remords, j'ai peur. J'ai les mains moites et j'ai des frissons. J'ai peur d'avoir tout fait foirer et d'avoir perdu la meilleure chose qui me soit arrivée.

Je me passe la main dans les cheveux et je fais de mon mieux pour rester calme. Je m'assois sur les marches du porche, coudes appuyés sur les genoux. Je garde un œil sur Presley qui joue sur sa couverture, près de la balançoire, où sont ses cousins. Ses boucles blondes rebondissent lorsqu'elle rit – heureusement, elle n'a pas la moindre idée de ce qui vient de se passer.

Ruby, la sœur de Jenny, apparaît à côté de moi. Elle lisse sa minijupe en jean et dégage ses boucles rousses de ses épaules.

– Eh ben, on peut dire que cette fois-ci tu es dans la merde, Stanton.

En temps normal, je ne me tournerais pas vers Ruby pour demander conseil, surtout quand il s'agit de relations amoureuses. Mais elle a l'avantage d'être là.

– Je… Je ne sais pas ce qui s'est passé.

Ruby ricane.

– Tu as dit à ma sœur que tu avais baisé une autre meuf, voilà ce qui s'est passé. Aucune femme n'a envie d'entendre ça.

– Alors pourquoi elle m'a posé la question ?

Elle secoue la tête, comme si la réponse était évidente.

– Parce qu'elle voulait t'entendre répondre non.

– Mais on s'est mis d'accord pour voir d'autres gens, je rétorque. Et on a dit qu'on serait honnêtes, qu'on serait matures.

– Le dire et le ressentir sont deux choses très différentes, don Juan. Écoute, toi et Jenny vous avez dix-huit ans, vous êtes des bébés… ça allait forcément arriver. Ce n'était qu'une question de temps.

Je parviens à peine à dire les mots tant ma gorge est nouée.

– Mais… je l'aime.

– Et elle t'aime aussi. C'est pour cela que ça fait si mal.

Il est hors de question que je baisse les bras, pas de cette manière. C'est la peur qui me pousse à faire quelque chose. À dire quelque chose, n'importe quoi. À m'accrocher à elle comme à une bouée de sauvetage.

Je monte l'escalier jusqu'à la chambre de Jenny et de ma fille dont j'ouvre la porte. Elle est allongée sur le lit, la tête enfouie dans son oreiller, et ses épaules sont secouées par les sanglots. J'ai envie de vomir. Je m'assois sur le lit et j'effleure son bras. Jenny a une peau incroyablement douce, plus douce qu'un pétale de rose. Il est hors de question que ce soit la dernière fois que je la touche.

– Je suis désolé. Je suis désolé, Jenny. Ne pleure pas. S'il te plaît ne… ne me déteste pas.

Elle s'assoit et ne prend pas la peine de masquer son désespoir.

– Est-ce que tu l'aimes ?

– Non, je réponds fermement. Non, ce n'était qu'une nuit. Ça n'avait aucune importance.

– Est-ce qu'elle était jolie ?

C'est le futur avocat qui prend la parole.

– Pas autant que toi.

– Dallas Henry m'a invitée au cinéma, chuchote Jenny.

Les remords que je ressentais partent en fumée, remplacés par une profonde colère. Dallas Henry était le receveur de mon équipe de football, au lycée, et il a toujours été un connard. Le genre de mec qui essaie de choper les nanas les plus bourrées aux soirées et qui était même capable de glisser quelque chose dans leur verre pour les aider à s'enivrer plus vite.

– Tu te fous de ma gueule ?

– J'ai répondu non.

Ma colère se calme un peu, légèrement. Mon poing va quand même avoir une longue conversation avec le nez de Dallas Henry avant que je ne reparte à New York.

– Pourquoi tu n'as pas dit non, Stanton ? accuse-t-elle à voix basse.

Sa question fait resurgir toute ma culpabilité. Je me lève et je fais les cent pas.

– J'ai dit non des tonnes de fois ! Bon sang, Jenn… Je pensais que… je ne te trompais pas ! Tu ne peux pas m'en vouloir de faire ce que tu voulais. C'est injuste.

Tous les muscles de mon corps sont tendus en attendant sa réponse, et il me semble que des semaines entières passent avant qu'elle ne hoche la tête.

– Tu as raison.

Elle plonge ses yeux bleus dans les miens et ils sont tellement emplis de tristesse que cela me déchire.

– C'est juste que… je déteste imaginer ce que tu as fait avec elle. J'aimerais revenir en arrière, avant de le savoir. Au moins je pourrais faire semblant qu'il n'y a eu que moi. Est-ce que c'est… pathétique ? sanglote-t-elle.

– Non, ça ne l'est pas, je réponds en tombant à genoux. Il n'y a eu *que toi*, Jenn, pour tout ce qui compte ! Ce qui se passe quand on n'est pas ensemble n'a d'importance que si on le décide.

Ma main remonte sur sa cuisse. J'ai besoin de la toucher, de lui faire oublier, de retrouver le *nous* qu'on a toujours été.

– Je suis là pour l'été. Pour deux mois et demi, et tout ce que je veux faire c'est t'aimer, pendant chaque seconde. Est-ce que tu m'y autorises, ma chérie ? Laisse-moi t'aimer, je t'en supplie.

Ses lèvres sont chaudes et gonflées par les larmes. Au début, je les effleure comme pour lui demander la permission. Puis j'y vais plus fort, lui faisant ouvrir la bouche avec ma langue. Elle ne répond pas tout de suite, mais au bout de quelques secondes, elle me retourne mon baiser et ses petites mains agrippent mon tee-shirt et tirent dessus, m'attirant à elle.

Me faisant sien, comme elle l'a toujours fait.

Jenny s'allonge sur le lit et m'emporte avec elle. Je suis étendu sur elle, sans l'écraser, laissant sa poitrine se soulever et retomber sous moi, pantelante.

– Je ne veux plus jamais savoir, Stanton. On ne se pose pas de questions, on ne dit rien. Promets-le-moi.

– Je te le promets, je grogne, prêt à accepter tout ce qu'elle pourrait me demander... impossible de faire autrement lorsqu'on se trouve dans cette position.

– Je commence l'école à l'automne. Je vais rencontrer des gens, moi aussi, dit-elle. Je vais sortir, et tu ne peux pas t'énerver. Tu ne peux pas être jaloux.

Je secoue la tête.

– Ce ne sera pas le cas. Je ne veux pas me disputer. Je ne veux pas... je ne veux pas t'empêcher de vivre ta vie.

Ce qui est dingue, c'est que c'est vrai. Je le pense sincèrement.

Il y a une partie de moi qui aimerait garder Jenny pour moi, l'enfermer dans cette maison et savoir qu'elle ne fait rien d'autre qu'attendre mon retour. Cependant, la peur que l'on finisse par se détester, par s'en vouloir pour tout ce qu'on a raté, est plus grande. Plus que tout, je ne veux pas me réveiller dans dix ans et me rendre compte que ma nana déteste sa vie et que c'est de ma faute.

Ainsi, si je dois la partager de temps en temps pour éviter une telle situation, j'accepte de me taire, promis juré.

Je plonge mon regard dans le sien.

– Mais quand je suis à la maison, tu es à moi. Tu n'es pas à ce putain de Dallas Henry, tu n'es à personne d'autre que moi.

Elle effleure ma mâchoire du bout des doigts.

– Oui, je suis à toi. Je suis celle auprès de qui tu reviendras. Ce ne sont pas *elles* qui compteront, Stanton. Aucune autre fille… n'aura ma place.

Je l'embrasse à pleine bouche, lui coupant la parole, scellant notre promesse. Je promène ma bouche sur son cou tandis que mes mains caressent son ventre et remontent vers ses seins.

– Mes parents sont en bas, dit-elle en saisissant mes poignets.

Je ferme les yeux et je retiens mon souffle.

– Viens à la rivière avec moi, ce soir. On roulera jusqu'à ce que Presley s'endorme.

Jenny sourit.

– Elle s'endort automatiquement dès qu'elle est en voiture.

– Parfait, dis-je en l'embrassant sur le front.

Je m'allonge sur le côté et elle se blottit contre moi, jouant avec le col de mon polo.

– Ce ne sera pas comme ça pour toujours. Un jour, tu auras fini la fac et les choses redeviendront normales.

Ouais.

Un jour…

3

Dix ans plus tard
Washington, DC

Défendre les criminels n'est pas aussi excitant que l'on pourrait le croire. Ce n'est même pas aussi excitant que l'imaginent les étudiants en droit. Cela implique des heures et des heures d'enquêtes et de recherches en jurisprudence pour appuyer ses arguments. Si vous travaillez dans un cabinet, lorsque l'on vous autorise enfin à défendre vos clients au tribunal, il y a rarement des révélations ou des retournements de dernière minute comme on le voit dans les films.

L'exercice consiste principalement à présenter les faits preuve par preuve. L'une des premières règles que l'on apprend en fac de droit, c'est de ne jamais poser de question à laquelle on ne connaît pas déjà la réponse.

Je suis désolé si je vous déçois, mais ce n'est pas très exaltant.

Aux États-Unis, les accusés peuvent choisir qui décidera de leur destin : un juge ou un jury composé de leurs pairs.

Je conseille toujours à mes clients d'opter pour le jury. Il est déjà miraculeux de mettre d'accord douze personnes quant au choix d'un restaurant, imaginez ce que c'est lorsqu'il s'agit de juger un homme coupable ou non. Par ailleurs, une annulation de procès, ce qui arrive lorsque les jurés ne tombent pas d'accord, implique automatiquement la victoire de l'accusé.

On vous a déjà raconté la blague sur les jurys? *Est-ce que vous voulez vraiment être jugé par douze personnes qui sont si peu intelligentes qu'elles n'ont pas réussi à se sortir de leur obligation?* Eh bien oui, c'est justement les gens que vous voulez pour vous juger: des gens qui n'ont pas de connaissances en droit et qui peuvent être influencés par des tonnes d'éléments qui n'ont rien à voir avec les faits.

Si un jury apprécie un accusé, il aura plus de mal à le condamner à dix ou vingt ans de prison ferme. C'est pour cela qu'un type accusé de vol viendra au tribunal en costard et pas en tenue de tôlard. Les jurys sont censés être impartiaux, fonder leur décision sur les preuves et les faits qui leur sont présentés. Rien d'autre.

Cependant, la nature humaine ne fonctionne pas tout à fait ainsi.

Il est également important que l'avocat qui défend l'accusé fasse bonne impression. S'il est ronchon, ennuyeux ou négligé, les jurés seront moins enclins à croire sa version des faits. Des études ont montré que si les propos de l'avocat sont mesurés et qu'il s'exprime bien – et qu'il est beau –, les jurés lui feront confiance plus facilement. S'ils croient l'avocat, par extension, ils croiront le client.

Il ne faut pas non plus donner l'impression d'en faire trop et de cacher des éléments – la dernière image que l'on veut donner est celle d'un marchand de tapis.

Toutefois, voici la chose la plus cruciale : lorsque c'est possible, il faut divertir le jury. Lui offrir un spectacle. Ils espèrent entendre des « objections » et des « c'est inadmissible », de même qu'ils s'attendent à des coups de poing sur la table. Ils sont venus en rêvant voir un remake de Tom Cruise et de Jack Nicholson dans *Des hommes d'honneur.* Si le système judiciaire est ennuyeux, rien ne vous oblige à l'être aussi.

– Vous pouvez procéder à votre conclusion, maître Shaw.

– Merci, votre honneur.

Je me lève en boutonnant la veste de mon costume gris. Le gris a énormément de succès auprès des femmes ces temps-ci, et dix des douze jurés sont du sexe opposé. Je promène sur le jury un regard contemplatif, faisant durer le silence, laissant monter le suspense, puis je commence.

« *La prochaine fois que je te vois, je vais te couper les couilles et te les faire bouffer.* »

Je marque une pause et les observe de nouveau.

« *Quand je te retrouverai, tu me supplieras de te buter.* »

Nouvelle pause, et cette fois-ci je pointe du doigt.

« *Tu ne paies rien pour attendre, enfoiré. J'arrive.* »

Je passe devant mon bureau et je me place devant les jurés.

– Ce sont les paroles de l'homme qui est soi-disant la victime dans cette affaire. Vous avez vu les messages, vous l'avez entendu avouer qu'il les avait envoyés à mon client. À mes yeux, cet homme est loin d'être une victime.

Tous les regards me suivent tandis que je fais les cent pas, comme un professeur donnant une conférence.

– Pour moi, ces messages m'ont tout l'air d'être des menaces – sérieuses, qui plus est. Là d'où je viens, menacer de couper les couilles de quelqu'un… mérite à coup sûr une bonne baston.

De petits rires émanent du box des jurés. Je croise les bras en posant mon regard sur chacun d'entre eux, assez longtemps pour qu'ils se sentent inclus, en les préparant pour le « secret » que je vais révéler.

– Depuis que ce procès a commencé, vous avez entendu des choses à propos de Pierce Montgomery, mon client, qui ne sont pas flatteuses. Qui sont même horripilantes. Je parie que vous ne l'aimez pas beaucoup. Pour tout vous dire, je ne l'aime pas beaucoup non plus. Il a eu une liaison avec une femme mariée, il a posté des photos d'elle sur les réseaux sociaux sans lui demander la permission… Ce ne sont pas là les actes d'un homme honorable.

Il est toujours mieux de se débarrasser du négatif en premier.

– Si mon client était jugé pour manque de décence, je peux vous assurer que je ne serais pas en train de le défendre aujourd'hui. Cependant, votre tâche n'est pas celle-là. Vous êtes ici pour juger de ses actions de la nuit du quinze mars. Notre société ne condamne pas les individus pour s'être défendus contre des dommages physiques. Et c'est précisément ce que faisait mon client ce soir-là. Lorsqu'il est tombé nez à nez avec l'homme qui l'avait menacé sans relâche, il avait toutes les raisons de croire que ces menaces allaient être mises à exécution, et d'avoir peur pour son bien-être physique, voire pour sa vie.

Je marque une pause pour laisser mes paroles s'imprégner. Je sais qu'ils s'imaginent cette nuit et qu'ils la voient à travers les yeux de la pourriture qui a la chance de m'avoir comme avocat.

– Mon vieil entraîneur de football disait qu'une attaque intelligente était la meilleure défense. C'est une leçon que j'applique tous les jours. Ainsi, bien que Pierce ait frappé le premier, ce n'en était pas moins un acte de légitime défense, car il agissait contre une menace connue – une peur raisonnable. C'est sur cela, Mesdames et Messieurs, que repose ce procès.

Toujours face aux jurés, je fais un pas en arrière pour m'adresser à tout le groupe.

– Après que vous aurez délibéré, je suis confiant dans le fait que vous conclurez que mon client a agi pour se défendre, et que vous le trouverez non coupable.

Je ne retourne m'asseoir qu'après avoir posé la cerise sur le gâteau.

– Je vous remercie encore une fois pour votre temps et votre attention. Vous avez été… un véritable plaisir.

J'obtiens un sourire de huit des dix femmes – je crois que les chiffres sont en ma faveur.

Je me rassois et ma collègue au visage toujours impassible m'écrit un mot sur son bloc-notes.

Elles sont séduites !

Au tribunal, les avocats communiquent ainsi car il est mal vu de chuchoter. Par ailleurs, un sourire ou une grimace peuvent être mal interprétés par le jury. Ma seule réaction est un bref hochement de tête.

La séduction est ce que je fais de mieux.
Tu l'as déjà oublié ?

Il n'y a personne de plus pro que Sofia. Elle ne sourit pas, et je ne l'ai jamais vue rougir. Elle répond simplement :

Quelle suffisance.

Je me permets un minuscule sourire.

Au fait, mes fesses portent
encore la marque de tes ongles.
Ça te fait mouiller ?

C'est tout à fait inapproprié et c'est un manque de professionnalisme flagrant, mais c'est pour cela que c'est si amusant. Le fait que notre abruti de client, ou un spectateur assis au premier rang du balcon, puisse voir ce que je viens d'écrire ajoute du piment au jeu. C'est comme doigter une femme sous la table d'un restaurant bondé – je vous le recommande, d'ailleurs. Le risque d'être découvert rend tout cela plus dangereux et excitant.

Ses yeux brillent de machiavélisme tandis qu'elle écrit.

Je mouillais déjà à « Mesdames, Messieurs ».
Maintenant arrête.

Je réponds :

Arrêter ? On garde ça pour plus tard ?

Je suis récompensé par un léger sourire, et cela me suffit.

Plus tard... ça me va.

◆◆◆

Après que le juge eut donné aux jurés une pile d'instructions, ces derniers sont partis en délibération et le procès a été suspendu, me donnant l'occasion de manger avec mon vieil ami de fraternité. Avec nos emplois du temps chargés et nos vies de famille, nous ne nous voyons qu'une ou deux fois par an, lorsque l'un de nous est de passage dans la ville de l'autre.

Drew Evans n'a pas beaucoup changé depuis l'époque de Columbia. Il a gardé sa repartie moqueuse et cette arrogance qui attire toutes les femmes. La seule différence, c'est qu'aujourd'hui Drew ne remarque plus toutes celles qui le regardent lorsqu'il passe, du moins, il ne leur retourne pas la même attention.

– Vous êtes sûr que vous ne voulez rien d'autre ? Quoi que ce soit ? demande la jeune serveuse pour la troisième fois en quinze minutes.

Il boit une gorgée de bière avant de répondre.

– Non, non, tout va bien, merci.

Elle tourne les talons, l'air déçue.

Drew est banquier d'affaires. Il travaille pour l'entreprise de son père, à New York, et c'est grâce à lui que l'équivalent des deux premières années de fac de ma fille est déjà bien au chaud sur un compte banquaire. On dit qu'il ne faut pas mélanger l'argent et l'amitié, mais lorsque vos amis sont aussi doués avec l'argent que les miens, l'idée est tout simplement brillante.

Son téléphone lui annonce l'arrivée d'un message. Il regarde l'écran et un sourire niais s'étend sur son visage, le genre de sourire dont je n'ai été témoin qu'une fois auparavant, il y a huit mois, le jour de son mariage.

Je m'essuie la bouche, pose ma serviette, et me recule dans ma chaise.

– Alors… comment va Kate, ces jours-ci ?

Kate est la femme de Drew. La femme *canon* de Drew. La femme incroyablement sexy de Drew avec qui j'ai dansé à leur mariage, ce qui n'a pas semblé plaire à mon pote. Pas du tout.

Quel genre d'ami serais-je si je ne le taquinais pas avec ça ?

– Kate va très bien, dit-il en levant la tête. Elle est mariée avec moi, elle va forcément bien.

– Tu lui as donné ma carte ? Pour qu'elle puisse me contacter si jamais elle a besoin d'un avocat ou de *quoi que ce soit d'autre ?*

Je souris en le voyant froncer les sourcils.

– Non, je ne lui ai pas donné ta carte, connard.

Il se penche en avant et prend un air sûr de lui.

– De toute façon, Kate ne t'aime pas.

– C'est ce que tu dis pour te rassurer ?

– C'est vrai, dit-il en riant. Elle te trouve louche. Tu défends des criminels, mec. Kate est maman : elle pense que, grâce à toi, des pédophiles sont remis en liberté.

Tout le monde fait cette erreur, or les avocats de la défense sont là pour s'assurer que le système judiciaire reste honnête et sain. Nous nous battons pour l'individu : nous sommes la seule protection entre lui et les pouvoirs de l'État. Les gens ont tendance à l'oublier, pour eux, nous ne défendons que des pédophiles et des géants de Wall Street.

– J'ai une fille. Je ne défendrais jamais un pédophile.

Drew ne trouve pas mon raisonnement suffisant.

– Si tu veux devenir associé dans ton cabinet, tu défends ceux que tes patrons t'ordonnent de défendre, un point c'est tout.

Je hausse les épaules.

– À propos de ta fille, elle a quel âge, maintenant ? Dix ans ?

Comme toujours, parler de ma fille m'emplit de fierté.

– Elle a eu onze ans le mois dernier, dis-je en sortant mon téléphone pour lui montrer les photos de son anniversaire. Elle vient d'être prise dans l'équipe des cheerleaders de compétition, et dans le Sud, je peux t'assurer que c'est un vrai sport, pas juste une danse avec des pompons.

Jenny et Presley vivent toujours dans le Mississippi. Après Columbia, lorsque j'ai commencé l'école d'avocat de la George Washington University, nous avons envisagé la possibilité qu'elles viennent vivre à DC avec moi, mais Jenny ne pensait pas que la ville était le meilleur endroit pour élever un enfant. Elle voulait que notre fille grandisse comme nous : qu'elle puisse nager dans la rivière, faire du vélo sur les chemins de terre, courir pieds nus dans les champs et qu'elle connaisse les barbecues du dimanche, après la messe.

J'étais d'accord avec elle. Cela ne m'a pas plu, bien évidemment, mais j'étais d'accord.

Drew siffle, impressionné, lorsque je lui montre les photos de Presley en tenue vert et or. Ses longs cheveux blonds sont bouclés et attachés dans une queue-de-cheval haute, ses yeux bleus sont étincelants, et elle sourit de toutes ses dents.

– Elle est magnifique, Shaw. Tu as de la chance qu'elle tienne de sa mère. J'espère que tu as préparé ta batte de baseball.

J'ai déjà tout prévu.

– Non mec, j'ai un fusil à pompe.

Il hoche la tête.

– Salut toi, ça faisait longtemps…

Je lève la tête et j'admire Sofia Marinda Santos, ma collègue – entre autres –, qui avance vers nous.

L'habit ne fait pas seulement l'homme, pour une femme, c'est une déclaration, et celle de Sofia est proche de la perfection. Elle s'habille comme elle est : impeccable, élégante, classe, tout en étant tellement sexy que j'en ai l'eau à la bouche. Sa chemise en soie rouge est boutonnée de façon à ne montrer qu'un peu de sa peau douce et hâlée, et pas un millimètre de décolleté. Cependant, le choix du tissu met en avant la poitrine sublime que Dieu lui a donnée, généreuse, ferme, et splendide. Une veste en tweed gris couvre ses longs bras fins et sa jupe crayon assortie moule ses magnifiques fesses avant de révéler des jambes musclées qui n'en finissent jamais.

– Tu te cachais où ? je demande en lui offrant une chaise. Joins-toi à nous !

Ses lèvres rouges et pulpeuses esquissent un sourire.

– Merci, mais non, je viens de finir de déjeuner avec Brent, nous étions installés à l'intérieur.

Je désigne tour à tour Sofia et Drew pour les présenter.

– Drew Evans, je te présente Sofia Santos, une autre défenseuse de pédophiles, si l'on en croit ta femme. Sof, continué-je alors que celle-ci hausse les sourcils, voici Drew Evans, mon vieil ami de fac, mon banquier d'affaires, et *grosso modo* le plus bel enfoiré que j'aie jamais rencontré.

Drew ignore mon dernier commentaire et lui tend la main.

– Enchanté, Sofia.

– De même.

Elle regarde l'heure sur sa Rolex.

– Tu devrais te dépêcher de finir, Stanton, on ne veut pas rater le verdict.

Je secoue la tête en souriant, car nous avons cette dispute depuis que le procès a commencé.

– J'ai largement le temps, chérie. Je vais peut-être même commander un dessert. Le jury ne prendra pas sa décision avant lundi, au plus tôt.

– Tu es peut-être le *Charmeur de jurys*, mais moi je suis la *Prophétesse des jurés*, et je peux te dire que ces femmes au foyer veulent rayer ce procès de leur liste des choses à faire avant le début du week-end.

– Le *Charmeur de jurys* ? ricane Drew. C'est *tellement* adorable.

Je lui fais un doigt d'honneur et dévisage Sofia.

– Tu te trompes, cette fois-ci.

– Tu veux rendre les choses plus intéressantes, mon grand ? demande-t-elle en esquissant un sourire en coin.

– Pourquoi pas, que veux-tu parier, ma douce ?

Evans observe la scène en se retenant de rire.

Sofia pose ses mains sur la table, se penche en avant, et je remercie Dieu d'avoir inventé la gravité, car sa chemise s'éloigne de son corps, m'offrant une vue délectable de ses seins splendides, à peine voilés par un soutien-gorge en dentelle noire.

– Ta Porsche.

J'écarquille les yeux, abasourdi. Elle n'a pas l'air de plaisanter. Sofia sait que ma 911 Carrera 4S Cabriolet argentée est ce que j'ai de plus cher à Washington. C'est la première chose que j'ai achetée lorsque j'ai été embauché dans le prestigieux cabinet Adams & Williamson, il y a quatre ans. Elle est comme neuve. Je ne la sors jamais quand il pleut, je ne la gare nulle part où un oiseau pourrait chier dessus, et personne ne la conduit, sauf moi.

– Quand le jury sortira, *aujourd'hui*, tu me laisseras emmener ta Porsche pour la meilleure balade de sa vie, déclare-t-elle en plongeant son regard dans le mien.

Je me frotte le front en réfléchissant à ma réponse.

– La boîte de vitesses est manuelle, je la préviens d'une voix grave.

– Pfff… un jeu d'enfant.

– Et moi, j'aurai quoi si – *quand* tu perdras ?

Elle se redresse, fière, bien qu'elle n'ait pas encore entendu mes conditions.

L'image de Sofia portant un minuscule bikini rouge, mouillée et couverte de mousse, envahit mon esprit, et je ne peux m'empêcher de sourire.

– Tu laveras la Porsche, à la main, une fois par semaine, pendant un mois.

– Marché conclu, répond-elle du tac au tac.

Avant de lui serrer la main, je plonge mon regard dans le sien et je crache dans ma paume. Notre poignée de mains est visqueuse et elle grimace, mais son regard est plein d'une chaleur que je suis seul à reconnaître.

Elle aime ça. Je lâche sa main et elle s'essuie sur une serviette.

Brent Mason, un autre avocat du cabinet, sort du restaurant et nous rejoint. Il partage son bureau avec Sofia et ils sont proches, mais c'est strictement platonique et amical. Il a commencé en même temps que Sofia et moi, même s'il a l'air plus jeune. Ses yeux bleus en amande, ses cheveux châtains ondulés et son insouciance permanente m'inspirent un sentiment protecteur, un peu comme s'il était un petit frère. Le fait qu'il boite renforce cette image enfantine, même si c'est en fait le résultat de la prothèse qu'il porte à la jambe gauche – la conséquence d'un accident qu'il a eu lorsqu'il était petit. Le drame lui a peut-être ôté une jambe, la bonne humeur de Brent n'a pas été affectée pour autant.

Au passage, il vient d'une vieille famille si riche que les membres ne comprennent pas que tout le monde ne passe pas ses étés dans le sud de la France ni ses week-ends dans une villa sur le bord de la rivière Potomac lorsqu'ils ont besoin d'un break hors de la ville. Son père souhaitait que son fils unique fasse de la politique et pensait qu'une bonne réputation comme procureur servirait de bonne base. C'est précisément pour cela que Brent est devenu avocat de la défense en droit pénal.

– Salut, Shaw, dit-il.

Je hoche la tête.

– Brent, je te présente Drew Evans, un vieil ami. Drew, Brent Mason est un collègue à nous.

– Waouh, est-ce que tout le monde est avocat, à DC ? remarque Drew en serrant la main de Brent.

Je ris doucement.

– Apparemment c'est la ville des États-Unis qui comprend le nombre d'avocats par habitant le plus élevé.

– Tu es prête, Sofia ? demande Brent lorsque son téléphone sonne. J'ai un client qui arrive dans vingt minutes.

– Oui, allons-y. Ravie de t'avoir rencontré, Drew. Stanton, on se voit au tribunal dans très peu de temps.

– Tu veux dire au bureau ? je demande en feignant de ne pas comprendre.

Elle secoue la tête et emboîte le pas à Brent. Je la regarde partir en admirant la vue, ce que Drew ne manque pas de remarquer.

– Tu crois vraiment que c'est une bonne idée ? demande-t-il.

– De quoi tu parles ?

– De fricoter avec ta collègue. Tu penses que c'est une bonne idée ?

Je me demande d'abord comment il a su, puis je ris, parce que c'est Drew, et qu'il ne rate jamais le genre de détails qui peuvent révéler une liaison.

– C'est toi qui dis ça ? Le mec qui a épousé sa collègue il y a quelques mois ?

Drew recule dans sa chaise et appuie son coude sur celle d'à côté.

– C'est complètement différent, Kate et moi sommes spéciaux.

– Qu'est-ce qui te fait croire que je couche avec Sof ?

– Ah… ben j'ai des yeux, et des oreilles. N'importe qui peut percevoir la tension sexuelle qu'il y a entre vous. Au passage, tu as mal négocié ton pari. Moi j'aurais exigé de la baiser sur le capot de la voiture d'abord, et *ensuite* de la faire nettoyer. Mais bon, ce n'est que moi. Maintenant, revenons à nos moutons…

Après tout, il n'y a aucune raison de nier.

– Sofia est la femme la plus intelligente que je me sois jamais tapée, c'est sans risque.

– C'est toujours risqué, mec. Prépare-toi à des situations gênantes et à des montagnes de rancœur au féminin.

Je comprends ses réserves, mais il a tort. Sofia est une femme dans tous les domaines importants, mais elle a l'esprit pratique d'un homme. Lorsqu'elle envisage son avenir, elle n'imagine pas un Renault Espace et une maison à la campagne, mais plutôt un bureau au dernier étage d'une tour, et une liste infinie de clients prestigieux. Elle est franche et directe, tout en étant fun. Je la considère comme une amie, et j'aime autant lui parler que la lécher.

Notre petit arrangement a commencé il y a six mois. La première fois était sauvage et spontanée. J'avais toujours su que je voulais me la faire, mais je ne savais pas à quel point, jusqu'au soir où nous nous sommes retrouvés seuls dans la salle des archives du cabinet. Nous travaillions tard, nous étions stressés et nous manquions de temps. Nous discutions du cas Miranda vs. Arizona lorsque, soudain, nous nous sommes retrouvés à nous arracher les vêtements, plaqués contre les étagères de classeurs en cuir, baisant comme des animaux.

Il me suffit de repenser aux bruits que faisait Sofia cette nuit-là pour bander – une symphonie de cris, de gémissements et de grognements. Je l'ai fait jouir trois fois, et lorsque mon orgasme est enfin arrivé… waouh. Je suis resté paralysé près de cinq minutes.

Une discussion à tête reposée nous a permis de savoir que nous avions tous deux envie de recommencer, encore et encore. C'était l'anti-stress parfait pour nos emplois du temps chargés.

– Mais non, mec, je dis en souriant. Sofia est comme… un des mecs de la bande.

– Tu te tapes un des mecs de la bande ?

– Hmmm, c'est moins excitant quand c'est toi qui le dis. Ce que je veux dire, c'est qu'elle vit pour le boulot et qu'elle veut devenir associée, comme moi. Ça laisse peu de temps au reste. C'est pratique et elle est canon. Je sais que tu es marié, mais il faudrait être dans le coma pour ne pas le remarquer. Et encore, ses seins te feraient bander quand même.

– J'ai vu, ne t'en fais pas, dit-il. Est-ce qu'elle est au courant pour ton plan cul dans le Mississippi ?

– Jenny n'est pas mon plan cul, espèce d'enfoiré.

– Stanton… elle n'est ni ta copine, ni ta femme. Elle est celle que tu baises quand tu fais un passage éclair en ville. Je suis navré de te l'annoncer, mec, mais c'est la définition même d'un plan cul.

Parfois, la propension de Drew à dire les choses telles qu'elles sont me donne envie de lui mettre un coup de pied dans les couilles.

– Sofia est au courant pour Jenn et Presley.

– Tiens donc. Je dis simplement qu'une telle situation pourrait vite devenir compliquée pour toi.

– Merci pour l'avertissement. Mais je gère.

– Si tu le dis. Souviens-toi juste que lorsque tu réaliseras que tu ne gères pas du tout, il sera déjà trop tard.

Il regarde son téléphone puis il se lève.

– Sur ce, dit-il, faut que j'y aille, je dois prendre mon train.

Je me lève et lui mets une tape dans le dos.

– Pourquoi tu ne passerais pas la nuit à DC ? Je peux organiser une partie de poker avec les mecs, comme au bon vieux temps.

Il lève les mains et les pose à plat comme un balancier.

– Voyons voir… prendre son argent à Shaw… ou rentrer auprès de la plus belle femme du monde qui n'a pas cessé de m'envoyer des messages coquins depuis que je suis parti ? Désolé, mec. Je t'aime bien, mais pas à ce point.

On se prend dans les bras en se tapant dans le dos et en se promettant de vite se revoir lorsque mon téléphone sonne. Je le prends, je lis le message, et je pousse un juron. Drew se baisse pour prendre son attaché-case et je lui montre le message.

– Le jury a pris sa décision.

Il éclate de rire.

– J'espère pour toi qu'elle est aussi douée avec un levier de vitesses qu'elle le prétend. Cela dit, tu le sais déjà, n'est-ce pas ? demande-t-il en souriant. Allez, à bientôt, mec.

– Embrasse Kate de ma part ! Et donne-lui ma carte !

Il ne se retourne pas et ne s'arrête pas, mais il lève la main pour me faire un doigt d'honneur.

4

Sofia

L'ambiance dans un tribunal, juste avant la lecture du verdict, est électrique. Tout le monde est sur les nerfs, et j'aime penser que les Romains ressentaient la même tension lorsqu'ils attendaient de voir si César allait lever ou baisser le pouce. Les cœurs battent la chamade, les mains sont moites, l'adrénaline fait des ravages. C'est exaltant, et j'adore. C'est aussi addictif que ces parties de jambes en l'air qui vous laissent des marques et des courbatures – lorsque vous avez hâte de recommencer, même si vous êtes épuisés.

J'ai toujours su que je voulais être avocate. Petite, j'étais fan des séries judiciaires, celles où des femmes plus intelligentes que quiconque sauvaient des vies depuis leurs somptueux bureaux vitrés tout en incarnant le summum de l'élégance.

Pour mes parents, la priorité était que leurs enfants reçoivent une bonne éducation, tout simplement parce qu'ils en avaient été privés eux-mêmes. Si ma mère a quitté son village natal de Pará pour l'opulence relative de Rio de Janeiro quand elle était jeune, elle est restée analphabète jusqu'à ses seize ans, jusqu'à ce que mon père lui apprenne à lire. Ils ont émigré ensemble aux États-Unis, incarnant le rêve américain, ouvrant des commerces prospères, s'élevant d'abord à la classe moyenne avant de devenir véritablement riches. Conscients de la chance qu'offrait leur nouvelle situation à leurs enfants, ils nous ont appris très tôt, à mes trois grands frères et à moi, que l'éducation est la clé qui ouvre toutes les portes. C'est un trésor qui ne peut jamais être dérobé, une bouée de sauvetage infaillible. Ainsi, nous avons tous réussi. Victor, l'aîné, est devenu médecin ; Lucas, le cadet, est auditeur financier, et Tomás, qui n'a qu'un an de plus que moi, est ingénieur.

– Mesdames et Messieurs les jurés, êtes-vous d'accord sur le verdict ?

Notre client, Pierce Montgomery, n'essaie pas de cacher qu'il porte plus d'intérêt à mes seins qu'à la personne qui s'apprête à déclarer s'il va passer les dix prochaines années en prison, ou pas.

– Oui, votre honneur.

En devenant avocate au pénal, et en choisissant de défendre les accusés, je savais que je serais obligée de travailler avec des pourritures comme Montgomery, mais cela ne m'a jamais effrayée. Je suis la plus jeune de la famille et la seule fille, et j'ai toujours été chouchoutée. Cependant, au lieu de m'étouffer, l'instinct protecteur de mes parents les a poussés à s'assurer que je serais prête à tout ce qui pourrait m'arriver. Mon père avait l'habitude de dire : *Les opportunités doivent être saisies à deux mains, parce qu'on ne sait jamais quand elles se présenteront à nouveau.* C'est lui qui m'a appris à n'avoir peur de rien. Plutôt que de me souhaiter d'avoir un mari et des enfants, il a toujours voulu que je réussisse afin que je puisse aller où je veux et faire n'importe quoi.

De plus, grandir à Chicago m'a appris à toujours être sur mes gardes. Comme toutes les grandes villes, elle a beau être belle, elle n'est pas sans danger. J'ai appris à marcher vite, tête baissée, mais à ne pas me laisser faire et à me méfier des gens que je ne connais pas, tant qu'ils ne m'ont pas prouvé qu'ils méritaient ma confiance. Pour faire court, un vicelard comme Pierce Montgomery ne me fait pas peur. Fils de sénateur ou pas, s'il essayait de me toucher avec autre chose que ses yeux, je le mettrais à terre en un claquement de doigts. C'est aussi simple que ça.

– Qu'avez-vous conclu ?

Voici venu le moment de vérité. Du coin de l'œil, je vois les épaules de Stanton se soulever légèrement tandis qu'il inspire et qu'il retient son souffle, tout comme moi.

– Non coupable.

YES !

Exprimer sa joie avec fracas est mal vu au tribunal, donc Stanton et moi nous limitons à de gigantesques sourires. Nous savons tous les deux que cette victoire est un pas de plus vers la notoriété que l'on vise tous les deux.

Montgomery remercie Stanton en lui serrant la main mais, bizarrement, lorsqu'il s'agit de moi, il se sent obligé de me prendre dans ses bras. Parce que j'ai un vagin, sans doute, et que, comme beaucoup d'hommes, il pense que les pénis se serrent la main alors que les vagins se font un câlin.

Pas avec moi, mec.

Je lui tends fermement la main afin qu'il ne puisse pas envahir mon espace personnel. Il l'accepte, même s'il n'oublie pas de me faire un clin d'œil vicieux.

Les journalistes nous attendent lorsque nous sortons du tribunal. Ce sont des chaînes locales, pas nationales – je vous l'ai dit, nous avançons pas à pas. Lentement mais sûrement. Stanton était l'avocat principal du procès et c'est lui qui écoute leurs questions, répondant avec un mélange bien étudié de charme et d'égotisme – les avocats ne font pas dans la modestie. Cependant, il ne m'oublie pas, parlant de *notre* défense, expliquant que *nous* étions confiants, mettant en avant notre cabinet en précisant que tous les clients d'Adams & Williamson reçoivent la même défense irréprochable.

Je profite du fait qu'il parle pour l'admirer, ses yeux verts scintillent dans le soleil de l'après-midi. Il a de longs cils noirs et épais que nombre de femmes se battraient pour avoir. Quelques mèches blond foncé tombent sur son front, à la Robert Redford dans *L'Affaire Chelsea Deardon*. Son nez aquilin et ses pommettes saillantes lui donnent un air noble et puissant. Cependant, je crois que la partie que je préfère chez lui est sa mâchoire. Elle est divine, forte et carrée, avec juste ce qu'il faut de barbe pour laisser imaginer sa tête au saut du lit.

Il mesure environ un mètre quatre-vingt-cinq, soit dix centimètres de plus que moi, et ses longues jambes ainsi que son torse musclé sont dignes d'une couverture du magazine *GQ*. C'est le genre de corps qui est fait pour porter un costume. Sa voix est grave et il a un léger accent du Sud qui peut être tranchant comme un scalpel ou doux comme une berceuse – utile dans les procès. Cependant, c'est son sourire qui fascine et déstabilise. Ses lèvres sublimes vous donnent envie de rire quand il rit et font naître des pensées obscènes lorsqu'il vous sourit en coin.

Un sourire que je connais par cœur.

– … n'est-ce pas, mademoiselle Santos ? demande-t-il alors que, soudain, tous les regards des journalistes se dirigent sur moi.

Merde. Je n'ai pas la moindre idée de ce qu'il me demande. J'étais trop occupée à admirer sa mâchoire – *foutue mâchoire* – et à me souvenir de la façon dont elle a râpé ma cuisse hier soir, me faisant ronronner de plaisir.

Néanmoins, je m'en sors de façon tout à fait professionnelle.

– Absolument. Je suis entièrement d'accord avec vous.

Les journalistes nous remercient, et après que notre client est monté dans sa voiture avec chauffeur, Stanton et moi décidons de marcher jusqu'au cabinet, à quelques rues d'ici.

– Où avais-tu la tête, tout à l'heure ? Tu étais complètement à l'ouest ! dit-il d'un ton amusé qui me dit qu'il a déjà deviné.

– Je te ferai le descriptif détaillé ce soir, je réponds tandis qu'il m'ouvre la porte du hall d'entrée.

Adams & Williamson est l'un des plus anciens cabinets de DC. Le bâtiment ne fait que dix étages, respectant l'acte de 1910 interdisant la construction d'immeubles qui dépasseraient le dôme du Capitole. Cependant, ce qui manque au bâtiment en stature, il le compense en splendeur historique. Les plafonds sont en acajou vernis, éclairés de façon à mettre en lumière les moulures et les gravures qui décorent tous les murs. Une cheminée en marbre accueille les visiteurs en hiver et les réchauffe tandis qu'ils avancent vers le bureau en châtaignier de la réceptionniste.

Vivian a la cinquantaine et elle travaille ici depuis des dizaines d'années. Son tailleur blanc et son chignon blond offrent à tous ceux qui passent la porte de l'immeuble une image d'élégance et d'expérience parfaites.

– Félicitations, vous deux, dit-elle en souriant. Monsieur Adams voudrait vous voir dans son bureau.

Les nouvelles vont vite à DC, à côté, les ragots du lycée sont aussi lents que le Minitel. Ce n'est pas surprenant que notre boss soit déjà au courant de notre victoire. Cependant, que la nouvelle soit impressionnante ou non, Jonas Adams, partenaire fondateur du cabinet et descendant direct du deuxième président des États-Unis, ne bouge jamais de son dixième étage. C'est nous qui allons à lui.

Dans l'ascenseur, Stanton est aussi excité que moi. Nous sortons et sommes tout de suite dirigés vers le bureau de Jonas, où nous le trouvons en train de bourrer des dossiers dans un attaché-case en cuir. La ressemblance avec le père fondateur de notre pays est flagrante. S'il décidait de prendre sa retraite un jour, il pourrait facilement se convertir en acteur pour documentaires historiques. Jonas a donné des conférences dans les plus grandes écoles d'avocats du pays et il est considéré comme l'homme le plus brillant de notre domaine. Cependant, à l'instar de nombreux intellectuels surdoués, il dégage une impression de désordre qui vous laisse penser qu'il passe son temps à chercher ses clés.

– Entrez, entrez, dit-il en tapotant ses poches, apparemment soulagé de découvrir que ce qu'il cherchait s'y trouve. Je pars dans quelques minutes donner un séminaire à Hawaii, mais je tenais à vous féliciter pour votre victoire dans l'affaire Montgomery. Il sort de derrière son bureau pour nous serrer la main. Vous avez fait un excellent travail – pas évidente, cette affaire. Le sénateur Montgomery sera ravi.

– Merci, Monsieur, répond Stanton.

– Ça fait quoi pour vous, monsieur Shaw ? Huit victoires d'affilée ?

Stanton hausse les épaules sans afficher la moindre modestie.

– Neuf, pour être exact.

Jonas enlève ses lunettes et les essuie avec un mouchoir portant ses initiales.

– Impressionnant.

– Tout est une question de jury, monsieur Adams. Je n'en ai pas encore trouvé un qui ne m'aimait pas.

– Oui, très bien, très bien. Et vous, mademoiselle Santos ? Pas une seule défaite, hein ?

Je souris et lève le menton, fière de moi.

– Non : du six sur six, monsieur Adams.

Les femmes ont fait beaucoup de progrès dans le milieu des affaires. Nos pieds sont désormais fermement enracinés dans les domaines politique, juridique et économique, qui étaient encore exclusivement dominés par les hommes jusqu'à il y a peu. Cependant, nous avons encore beaucoup de chemin à faire. Le fait est que, dans la plupart des cas, nous ne sommes pas les premières lorsqu'il s'agit de promotions et d'opportunités de carrière. Si l'on veut que notre boss pense à nous d'abord, il ne suffit pas d'être aussi bonnes que nos collègues masculins. Nous devons être meilleures. Nous devons nous démarquer. C'est injuste, mais c'est la triste vérité. C'est pour cela que lorsque le chauffeur de Jonas entre pour prendre ses bagages et qu'il ressort avec un sac de golf dont le contenu vaut plus que la Porsche de Stanton, je saute sur l'occasion.

– Je ne savais pas que vous jouiez au golf, monsieur Adams.

C'est faux, je suis au courant depuis longtemps.

– Oui, je suis un passionné. C'est relaxant vous savez, ça aide beaucoup contre le stress. J'ai hâte de jouer un peu durant le séminaire. Vous jouez ?

– Eh bien oui, que voulez-vous. J'ai fait un tournoi pas plus tard que ce week-end à East Potomac.

Il remet ses lunettes sur ses yeux écarquillés.

– C'est remarquable ! Lorsque je rentrerai de Hawaii, je vous inviterai à mon club.

– Ce sera avec plaisir, Monsieur, merci.

– Ma secrétaire dira à votre assistante de l'ajouter dans votre agenda. Vous jouez, monsieur Shaw ?

– Bien sûr. Le golf est toute ma vie, répond-il après une minuscule hésitation que je suis la seule à voir.

Jonas frappe dans ses mains.

– Excellent. Alors vous vous joindrez à nous.

– Formidable, répond Stanton.

Après que Jonas est parti, Stanton et moi prenons l'ascenseur pour regagner nos bureaux respectifs.

– «*Le golf est toute ma vie ?*», je répète en me moquant.

– Qu'est-ce que j'étais censé dire ? demande-t-il en me regardant d'un air amusé.

– Euh, tu aurais pu dire ce que tu m'as dit il y a trois mois : que le golf n'est pas un vrai sport.

– Ça n'en est pas un ! insiste-t-il. Si tu ne transpires pas, ce n'est pas un sport.

– Le golf requiert un talent et une concentration qui…

– Le ping-pong aussi. Et ce n'est pas un vrai sport non plus.

Quelle tête de mule, ce type. Même avec trois frères, je crois que je ne m'habituerai jamais à une telle obstination.

– Alors, qu'est-ce que tu vas faire ? Jonas rentre de Hawaii dans deux semaines.

– Ça te laisse bien assez de temps pour m'apprendre à jouer, répond-il en me mettant un léger coup de coude dans les côtes.

– Moi ? je m'exclame.

– Bien sûr, Mademoiselle j'ai fait un tournoi à East Potomac. Qui d'autre ?

Je secoue la tête. C'est ainsi que fonctionne Stanton. De la même façon que ma nièce fait trembler sa lèvre, Stanton utilise son charme pour me faire céder. C'est irrésistible.

– C'est peu de temps, deux semaines.

Il pose sa main sur mon épaule et promène son pouce sur la peau nue de mon cou. Je sens ma peau s'embraser immédiatement et tous les muscles en dessous de ma ceinture se contractent.

– On commencera ce week-end. J'ai confiance en toi, Sof. Et puis… j'apprends vite, ajoute-t-il en me faisant un clin d'œil.

Les portes de l'ascenseur s'ouvrent. Il se dépêche d'enlever sa main et pendant un instant, l'absence de chaleur m'attriste.

– Ce sera le moment parfait pour honorer ton pari. Je nous y emmènerai avec ta Porsche.

– Je ne devrais pas être tenu responsable de paris que je conclus sous la torture.

– Ha ! De quelle torture parles-tu ?

Stanton s'arrête à quelques pas des portes de nos bureaux et chuchote dans mon oreille.

– Tu sous-estimes le pouvoir de tes nichons miraculeux. Tu les as mis sous mon nez, il m'était impossible de réfléchir. J'étais à deux doigts de me lever et de crier *Amen*… ou alors de me mettre à genoux pour faire d'autres choses…

Un petit rire m'échappe.

– Si tous les seins te distraient aussi facilement, tu as de plus gros soucis que ma conduite, chéri.

Stanton me regarde de la tête aux pieds et ses yeux deviennent plus chaleureux, plus tendres.

– Pas tous les seins, Sof. Juste les tiens.

Je fais mine de ne pas être ravie.

– Bien tenté. Tu n'es pas excusé pour autant.

– Tu ne peux pas m'en vouloir d'avoir essayé.

Brent sort de notre bureau pour aller à celui de Stanton. Il s'arrête quand il nous voit et lève les bras pour nous saluer.

– Ah, le retour des vainqueurs. C'est justement vous que je cherchais.

Nous le suivons dans le bureau de Stanton, qu'il partage avec Jake Becker, lequel est en train de lire un dossier avec ses pieds sur le bureau. Il lève à peine les yeux vers nous.

– Vous avez gagné, à ce qu'il paraît ? Je vous félicite d'avoir prouvé que la justice est aussi stupide qu'elle est aveugle.

Stanton et Jake se sont rencontrés lorsqu'ils étaient encore étudiants, quand Stanton avait désespérément besoin d'un colocataire pour réduire le montant de son loyer, et que Jake cherchait désespérément à quitter le canapé de sa mère sur lequel il dormait. Jake Becker n'a absolument pas le look d'un avocat. Il me fait plutôt penser à un boxer ou au type qui tabasse les gens dans les films sur la mafia. Il a les cheveux noirs, les yeux gris, et des lèvres qui ne sourient presque jamais et qui laissent passer les remarques les plus acerbes. Il est taillé comme une armoire à glace et ses mains sont énormes.

Cependant, en dépit de son apparence, Jake est le parfait gentleman. Il a un sens de l'humour noir, et il est très protecteur envers ses amis, dont j'ai la chance de faire partie. Je ne l'ai jamais vu perdre son sang-froid ni hausser le ton, et j'imagine qu'une fois suffit.

Stanton pose son attaché-case sur son bureau et s'assied.

– Ne te mets pas trop à l'aise, prévient Brent. On ne reste pas longtemps. C'est vendredi, et votre victoire nous donne l'excuse parfaite pour partir plus tôt.

Je n'ai pas connu Brent dans sa jeunesse, mais je suis sûre qu'il était le clown de la classe, ou cet enfant dont l'hyperactivité n'a jamais été diagnostiquée. Il est toujours souriant, raconte sans cesse des blagues, et il n'est jamais fatigué. Il ne s'assoit que très rarement, même s'il lit. Il préfère faire les cent pas derrière son bureau, son dossier dans une main, et une boule de relaxation dans l'autre – dont il se sert pour se muscler la main.

Ah, et il ne boit pas de café, c'est dingue !

– Je dois finir de préparer mon rendez-vous avec Rivello.

– Termine-le demain, tu es déjà la chouchoute d'Adams, tu n'as pas non plus besoin de nous faire passer pour des branleurs. De toute façon, on a une raison de faire la fête, et je ne laisse jamais filer une occasion pareille. C'est l'happy hour !

– Il est seulement quinze heures ! je m'exclame en regardant ma montre.

– Et alors, ça veut dire qu'il est dix-sept heures quelque part ! Allons-y les enfants. La première tournée est pour Jake.

Jake est déjà debout, en train de remplir sa mallette de travail pour le week-end.

– Bien sûr, répond-il. Un verre d'eau pour tout le monde.

Stanton rit en passant son bras autour de mes épaules.

– Allez, Sof. Une Tequila sunrise t'attend. On a mérité un verre, non ?

J'ai une relation *je t'aime, moi non plus*, avec la Tequila sunrise : je l'adore à l'happy hour, et je la déteste le lendemain matin.

– OK, pourquoi pas, je finis par annoncer en soupirant.

5

Stanton

À la fin de l'happy hour, Sofia et Brent sont bien plus que joyeux. Jake est sobre, en revanche, car c'est lui qui conduit. S'il aime déguster un bon verre de scotch comme n'importe qui, je ne l'ai jamais vu ivre, contrairement aux deux autres énergumènes qui m'accompagnent. Il est dix-huit heures, nous sommes vendredi, et les rues de Washington sont désertes. Ceux qui ne sont pas partis en week-end sont déjà dans les bars.

Lorsque le Congrès n'est pas en session, les politiciens retournent dans leurs districts respectifs. Quant aux personnes mariées et qui ont des enfants, elles rentrent dans leur maison en banlieue. Il ne reste alors plus que nous, les travailleurs célibataires acharnés, affamés de réussite et de sexe. Il n'y a pas de meilleur moyen pour se détendre après une semaine interminable que de boire un verre dans une taverne bruyante. Sofia appelle cela *l'effet Grey's Anatomy*.

– Une bulle d'air dans la perfusion, suggère Brent d'une voix diabolique en se penchant vers nous comme s'il nous confiait un secret. C'est difficile à détecter et, à moins qu'il y ait une caméra de surveillance dans la chambre du patient, on ne peut pas prouver que c'est intentionnel. C'est rapide, efficace…

– Mais ce n'est absolument pas fiable, rétorque Sofia en tapotant le nez de Brent du bout de l'index. La quantité d'air nécessaire pour provoquer une embolie varie selon les gens, et il faudrait que la victime soit déjà à l'hôpital. En plus, il y aurait ton nom sur le registre des visiteurs…

Le meurtre parfait. Cela fait des années que nous avons ce débat. Je suis surpris que plus de juristes n'exploitent pas leur connaissance des failles du système pour commettre des meurtres.

Mais… peut-être est-ce le cas ? Flippant, non ?

– Je continue de penser que le moyen le plus sûr reste le poison, dit Jake, assis en bout de table. Un truc comme la ricine ou le polonium.

– Amateur, va, je soupire en secouant la tête.

– La médecine légiste est trop avancée, aujourd'hui, répond Brent.

– Et tu vas le trouver où, ton polonium ? ajoute Sofia. Tu connais beaucoup d'espions russes, toi ?

– Rappelle-moi de ne jamais te prendre comme client, mec, je réponds. Tu mettrais fin à ma série de victoires.

La piste de danse dans la pièce d'à côté est pleine à craquer et je m'amuse à regarder tous ces gens qui ne savent absolument pas danser mais qui n'en sont pas conscients. Tous lèvent les bras lorsque la chanson *Oh What a Night* débute, et Sofia se dresse de sa chaise.

– C'est mon signal ! Brent, viens remuer tes fesses avec moi.

– Je ne peux pas, chérie, mon rancard vient d'arriver, dit-il en se levant.

– Tu as un rancard ce soir ? demande Sofia.

– Maintenant oui, répond-il en lui faisant un clin d'œil, c'est juste qu'elle ne le sait pas encore.

Brent s'en va et Sofia se tourne vers Jake.

– Tu vas vraiment me demander de danser ? dit-il.

Elle se tourne alors vers moi. Elle sait très bien que je ne danse jamais, mais cela ne l'empêche pas d'essayer.

– Tu veux me montrer ce que tu as dans le ventre, Shaw ? demande-t-elle en promenant son index sur mon bras.

Je mâchouille le cure-dents dans ma bouche.

– Chérie, je te montrerai tout ce que tu veux, mais pas sur une putain de piste de danse.

Elle rigole puis elle rejoint les autres corps en transe. Je l'observe avec le regard d'un homme qui sait qu'il va baiser ce soir, et que ce sera bon. Sofia se déhanche, parfaitement en rythme, confiante et maîtrisée. J'imagine ses hanches sur moi, en train de me chevaucher à la même vitesse, et je bande immédiatement. C'est ainsi qu'elle remue les hanches avant de jouir, lorsqu'elle cherche à augmenter la friction de nos corps.

Je suce fort le cure-dents en la regardant lever les bras et dessiner des huit avec son bassin. Sofia aime que j'immobilise ses bras au-dessus de sa tête, que ce soit sur le matelas, contre un mur ou sur un bureau en chêne massif… Avec elle, le sexe est toujours incroyable, mais c'est particulièrement bon lorsqu'elle est dans cet état – juste assez soûle pour se lâcher davantage. Elle est alors plus sauvage, plus brutale, elle me tire les cheveux à peine un peu plus fort et me supplie plus encore.

Les bourbons que j'ai bus ont détendu mes muscles et mon esprit. Je ne suis pas ivre, mais je suis suffisamment désinhibé pour me foutre de tout. Sans quitter Sofia des yeux, je desserre ma cravate, je la dévore du regard et je laisse l'excitation monter.

C'est alors qu'elle se retourne. Ses cheveux bruns volent autour de son visage et je me laisse happer par ses yeux noisette – de grands yeux en amande qui sont presque luisants de désir. Elle ne danse pas seulement devant moi, elle danse *pour* moi. Ses mains descendent le long de sa taille et s'arrêtent sur ses hanches. Je sais que ce sont mes mains qu'elle imagine. Haletante, elle entrouvre ses lèvres pulpeuses au-dessus desquelles se forment de petites perles de sueur que j'ai envie de lécher, mais je ne m'arrêterai pas là. Je dévorerai d'abord sa bouche avant de parcourir tout son corps avec ma langue, jusqu'à ce que chaque centimètre de peau soit marqué par mes lèvres. Par mes dents.

Je me lève et je marche vers elle. Elle me tourne le dos avant que je ne l'atteigne et elle continue de se déhancher pour m'aguicher. Cependant, son regard ne m'a pas quitté et je ne m'arrête que lorsque je suis plaqué contre elle. Ma main est sur son ventre et je la tire contre moi. Je veux qu'elle sente l'effet qu'elle me fait, qu'elle sente chaque centimètre dur et bouillant de mon érection contre ses fesses.

– Tu as changé d'avis ? taquine-t-elle. Tu as envie de danser, finalement ?

– Je veux baiser, surtout, je chuchote dans son oreille en la faisant frissonner. Avec toi, au cas où tu en douterais. Tout de suite.

Elle recule ses fesses contre moi, s'accroupit, et remonte en frottant ma queue d'une manière exquise, m'arrachant un grognement.

– Dans ce cas, répond-elle, nous devrions partir.

◆◆◆

Je ne la touche pas dans le taxi qui nous ramène chez moi. Je n'effleure pas sa cuisse et je ne lui donne pas la main pour l'aider à sortir de la voiture, parce que je sais que l'attente l'excite plus encore. Cependant, c'est aussi parce que, lorsque je commencerai, je n'ai pas l'intention de m'arrêter.

Après deux minutes interminables dans l'ascenseur, nous sommes dans le couloir devant ma porte. Je mets la clé dans la serrure et je sens le corps de Sofia derrière moi. Elle ne me touche pas, mais je la sens – un parfum floral et sucré, comme du gardénia.

Nous n'avons pas fait deux pas dans mon appartement que je me retourne et me sers de son corps pour refermer la porte. Je tiens ses deux poignets dans une main, au-dessus de sa tête, l'étirant, la faisant se cambrer. Elle pousse un petit cri lorsque mon nez effleure sa joue et sa respiration s'accélère.

– Tu veux que je te baise ? je chuchote.

Elle tressaille et gémit.

– Oui.

Sofia aime que ce soit brutal, elle aime les paroles crues et les mains fermes.

Mes doigts remontent sur sa cuisse en soulevant sa jupe.

– Tu veux que je te fasse jouir ?

Elle m'a dit un jour que ce qu'elle préférait avec moi, c'était qu'elle pouvait lâcher prise, que c'était sans stress, sans soucis, sans décisions à prendre. C'est le seul domaine de sa vie dans lequel elle est heureuse de laisser quelqu'un d'autre – en l'occurrence *moi* – faire tout le travail.

Elle lève le menton et le frotte contre ma barbe naissante.

– S'il te plaît, oui, supplie-t-elle.

– À quel point ?

Je la taquine en caressant sa chatte par-dessus son string. Son bassin ondule et elle se frotte contre ma main alors que j'écarte le tissu pour la pénétrer avec mes doigts. Sa chatte est chaude, lisse, et mouillée.

– Je crois que j'ai ma réponse, je dis en riant.

– Stanton…, murmure-t-elle.

Ma bouche prend possession de la sienne, lui coupant la parole, suçant ces lèvres charnues que j'ai regardées toute la journée. Son goût est sucré, un mélange de grenadine et de tequila. Elle m'offre sa langue et je plonge la mienne dans sa bouche chaude, la laissant à peine respirer, puis je mordille sa lèvre inférieure.

Elle essaie de libérer ses mains, voulant me toucher, me tirer contre elle, mais je resserre ma poigne. J'appuie mon corps contre le sien et je savoure la sensation de ses courbes tandis qu'elle gémit. Je promène mes lèvres le long de sa mâchoire, laissant une traînée de salive sur sa peau, jusque dans son cou, me délectant de sa peau douce. Elle retient sa respiration avec un souffle aigu tandis qu'elle lève le menton plus haut, m'offrant davantage de peau, et je descends plus bas encore jusqu'aux boutons de sa chemise.

Les coups d'un soir, le sexe sans émotion, j'ai fait cela de nombreuses fois. Parfois c'est bon, parfois c'est simplement… mécanique. C'est histoire de combler un besoin physique. Ce qui se passe avec Sofia, en revanche, n'a jamais été mécanique. C'est comme si nous étions deux aimants, séparés depuis trop longtemps par trop de distance.

Je lèche ses seins par-dessus sa chemise, laissant une trace sombre et mouillée sur la soie. Il n'y a aucune arrière-pensée, ce ne sont que sensations pures et sentiments. Je libère ses mains, j'empoigne le col de sa chemise et je tire pour l'ouvrir, déchirant la soie, révélant sa chair sublime qui me fascine tant.

Je lui rachèterai une chemise, hors de question que je m'emmerde avec des boutons.

Elle plonge ses mains dans mes cheveux tandis que j'abaisse le tissu de son soutien-gorge pour dévorer son sein. *Tellement chaud, tellement doux.* Je la suce jusqu'à ce qu'elle crie et que ma bouche laisse sa marque, puis je titille son téton avec ma langue. Elle se cambre lorsque je le prends entièrement dans ma bouche et elle laisse tomber sa tête sur le côté.

– Oh oui… Mon Dieu oui…

J'accorde la même attention à l'autre téton pendant que ma main replonge dans son string. Je veux la faire jouir, la faire hurler de plaisir. Elle écarte les cuisses tandis que mon doigt effleure ses lèvres, et son bassin dessine des cercles dans le sens inverse au mien. Je mordille toujours son téton lorsque je plonge mes doigts en elle, sentant ses ongles se planter dans mon dos.

– Putain…, siffle-t-elle.

Je la pénètre avec mes doigts en frottant son clitoris avec mon pouce. Sa voix devient plus aiguë, plus désespérée. Elle n'est pas loin. Je lève la tête et je regarde son visage : ses yeux sont fermés, ses cils noirs contrastent avec sa peau bronzée, ses lèvres sont entrouvertes et elle crie mon nom. Si je savais peindre, cette scène serait mon chef-d'œuvre – ce moment de pureté, de transparence où Sofia se met à nu pour moi. Ce moment où elle baisse sa garde, me laissant lui offrir un plaisir brutal sans toutefois la blesser.

Je ne peux pas ne pas l'embrasser. Doucement, cette fois-ci, je lui fais ouvrir la bouche pendant que mes doigts et mon pouce accélèrent. Soudain, elle explose. J'avale son cri divin tandis que ses bras me tirent à elle et que ses cuisses et sa chatte se contractent.

Lorsqu'elle se remet de son orgasme, elle pose ses mains sur mes joues et elle m'embrasse tendrement. Je recule le visage et ses yeux brûlants me regardent lécher son liquide chaud et sucré. C'est meilleur que toutes les Tequilas sunrise et tous les bourbons du monde – le jus de Sofia est l'élixir des dieux, et je le boirai à la source d'ici à la fin de la nuit.

Cependant, pour l'instant, il est temps pour elle de s'amuser.

Son regard brille d'un éclat machiavélique tandis qu'elle saisit ma cravate pour m'embrasser de nouveau et m'adosser à la porte. Nos lèvres ne se quittent pas, et je plonge ma main dans ses cheveux pour les empoigner, les tirer, juste comme elle aime. Puis je pousse sa tête vers le bas, jusqu'à ce qu'elle soit à genoux devant moi.

Elle lève des yeux affamés vers moi en promenant ses mains sur mes cuisses. Elle défait ma ceinture et je la regarde en lui caressant la tête. Elle baisse mon pantalon et mon boxer sur mes chevilles et je lève un pied après l'autre pour en sortir, puis elle caresse la peau de mes jambes musclées.

– Ces jambes… soupire-t-elle d'une voix admirative. Elles sont faites pour que l'on s'agenouille devant.

Je ris sombrement.

– Merci du compliment, chérie. Mais cesse de parler, maintenant. Ta bouche a des choses bien plus intéressantes à faire.

Elle sourit et se lèche les lèvres. Ma queue tressaille, consciente de ce qui l'attend, et je l'empoigne fermement pour la branler lentement. Je promène ensuite mon gland sur les lèvres de Sofia, étalant mon liquide sur sa chair pourpre. Mes yeux plongent dans les siens, des yeux dans lesquels je pourrais me noyer si je ne faisais pas attention.

– Ouvre, j'ordonne.

Cela ne me gêne absolument pas qu'une femme prenne le contrôle. Cependant, la soumission de Sofia est exaltante. J'aime être au-dessus d'elle, la diriger. J'aime prendre mon temps pour qu'elle sente tout ce que je lui donne, plutôt que de simplement la laisser prendre.

Ses lèvres sont gonflées et rougies par nos baisers. Elle ouvre grand la bouche et je glisse ma queue dans ce paradis chaud et humide. Je la pénètre lentement tandis que mon souffle devient rauque, jusqu'à ce que je touche le fond de sa gorge, et je me laisse engloutir par cette sensation divine. *Tellement, tellement bon.*

Je baisse la tête pour voir ma bite se retirer, ses lèvres se refermer sur ma peau, comme si elles ne voulaient pas que je parte, puis je la pénètre de nouveau, un peu plus fort, un peu plus profond. Je ne bouge plus tandis que je sens sa gorge se refermer sur moi.

– Putaaaain, je gémis.

C'est une délicieuse torture, une agonie parfaite que je ne veux jamais voir finir. Mais je me retire – pour pouvoir baiser sa bouche une nouvelle fois.

– C'est ça, bébé, je dis en lui tenant la tête. Comme ça. Garde la bouche ouverte, prends tout ce que je te donne… putain…

Je ne peux pas me retenir. Je lève les yeux au ciel et mon bassin fait des allers-retours. Je ne veux pas venir tout de suite, mais je ne peux pas m'arrêter. *Juste un peu plus, un peu plus longtemps.*

Sofia gémit, prenant presque autant de plaisir que moi, elle caresse mes testicules, les faisant se contracter, se préparer pour la vague de plaisir qui est à deux doigts de me happer. Lorsque je suis au bord du précipice, je saisis ses cheveux et lui recule la tête, puis je la fais se lever et j'embrasse sa bouche parfaite.

Où aller, maintenant ? Le sol, le canapé, le mur ? Le lit n'est pas une option, c'est beaucoup trop loin.

Je ramasse mon pantalon pour prendre une capote, je l'ouvre, et je la déroule sur ma verge. Sofia me regarde en enlevant sa jupe et son string, se fichant de sa chemise qui ne couvre plus rien.

Ce sera le sol. Je l'attire dans mes bras et je baise sa bouche avec ma langue tandis que je descends à genoux en l'entraînant avec moi, l'allongeant par terre, protégeant sa tête avec ma main.

– Dépêche-toi, Stanton, supplie-t-elle. Je n'en peux plus. Mon Dieu…

Sofia ne supplie que lorsqu'elle baise.

Elle soulève ses hanches, frottant sa chatte contre mon ventre. Nous gémissons tous les deux lorsque je la pénètre, étirant son vagin merveilleusement serré, m'enfouissant de tout mon long. *Putain, ouais.*

Les sons qu'elle fait sont exquis. Elle plante ses ongles dans mon dos, m'arrachant un sifflement de douleur, et j'empoigne ses épaules pour plus d'intensité. Mon bassin frappe le sien et dessine des cercles lorsque je suis enfoui en elle.

– Plus fort ? je susurre à son oreille.

Elle resserre les genoux et ses talons agrippent mes fesses.

– Donne-moi ta bouche, supplie-t-elle.

Je baisse la tête et nos langues fusionnent. De petits frissons chatouillent ma colonne vertébrale tandis que j'accélère mes allers-retours, lui offrant tout ce que j'ai. Je la sens tressaillir et se contracter autour mon sexe.

– C'est ça bébé, jouis avec moi… là…

Des éclats de lumière recouvrent ma vue et je niche mon visage dans son cou. Ses hanches se soulèvent une dernière fois avant de s'immobiliser tandis que je me déverse frénétiquement en elle. Le sang qui bourdonne dans mes oreilles ne m'empêche pas de l'entendre crier mon nom. Nous jouissons en même temps, partageant ce moment merveilleux où rien d'autre n'existe à part elle, moi, et ce plaisir exquis qui nous unit.

Je sens son souffle sur mon épaule et il me faut toutes mes forces pour lever la tête et voir le regard étincelant de Sofia. Son sourire est si tendre que cela me fend presque le cœur. J'enlève les mèches de son visage et je l'embrasse délicatement. Sans un mot, je me retire et je me lève en la prenant dans mes bras, l'emmenant dans ma chambre.

Cependant, la nuit est très loin d'être finie.

◆◆◆

Sofia s'effondre sur le dos, riant aux éclats et essoufflée. J'enlève la deuxième capote usagée et je la jette dans la corbeille à côté du lit. Nous restons allongés confortablement côte à côte, silencieux, jusqu'à ce que le gargouillis du ventre de Sofia rompe notre tranquillité.

Elle essaie de se cacher derrière sa main, mais je constate d'un regard amusé sa peau rougir depuis sa poitrine jusqu'à ses joues.

« On a oublié de manger, n'est-ce pas ? »

– À moins que l'on compte la rondelle d'orange dans la Tequila sunrise, oui, répond-elle.

– Viens. Allons voir ce qu'on a comme ravitaillement.

Je sors de la chambre sans prendre la peine de me couvrir. J'aime avoir les fesses à l'air. Certes, j'habite dans une rue passante et je n'ai pas de rideaux, mais si les gens veulent lever la tête et regarder par ma fenêtre, autant leur offrir un beau spectacle.

Sofia me suit, enveloppée dans ma couette. Je suppose que c'est parce qu'elle a froid, car cela fait longtemps que toute trace de pudeur a disparu entre nous – sans doute le jour où elle a chevauché ma bouche.

Elle s'assoit à la table de la cuisine tandis que je sors un saladier du frigo pour le mettre au micro-ondes. Je pose deux assiettes sur la table, puis deux verres d'eau fraiche, et je sens le regard de Sofia me suivre tandis que je me déplace. Sans doute profite-t-elle de la vue. Lorsqu'un bip nous avertit que le dîner est prêt, je sors le saladier… et je me brûle les doigts.

– Merde, aïe !

Je secoue la main et suce mes doigts.

– Attention, prévient-elle. N'abîme pas mes joujoux préférés.

J'utilise une serviette pour porter le saladier à table.

– Merci de t'inquiéter !

Je nous sers deux énormes parts fumantes de macaronis au fromage, et lorsque Sofia gémit en avalant la première bouchée, ma queue ne manque pas de le remarquer.

– C'est super bon, Stanton. C'est toi qui l'as fait ?

– Non, je ne cuisine pas. Jake non plus, d'ailleurs, mais c'est la seule recette qu'il a apprise par cœur parmi celles de sa mère. Il ne peut pas survivre une semaine sans en avaler.

Nous mangeons en silence pendant quelques minutes, et je regarde les cheveux de Sofia tomber en cascade sur ses épaules, admirant l'éclat de ses yeux noisette. Je me sens bien, là. Avec elle.

– Je peux te poser une question ? demandé-je.

– Bien sûr.

J'enlève la couverture de son épaule, révélant la rondeur parfaite de son sein droit. Sa respiration est coupée un instant tandis que je promène mon doigt le long de sa cage thoracique, sur la cicatrice de vingt centimètres qui marque sa peau parfaite.

– Comment t'es-tu fait ça ?

La première fois que je l'ai remarquée, je n'ai pas osé demander, je ne me sentais pas légitime. Au début, nos rencontres consistaient à se déshabiller l'un l'autre le plus vite possible et à jouir autant de fois que possible sans risquer la déshydratation. Cela laissait peu de temps à la conversation. Cependant, ces derniers temps… je me retrouve à vouloir en savoir davantage à propos de Sofia. Je ne veux pas seulement savoir comment elle aime être baisée, et je veux en savoir plus que Brent et Jake. Je veux connaître ses fantasmes et ses secrets.

Je ne détecte aucune gêne ni aucune douleur dans ses traits, ce pour quoi je suis reconnaissant.

– Accident d'avion, répond-elle comme si de rien n'était.

– Tu déconnes ?

– Pas du tout. Quand j'avais huit ans, on revenait de Rio, où on avait rendu visite à notre famille, et il y a eu un problème à l'atterrissage. On a dû se poser en urgence – c'était violent. Il y avait un bruit monstrueux, c'est de ça que je me souviens le plus. Le son du métal qui se plie, comme un accident de voiture mais… mille fois plus brutal. L'accoudoir de mon siège m'a cassé deux côtes, mais aucun organe vital n'a été touché. On a eu de la chance, en termes de crash d'avion. Il n'y a eu aucun mort et tous les blessés s'en sont remis.

– Merde.

Je ne sais pas à quoi je m'attendais, mais… ce n'était pas à ça.

– Mon deuxième frère, Tomás – le philosophe de la famille –, pense que c'était un signe. Un rappel que la vie est trop courte et précieuse. Il pense que nous avons de grandes choses à accomplir, parce qu'on aurait tous pu mourir mais que, pour une raison ou une autre, on a été épargnés.

Je couvre sa cicatrice avec ma main, imaginant la douleur qu'elle a dû ressentir, voulant l'absorber, la faire disparaître. En même temps, cela fait partie d'elle, de ce qu'elle est aujourd'hui, et pour rien au monde je ne la changerais, parce qu'elle est incroyable.

Je remonte ma main jusqu'à son sein, sentant les battements de son cœur sous sa chair. Le bruit de son souffle, à la fois aigu et rauque, m'encourage, et son pouls s'accélère tandis que je m'approche. Elle chuchote mon nom, et je crois que jamais cela n'a été aussi beau.

Cependant, je n'ai pas le temps de l'embrasser car nous entendons des clés dans la serrure et nous sursautons comme deux adolescents surpris par leurs parents. Nous courons jusqu'à ma chambre et je referme la porte en riant. Je m'étale sur le lit en bâillant et je tire la couverture à moi. Sofia me regarde un moment, puis elle lâche sa couette et ramasse ses vêtements.

– Je vais y aller.

C'est ainsi que l'on fonctionne. On baise, on se rhabille, et on part : bonne nuit, et à très vite au bureau.

Je regarde l'heure sur mon réveil. Il est trois heures du matin.

– Il est tard, je constate en bâillant et en remarquant le bruit de gouttes sur la vitre. Et il pleut : pourquoi tu ne resterais pas ?

Nous n'avons pas de règles précises, en tout cas rien que l'on aurait pu énoncer à voix haute. Nous avons toujours fait ce qui nous semblait bien. S'il existe des règles, même sous-entendues, il y a des chances pour que passer la nuit ensemble les enfreigne.

Toutefois… je m'en fiche.

Je frotte ma joue contre le coussin moelleux et j'entrouvre un œil. Sofia est debout, superbement nue, son soutien-gorge à la main, pesant le pour et le contre.

Je rejette la couverture pour l'inviter à mes côtés.

– Il fait froid dehors et chaud ici. Ne réfléchis pas trop, Sof.

Cela n'a pas forcément de sens caché, et Sofia est douce – je suis sûr de faire de beaux rêves en dormant contre elle.

Elle lâche le soutif et s'allonge à côté de moi. Son dos est contre mon torse et son cul contre ma queue, m'ouvrant de nouvelles perspectives quant aux avantages des câlins.

Je pose une main sur sa hanche et l'autre sous mon oreiller et, après avoir remué un instant pour se mettre à l'aise, elle chuchote :

– Tu sais que ton accent ressort quand tu es fatigué ?

Ses cheveux chatouillent mon nez et me font renifler.

– Ah bon ?

– Ouais. Je… j'aime bien.

Je suis en train de m'endormir lorsque le bruit sourd d'un meuble frappant contre un mur résonne dans la pièce. *Bang, bang, bang.* C'est le bruit de la tête de lit de mon coloc qui cogne contre le mur, accompagné d'une voix feminine : « Oui, oui, oui ! ».

Je lève la tête et crie face au mur.

« Eh ! On vous dérange ? Y en a qui essaient de dormir ! »

La voix je-m'en-foutiste de Jake me répond.

« Tu es mignon mais y en a qui essaient de baiser ! »

Les coups reprennent, mais, Dieu soit loué, les gémissements affirmatifs se taisent.

Sofia ricane tandis que je tire la couverture par-dessus nos têtes pour étouffer une partie du bruit.

– Putain, il faut vraiment que je me trouve mon propre appart.

6

Sofia

Le jour n'est pas encore levé lorsque je suis réveillée par l'érection de Stanton contre mes fesses. Ses grandes mains remontent sur mon ventre et palpent mes seins avant de titiller mes tétons déjà durs. Ses dents raclent mon épaule – c'est animal et dangereux. Il n'attend pas ma permission.

Puis ses doigts magiques sont entre mes jambes, il prend ma main et l'appuie sur mon clitoris en dessinant de petits cercles.

– Continue, dit-il d'une voix grave et endormie.

La chaleur de son torse quitte mon dos et son poids disparaît un instant du matelas. J'entends l'emballage d'une capote puis il revient – sa peau brûlante, sa bouche mouillée sur mon cou, mordillant cet endroit si sensible derrière mon oreille. Ma respiration accélère et j'augmente la pression de mes doigts, intensifiant le plaisir qui tourbillonne dans le bas de mon ventre. Le souffle de Stanton chatouille mon épaule tandis qu'il saisit mon genou et lève ma jambe.

– Oui. Ça. Tout de suite.

Tout de suite, je t'en supplie.

Je ne me rends compte que j'ai parlé à voix haute que lorsqu'il rit.

– On a dû faire le même rêve, dit-il.

Puis il me pénètre, entièrement, parfaitement, comblant ma chatte avec sa verge dure et épaisse. Je penche la tête en arrière en gémissant tandis qu'il expire bruyamment chaque fois qu'il me pénètre lentement.

Je sens son sexe contre mes doigts et je baisse la main pour le caresser et accompagner ses allers-retours.

Mon Dieu, j'adore sa façon de bouger.

Il sait quel est l'angle parfait, quelle est la bonne vitesse pour me faire perdre la tête. Je n'ai rien à dire, rien à faire, sauf si j'en ai envie, ou qu'il me l'ordonne.

Sa main serre plus fort ma jambe et je tends le bras derrière pour attraper sa cuisse, puis sa fesse, le poussant à me pénétrer plus fort et lui arrachant un grognement.

– Putain, Sofia, j'adore te prendre comme ça. J'adore pouvoir te regarder. Tu es tellement belle, dit-il d'une voix rocailleuse.

Il plonge en moi plus fort et le bruit de son bassin claquant contre mes fesses emplit la chambre.

– Tu aimes aussi ? demande-t-il tout pantelant.

Il lâche ma jambe mais je la laisse en l'air, ne voulant pas risquer de gâcher ce plaisir. Ses doigts s'emparent de mes tétons pour les pincer et les tirer.

– Montre-moi, grogne-t-il. Montre-moi à quel point tu aimes ça.

Je pousse un cri en reculant mes fesses contre lui, rencontrant ses coups de bassin, et je me courbe en avant pour qu'il me pénètre encore davantage.

– Putain, oui. C'est ça, bébé.

Nous devenons une masse pulsante et gémissante de plaisir pur. Je plante mes ongles dans la peau de sa cuisse tandis que je jouis, bouche ouverte contre le matelas, pour étouffer mon cri.

Stanton me pousse sur le ventre et s'allonge sur moi. Encore trois coups de bassin et il gémit contre ma nuque. Je le sens gonfler en moi tandis qu'il jouit à son tour, et sa sensation, les bruits qu'il fait, me donnent envie de tout recommencer.

Nous restons immobiles un long moment, haletants, nos cœurs battant la chamade. Je m'endors déjà avant qu'il ne se retire, me laissant happée par cette fatigue divine qui ne vient qu'après un tel exercice physique. J'enregistre vaguement qu'il bouge et qu'il m'attire dans ses bras, en m'enveloppant dans ce parfum épicé d'après-sexe et dans la chaleur réconfortante d'un homme.

◆◆◆

La chambre de Stanton baigne dans le soleil. Un parfum de café embaume la pièce et le lit est vide à côté de moi. Je ne m'assois pas tout de suite, profitant encore un peu de son lit, de son parfum viril encore présent sur les draps, revivant dans ma tête nos ébats de la veille.

Le fait de passer la nuit chez lui est nouveau. Un choix spontané qui… n'était sans doute pas très malin, parce que cela m'a plu.

D'ailleurs, tout m'a plu dans le fait de dormir dans son lit : ses bras autour de moi, son torse sous ma joue, le réveil de son érection contre moi au milieu de la nuit. Mon sexe se contracte en y repensant et je tressaille, merveilleusement courbatue – la meilleure des douleurs. Je me demande si Stanton a aimé que je sois là, lui aussi. Je me demande s'il voudrait que…

Non.

Objection.

Hors de question.

Nous savons tous ce qui se passe lorsque l'on joue avec le feu, mais je ne me brûlerai pas. Je suis comme… la main qui traverse la flamme d'une bougie et qui ne sent pas la chaleur.

Car je suis préparée. Des voix qui ressemblent étrangement à celles de mes frères résonnent dans ma tête. Des conversations à propos d'amies qui voulaient plus que ce qu'ils étaient prêts à offrir. Des stratégics pour se dépêtrer des tentacules de femmes qui s'étaient trop attachées. Les adjectifs pour décrire les femmes commençaient par être synonymes de «cool», de «géniale» ou encore de «sans prise de tête», et devenaient inévitablement plus proches de «agaçante», «collante» ou tout simplement «gênante». Des amitiés qui ne se sont jamais reconstruites parce que des limites avaient été dépassées.

Cela ne m'arrivera pas. Je n'ai pas besoin de ce genre de distraction. Je ne veux pas ce type de complication. Ma carrière est là où elle doit être et rien ne changera cela, pas même des orgasmes qui me font oublier jusqu'à mon prénom…

Je me lève brusquement du lit pour m'habiller, mais je tombe sur ma chemise. Je ne l'avais pas bien vue hier soir, mais elle est vraiment fichue. Les boutons ne servent plus à rien et il y a un trou suffisamment gros pour y passer la main – ou le sein. On dirait un drapeau rouge qui a fait face à un taureau enragé, ce qui n'est peut-être pas très loin de la réalité.

C'est alors que je remarque le tee-shirt plié au bout du lit, à côté de mes vêtements. Il est gris, avec une inscription en lettres majuscules: *Sunshine, Mississippi.*

Trop mignon.

Je le prends et j'ai honte d'avouer que je le porte à mon visage pour sentir l'adoucissant – et l'odeur de Stanton. Je secoue la tête.

N'oublie pas tes objectifs, Sofia. Quoi que puissent croire mon clitoris et mon vagin, le superbe pénis de Stanton Shaw ne fait pas partie de mes objectifs.

Je m'attache les cheveux, je fourre ma chemise et ma veste dans mon sac à main et je remercie les dieux de la mode d'avoir inventé les sacs géants. Je me regarde rapidement dans le miroir de Stanton – des yeux fatigués, des cheveux ébouriffés, un tee-shirt gris beaucoup trop grand avec une jupe crayon qui en dépasse à peine. C'est ce qu'on appelle le *walk of shame.*

Lorsque j'arrive dans la cuisine, Stanton est assis à table, torse nu, en jogging bleu marine, les cheveux aussi peu coiffés que les miens, sauf que sur lui, c'est sexy. Il est devant son ordinateur portable, en train de parler via Skype. À en juger par la tasse de café presque vide, cela fait un moment qu'il est debout. Il lève les yeux en me souriant, puis il désigne la cafetière sur le plan de travail. Une proposition que je ne peux pas refuser.

Je ne vois pas l'écran mais je reconnais la voix de la jeune fille.

– … et Ethan Fortenbury a dit que j'avais des mains de garçon.

Stanton fronce les sourcils, consterné.

– Des mains de garçon ? Eh ben ce n'était pas très gentil de la part d'Ethan.

Peut-être est-ce parce que je sais à qui il parle, mais sa voix me paraît plus douce, calme et protectrice. Je pourrais l'écouter parler ainsi toute la journée.

J'entends Presley mâcher ses céréales, puis elle répond.

– Non, il n'est pas gentil, Papa. Je voulais le traiter d'enfoiré, mais maman m'a dit que c'était impoli, alors je l'ai insulté de fion de cheval, parce que c'est ce qu'il est.

Stanton éclate de rire alors que Jake entre, vêtu d'un jean et d'une chemise bleu ciel. Il passe derrière Stanton et jette un œil à l'écran.

– Salut Jake, s'écrie la petite voix toute joyeuse.

Il lui sourit jusqu'aux oreilles, ce qui est rare, pour lui.

– Bonjour petit rayon de soleil.

Jake me rejoint et se sert une tasse de café en me regardant de la tête aux pieds.

– Sympa, ta tenue.

Je lui tire la langue.

Une grande blonde aux jambes qui n'en finissent pas sort de la chambre de Jake. Elle porte une robe couleur taupe et des talons assortis et elle est bien plus présentable qu'elle ne devrait en avoir le droit après une soirée à boire et une nuit à baiser – *bruyamment.*

Elle regarde à peine dans la direction de Jake et file vers la porte.

– Salut ! lance-t-elle.

Jake n'a pas l'air perturbé.

– À plus ! répond-il.

– Elle a l'air sympa, je dis en buvant une gorgée de ma drogue matinale.

– Elle a trouvé la sortie toute seule, et pour moi, c'est la femme parfaite. Peut-être même que je la reverrai.

Sur ce, Jake prend sa tasse et retourne dans sa chambre.

– Alors, qu'est-ce qui s'est passé avec Ethan Fortenbury ? demande Stanton.

– Ah ! Eh ben je lui ai dit que s'il n'arrêtait pas de m'embêter, j'allais l'étrangler avec mes mains de garçon. Depuis, il me laisse tranquille.

Stanton rit de plus belle. Un rire plein d'amour et de fierté.

– Bravo ma fille.

– Faut que je trouve mes baskets avant l'entraînement, Papa. Je te passe maman. Bisous ! Je t'aime !

– Je t'aime aussi mon bébé, répond-il en lui soufflant un baiser.

Je crois que je viens de retremper ma culotte. Un manque qui ne m'est pas étranger se réveille dans mon utérus, un besoin urgent de procréer avec cet homme. C'est purement instinctif, et heureusement, je réfléchis avec ma tête et non avec mes ovaires. Cependant… ce n'est pas si simple.

Je sirote mon café tandis que la petite voix aiguë est remplacée par une autre, plus mature, mais avec un accent aussi fort.

– Bonjour Stanton.

– Bonjour chérie.

– Alors… il faut que…

Elle marque une pause, puis elle reprend.

– … ça fait un moment que je veux te parler de quelque chose…

Je fais signe à Stanton que je vais prendre un taxi pour rentrer. Il lève son index pour me dire d'attendre.

– Jenny, tu peux attendre une seconde ?

Il ferme l'ordinateur.

– Ne prends pas un taxi, Sof, je vais te ramener.

– Non, tu es occupé, ne t'en fais pas, ce n'est rien.

– Ce n'est pas rien, pour moi. Attends juste une minute.

Il se rassoit et rouvre l'ordinateur.

– Jenny, désolé. Tu disais quoi ?

Elle hésite.

– C'est un mauvais moment, peut-être ?

– Non, pas du tout, répond-il. Faut juste que je raccompagne une amie. Vas-y, qu'est-ce que tu voulais me dire ?

Il attend sa réponse et je suis certaine d'entendre Jenny retenir sa respiration – avant de soupirer.

– Tu sais quoi ? Ça peut attendre… tu as des invités et… faut que j'amène Presley à son entraînement.

– Tu es sûre ?

– Ouais, certaine. Je… je t'appellerai plus tard. Ce n'est pas… ce n'est rien d'urgent.

Son regard s'assombrit, doutant de ce qu'elle dit, mais il ne l'oblige pas.

– OK. Bonne journée, alors.

– Toi aussi.

Il tapote une ou deux touches pour se déconnecter, puis son sourire ravageur se pose sur moi.

– Bonjour.

Stanton et moi n'avons jamais dormi ensemble, mais il n'y a pas de gêne ce matin. C'est simplement… différent.

– Bonjour, je réponds en levant ma tasse de café.

– J'attrape mes clés et on y va.

◆◆◆

Stanton se gare devant chez moi mais ne coupe pas le moteur. Apparemment il n'a pas l'intention d'entrer, ce qui me va parfaitement.

– Merci de m'avoir raccompagnée, je dis en repoussant une mèche de mon front.

– Pas de souci. Merci pour… hier soir, dit-il en me faisant un clin d'œil.

– Obsédé, dis-je en rigolant.

– Au fait, dit-il tandis que je sors de la voiture, n'oublie pas qu'on joue à quinze heures.

Presque tous les cabinets ont leur propre équipe dans la Ligue de Softball des Avocats de DC, et cette année, la nôtre a une chance de remporter le championnat. Je suis douée en sport – mes frères s'en sont assurés –, mais je m'entraîne aussi parce que les sports comme le golf, le tennis ou le squash peuvent vous ouvrir des portes. Tout est une question de réseau.

– J'y serai, ne t'en fais pas.

Stanton repart et je reste sur le trottoir à regarder sa voiture disparaître dans la circulation. Un léger… quelque chose prend racine dans ma poitrine, et je me retrouve à renifler son tee-shirt. Encore une fois.

C'est pas bon, ça, ma grande.

Un footing. C'est ce qu'il me faut pour me débarrasser des dernières gouttes d'alcool qui m'empêchent de réfléchir. J'écris un message à Brent, qui habite au bout de la rue, pour voir s'il veut se joindre à moi. Je passe la porte de ma maison et je suis accueillie par trente kilos d'amour velu : mon Rottweiler, Sherman.

Ma mère ayant peur des chiens, nous n'en avons jamais eu à la maison. Quand j'ai eu mon propre appartement, j'ai réalisé mon rêve d'enfant et j'ai acheté le plus gros chien que j'ai pu trouver. J'embauche une jeune fille pour promener Sherman trois ou quatre fois par jour et je peux le laisser seul pour une nuit sans qu'il ne fasse de bêtises. Cependant, c'est mon bébé et je suis sa maman, et ses adorables yeux marron brillent de joie lorsqu'il me voit.

Je passe un long moment à lui gratter le ventre et les oreilles, puis je connecte mon téléphone aux enceintes et je monte le volume à fond. Il me faut quelque chose de joyeux. *Still Standing*, de l'éminent Elton John. En boucle. Contrairement à son dédain pour les chiens, j'ai hérité des goûts musicaux de ma mère. Elle a entendu *Tiny Dancer* pour la première fois lorsqu'elle était adolescente, et elle est toujours aussi amoureuse de lui. J'ai grandi avec et je vais le voir en concert dès que j'en ai l'occasion.

Le premier refrain est à peine fini que je me sens déjà mieux, sautillant en rythme tandis que j'enfile un soutif de sport rose bonbon et un caleçon de course noir. Je m'étire dans le salon lorsque Brent passe la porte sans sonner, en tenue lui aussi – un marcel bleu qui met en avant ses biceps musclés et un short noir dont dépasse la prothèse en acier qu'il met pour aller courir.

J'ai beau être au courant de l'accident de Brent et de ce que cela lui a coûté, je suis toujours choquée de voir le métal prendre le relais de sa chair après son genou. Il m'est difficile d'imaginer ce qu'il a enduré, tous les défis qu'il a dû relever et comment il s'en est sorti avec une personnalité aussi dynamique et positive.

Il me reluque de la tête aux pieds, penche la tête sur le côté, et tend l'oreille.

– *Still Standing ?* Tu avais besoin d'un coup de pouce au moral, toi.

Brent me connaît par cœur.

– Tu es rentrée tard… ou… pas du tout ? demande-t-il.

Je saisis mes clés et nous filons à Memorial Park, le meilleur endroit de la ville pour courir. Après la pluie d'hier soir, l'air est chaud mais sec, c'est une belle journée d'été.

– J'ai dormi chez Stanton.

– Ah bon ? s'exclame-t-il en écarquillant les yeux.

– Il était tard.

– Hmmm.

– J'étais fatiguée.

– Mouais.

– Il pleuvait ! je m'exclame, exaspérée.

Il hoche la tête mais son regard me dit qu'il n'est pas dupe.

Un avocat doit savoir distraire un témoin – le faire changer de sujet lorsque celui-ci devient gênant pour son client. C'est ce que je fais maintenant.

– Alors, comment s'est passé ton rancard ?

Brent sourit d'un air machiavélique.

– Un gentleman ne raconte pas ce genre de chose.

– Je ne vois pas de gentleman, ici.

Il éclate de rire.

– Tu n'as pas tort. Disons simplement qu'elle est partie en boitant ce matin.

Lorsque les journées sont calmes au bureau, il a tendance à remplir les silences par le récit de ses histoires les plus folles. Je sais quelle actrice l'a sucé alors qu'il y avait un millier de paparazzis autour de sa voiture ; quelle héritière accroc au danger il a sautée alors qu'elle était suspendue à un chandelier dans un château du seizième siècle… Bien sûr, toutes ses histoires ne parlent pas de sexe, ce sont juste celles qu'il préfère.

Nous commençons notre course au Washington Monument, à un rythme lent, pour s'échauffer, côte à côte, en prenant soin d'éviter les nombreux coureurs, cyclistes, et les gens en rollers. DC est une ville jeune et active et, dans mon quartier, attractive. On peut presque sentir la rivalité dans l'air : tout le monde veut être au sommet de l'échelle, que ce soit en la gravissant ou en faisant tomber celui qui est au-dessus. À DC, le pouvoir est roi, et tout le monde en veut l'exclusivité.

– Tu penses quoi des barbes ? demande Brent au détour d'une statue.

Je ne comprends pas d'où sort sa question. Je regarde son visage lisse et beau.

– Ça dépend qui la porte. Pourquoi ?

Il se frotte la mâchoire.

– J'hésite à la laisser pousser. Ça m'éviterait de me faire draguer par des lycéennes.

J'éclate de rire.

– Je pense qu'une barbe t'irait bien.

Quelques minutes plus tard, nous passons le Jefferson Memorial. Je crois que lorsque les monuments étaient érigés, quelqu'un n'aimait pas Jefferson, parce qu'il est loin des chemins fréquentés, et je n'y vois jamais aucun visiteur.

– Alors… à propos de toi et Stanton…, commence Brent.

Je le regarde du coin de l'œil et je vois ses traits inquiets. Merde. Il est mal à l'aise, comme s'il s'apprêtait à me dire quelque chose de désagréable.

– Quoi, il t'a dit quelque chose ? À propos de moi ?

Voilà une autre chose que j'ai apprise de mes frères. Les garçons se parlent.

– Non, non. Il n'a rien dit. C'est juste que… tu as conscience que Stanton… n'est pas libre ? D'un point de vue sentimental ?

– Bien sûr, c'est une des choses que je préfère chez lui. Tu crois que j'ai le temps pour du sentimental, moi ?

Nous marchons, à présent, récupérant notre souffle.

– Mais… tu saisis qu'il… appartient à quelqu'un d'autre ?

– Mais oui ! Brent, il parle de Jenny et de Presley tout le temps. Il a une photo d'elles sur son bureau et des dizaines dans sa chambre.

En effet, il y a une photo de Stanton embrassant Jenny sur un lit d'hôpital avec un nouveau-né dans les bras ; Stanton et une petite fille avec des couettes blondes devant un vélo ; Stanton, Jenny, et Presley assis sur une grande roue, riant aux éclats. Tous les trois sont blonds et parfaits, comme une carte postale de la famille idéale.

– Personnellement, je crois que Stanton et toi feriez un couple génial. En plus, tu n'aurais même pas à changer ton monogramme.

J'éclate de rire en secouant la tête.

– Tu es le seul hétéro que je connais qui sait ce qu'est un monogramme et qui sait l'employer dans une phrase.

– Je suis comme ça, qu'est-ce que tu veux. Écoute… je ne veux pas te voir souffrir, c'est tout.

Brent est un play-boy, mais pas un connard. Il a eu des plans cul avec des femmes qui voulaient que ce soit plus sérieux. Il s'est toujours senti coupable de les blesser en n'ayant pas la même envie qu'elles.

– Merci de t'inquiéter, mais tout va bien, Brent, je dis en lui prenant la main. C'est la magie d'être des sex-friends, personne ne s'attache.

Brent me sourit et nous reprenons notre course d'un pas décidé.

– D'un point de vue parfaitement égoïste, ce serait naze que notre équipe de choc éclate.

– Notre équipe de choc ?

– Ouais, dit-il en me mettant un coup de coude. On est l'équipe qui gagne tout – comme les Avengers. Enfin, les gentils, en tout cas.

– Aah ! Est-ce que je peux être Thor ? J'ai toujours aimé son marteau.

Il tapote ma tête.

– Non. Toi, pauvre fille naïve, tu es la Veuve Noire. Jake est Hulk, et Stanton est Captain America.

– Et toi, tu es qui ?

– Iron Man, bien sûr, dit-il en frappant sa prothèse.

– Hmm. C'est juste une suggestion, mais tu te ferais peut-être moins draguer par des lycéennes si tu laissais tomber les références aux comics, tu sais.

Il ferme un œil, faisant mine de réfléchir.

– Ouais, c'est impossible.

J'éclate de rire.

– Allons-y pour la barbe, alors !

◆◆◆

Comme tous les dimanches matin, je me lève tôt pour préparer une fournée de *páo de queijo* – des petits pains au fromage. C'est une recette brésilienne que ma mère m'a apprise, et j'essaie d'en faire toutes les semaines.

Je sors une plaque de cuisson du four et je la laisse refroidir sur le plan de travail lorsque quelqu'un frappe à la porte. C'est Stanton, qui tient un sac de golf flambant neuf, et Jake.

« Salut ! »

– Tu es prête à me donner une leçon, madame le professeur ? demande Stanton tandis que Sherman se dresse sur ses pattes arrière pour lui lécher le visage.

– Je suis prête, oui. Tu viens aussi avec nous, Jake ?

– Non, je suis juste venu pour les pains au fromage.

Je leur sers une tasse de café lorsque quelqu'un d'autre frappe à la porte – c'est Brent.

« Salut ! »

– Bonjour tout le monde ! s'exclame-t-il en entrant dans mon salon.

J'ai beau connaître la réponse, je ne peux pas m'empêcher de lui demander ce qu'il fait ici de si bonne heure.

– C'est dimanche, explique-t-il comme si c'était évident. Les boulettes de fromage.

C'est ainsi que les traditions deviennent des traditions.

Assis à table, nous terminons notre petit déjeuner tous ensemble.

– Ton chien devient gros, Sof, dit Stanton en jetant un bout de pain à Sherman.

Je gratte le dos de Sherman et je prends sa défense.

– Il n'est pas gros ! C'est juste qu'il a… la peau épaisse.

Brent penche la tête sur le côté en inspectant ma grosse peluche.

– Je ne sais pas, je crois que Stanton a raison. Tu devrais peut-être augmenter sa dose d'exercice, ce serait triste que les autres chiens se moquent de lui au parc.

Je fronce les sourcils en les dévisageant.

– Je paie quelqu'un pour le promener trois fois par jour !

– Je crois que tu ne la paies pas assez, dit Jake.

Les hommes sont méchamment directs. Ils ne passent pas par quatre chemins. Dans un tribunal, ces trois mecs sont capables d'être plein de tact et de charme, mais, entre amis… ils sont affreux. Peut-être mes trois frères ont-ils déteint sur moi, mais j'aime cette honnêteté. C'est agréablement simple.

– Est-ce que quelqu'un a remarqué comment cet enfoiré d'Amsterdam matait le cul de Sofia pendant le match, hier ? demande Stanton en prouvant que je ne m'étais pas trompée.

– Moi oui, répond Jake en levant la main.

– On aurait dit qu'elle y avait inscrit la formule pour éradiquer le cancer, ajoute Brent.

Richard Amsterdam est un avocat d'affaires de chez Daily & Essex, un autre éminent cabinet contre lequel nous avons joué hier. Il approche de la quarantaine, il gagne bien sa vie, il est attirant, et il a la réputation de baiser tout ce qui bouge.

– Il a dû aimer ce qu'il voyait, je dis en me levant pour mettre la vaisselle dans l'évier, parce qu'après le match il m'a proposé un resto et un ciné.

– Ah, dit Brent en hochant la tête. *Un resto et un ciné* – le code traditionnel pour dire *alcool et orgasme*.

– Je ne l'aime pas, dit Jake en mâchouillant le dernier pain au fromage. Il jette une secrétaire après l'autre comme moi je jette des capotes. On ne peut pas faire confiance à un mec qui a un taux de licenciement aussi élevé. Il y a forcément quelque chose qui cloche, chez lui.

– Tu as répondu quoi ? demande Stanton en fronçant les sourcils.

– Que j'étais trop occupée. Ce qui est le cas, si on laisse de côté les leçons de golf.

Son regard s'illumine.

– Ah… c'est bien.

Je sais être directe, moi aussi.

– Et pourquoi c'est bien ?

Il sourit en coin, de ce sourire qui me fait tant craquer.

– Parce que tu peux faire mieux que ça, Sof.

7

Stanton

Nous sommes mercredi matin et je suis dans le bureau du procureur, chargé d'une tâche rudimentaire, mais trépidante, qui permet d'éviter que tout le système judiciaire ne croule sous son propre poids : le plaidoyer de marchandage. Si c'est quelque chose que nous faisons quotidiennement, je ne m'en suis pas encore lassé car j'adore négocier. Mon client est coupable : je le sais, et la procureure aussi. Cependant, c'est à moi de la convaincre que, en optant pour une victoire simple et rapide, elle gagne du temps et elle économise l'argent du contribuable, ce qui vaut largement une sentence allégée.

– Il met en contact des gens qui ont les mêmes intérêts, qui cherchent des attributs physiques précis chez un partenaire, et qui n'ont pas le temps de s'en occuper, j'explique à Angela Casselo, une petite bombe aux cheveux roux coupés court.

– C'est un maquereau, rétorque Angela. Sa fortune n'en fait pas moins un criminel.

– C'est un simple cupidon, un entremetteur !

– Ha ! s'exclame-t-elle. Bientôt tu vas me dire que les dealers de drogue sont de simples pharmaciens ?

Tiens, c'est pas mal, ça – je me garde cet argument pour plus tard.

– Écoute, dis-je en m'adossant au mur pour obliger Angela à s'arrêter. Il ne travaille pas avec des mineures, son business ne déborde pas dans les États voisins, et il n'y a pas d'abus de pouvoir. C'est un goujon, Angela, un minuscule poisson dans un océan de requins. C'est les requins que tu veux. Il n'a fait de mal à personne, lui. Si on était au Nevada, la question ne se poserait même pas.

– Si ton client était plus malin, c'est là-bas qu'il se serait installé.

– Il plaidera coupable pour l'évasion fiscale, mais il faut que tu enlèves la charge pour proxénétisme.

– Mais bien sûr, parce que les crimes financiers commis par les hommes richissimes sont socialement acceptables mais pas les crimes sexuels, c'est ça ?

Parfois, il vaut mieux ne pas répondre.

– Tu as de la chance que je t'apprécie plus que je n'apprécie ton client, Shaw, soupire-t-elle. J'accepte de ne conserver que l'évasion fiscale. Mais je veux qu'il aille en prison. Pas de sursis et pas d'assignation à résidence.

– Dis oui à un centre de sécurité minimale et nous avons un deal.

Elle me tend la main et je la lui serre.

– Je te fais parvenir les papiers dans la semaine.

– Tu es la meilleure, Angela.

– Tu dis ça à tous les procureurs, dit-elle en me poussant doucement l'épaule.

– Seulement aux plus jolies.

◆◆◆

De retour au bureau, j'ouvre mon attaché-case pour en sortir le dossier du maquereau ainsi que le courrier que j'ai pris dans ma boîte aux lettres en sortant de chez moi ce matin. Je m'assois, une tasse de café à la main, et je fais le tri – *pub, pub, facture, pub* –, lorsqu'une enveloppe retient mon attention. Elle est petite, blanche, calligraphiée, avec pour adresse de retour celle des parents de Jenny. Je l'ouvre et j'en sors la petite carte en papier glacé.

Je crois que je viens de faire un accident vasculaire cérébral car je suis brusquement analphabète. Je n'arrive pas à déchiffrer les mots.

Honorés par votre présence…

Jenny Monroe…

James Dean…

Juin…

Mariage… mariage… mariage…

– C'est quoi, cette putain de blague ?

Jake se tourne vers moi dans son fauteuil.

– Qu'est-ce qui se passe ?

J'essaie de comprendre. De trouver une théorie qui aurait du sens.

– C'est toi qui as fait ça ? C'est une blague ?

– Tu m'as déjà vu faire une blague ? *Exprès ?*

Il n'a pas tort, les canulars ne sont vraiment pas son genre. Brent, en revanche…

Une seconde plus tard, je déboule dans le bureau de Brent et Sofia.

– C'est censé être drôle ?

Il m'ôte la carte de la main et l'inspecte en fronçant les sourcils.

– Je ne vois pas pourquoi ça le serait, l'ivoire n'est pas une couleur très marrante, répond-il avant de lire le carton d'invitation. *Merde!* s'exclame-t-il en me regardant d'un air ébahi. *Merde!* répète-t-il.

Sofia se lève de son fauteuil.

– Quoi ? Vous regardez quoi ? Pourquoi *merde ?*

Brent lui montre l'invitation.

– Mer... *putain!*

Mon front est en sueur et j'ai du mal à respirer, comme si je faisais une crise d'angoisse. Je reprends le faire-part et je retourne dans mon bureau, suivi de Brent et de Sofia. J'ai terriblement besoin de crier sur quelqu'un, et je sais qui sera ma victime.

Je compose le numéro que je connais par cœur et je suis coupé dans mon élan par la petite voix qui décroche.

– Presley ?

– Coucou Papa !

– Pourquoi tu n'es pas à l'école ?

Il y a une heure de décalage entre Sunshine et Washington, mais elle devrait quand même être à l'école.

– On a un jour de libre parce que la maîtresse est en formation.

– Où est ta mère ?

– Elle se prépare pour aller au travail.

– Passe-la-moi, s'il te plaît.

Il y a un crépitement, des voix étouffées, puis la voix de ma fille revient.

– Maman dit qu'elle est en retard pour le boulot et qu'elle t'appellera plus tard.

Je ne crois pas, non.

– Presley, dis à ta maman que j'ai dit qu'elle doit venir jusqu'à ce putain de téléphone tout de suite.

– Tu veux vraiment que je dise ça? chuchote-t-elle, à la fois choquée et excitée.

– Oui, mot pour mot. Tu ne seras pas punie, ma puce, promis.

– Maman! Papa dit que tu dois venir jusqu'à ce putain de téléphone tout de suite! s'écrie joyeusement ma fille.

Je peux presque entendre les pas de Jenny sur le sol tant elle est furieuse.

– Tu as perdu la tête ou quoi? aboie-t-elle dans le combiné. C'est toi qui dis à ma fille de me parler comme ça? Tu es devenu fou ou quoi?

– Oui, exactement! je rétorque. Qu'est-ce que j'ai sous les yeux, Jenn?

Elle ne peut pas le savoir, bien évidemment. Je dois avouer que ce n'est pas ma meilleure attaque, mais il est difficile de rester logique lorsque le monde s'écroule autour de vous.

– Je ne sais pas, Stanton, qu'est-ce que tu regardes?

– Eh bien on dirait un putain de faire-part!

Elle retient sa respiration avec un souffle aigu.

– Oh mon Dieu. *Maman!*

S'ensuit une dispute entre Jenny et sa mère, toutes les deux aussi en colère l'une que l'autre, puis Jenny reprend le combiné.

– Stanton?

– Je suis toujours là, dis-je en serrant les dents.

Jenny déglutit.

– Ce que je devais te dire ce week-end… ? Eh bien… je vais me marier, Stanton.

J'ai l'impression qu'elle parle une autre langue, j'entends les mots mais je ne les comprends pas.

– Putain de merde, j'y crois pas…

– J'allais te le dire mais…

– Quand ? Pour les noces d'or ?

– Je sais que tu es en colère mais…

– Ça fait longtemps que j'ai dépassé le stade de la colère, Jenny ! je m'exclame en regardant de nouveau le faire-part. C'est qui ce James Dean ? Et puis c'est quoi ce nom pourri de toute façon ?

– C'est le nom du meilleur acteur américain de tous les temps ! *La fureur de vivre*, *Géant*, avec Elizabeth Taylor…, commente Brent.

– Elizabeth Taylor ! chuchote Jake à son tour. Elle était canon, elle, quand elle était jeune.

J'ignore les commentaires des deux idiots pour me concentrer sur ce que dit Jenny.

– Ça fait quelques mois qu'on est ensemble, maintenant, raconte-t-elle. Il m'a demandée en mariage il y a trois semaines.

Soudain, une idée affreuse me vient à l'esprit.

– Tu es enceinte ?

– Pourquoi tu me demandes ça ? s'exclame Jenny. Tu crois que j'ai besoin d'être enceinte pour qu'un mec ait envie de m'épouser ?

– Non, mais entre ta sœur et toi…

– Ne t'amuse pas à critiquer ma sœur ! hurle-t-elle. Pas quand ton frère vit dans une caravane et vend de l'herbe à des ados !

Je mets un coup de pied dans mon bureau avant de répondre.

– Je n'ai aucune envie de parler de Carter ou de Ruby ! Ce qui m'intéresse, c'est de savoir d'où t'est venue cette lubie !

Soudain, une autre idée, plus horrible encore que la précédente, me paralyse.

– Est-ce qu'il… est-ce qu'il connaît Presley ? je demande.

Jenny inspire doucement.

– Elle l'a rencontré, oui. Il vient avec nous au parc, parfois, chuchote-t-elle.

– JE VAIS LE TUER !

Il est mort. Parti. Fini. J'envisage simultanément tous les scénarios du crime parfait que l'on a imaginé, et comment je peux tous les infliger à James Dean.

– Arrête de crier ! hurle -t-elle.

– ALORS NE TE COMPORTE PAS COMME UNE IDIOTE ! je rugis.

Je recule le téléphone de mon oreille pour ne pas qu'elle me perce le tympan.

– *TRÈS BIEN ! TU VEUX CRIER ? ALORS CRIONS TOUS LES DEUX, STANTON ! ÇA RÉSOUDRA TOUS LES PROBLÈMES, C'EST SÛR !*

Sofia se précipite à mon bureau et écrit aussi vite que possible sur mon bloc-notes.

Arrête ! Calme-toi !

Tu l'agresses et ça n'arrangera rien.

Je ferme les yeux et je fais ce qu'elle dit, ravalant l'arsenal d'insultes que j'étais prêt à dégainer. Cependant, si je commence d'une voix calme, le ton de ma voix devient de plus en plus agressif au fur et à mesure que je parle.

– Je suis désolé, Jenn. C'est juste que… C'est un sacré morceau à avaler. Et l'idée qu'un connard que je ne connais pas a traîné autour de *ma* fille…

– Mais tu le connais, Stanton ! se dépêche-t-elle de répondre comme si cela changeait tout. Il était au lycée avec nous, mais il a un an de moins. À l'époque il se faisait appeler Jimmy. Jimmy Dean : c'était le manager de l'équipe de football.

Soudain, je revois un grand maigrichon brun avec des lunettes en cul de bouteille.

Nous revoilà en train de crier.

– Le *waterboy*[8] ? Tu crois que tu vas épouser le *porteur d'eau* ?

Quelque part au-delà de la colère qui m'assourdit, j'entends mes amis parler.

– Il pète un plomb, dit Brent.

– C'est triste à voir, répond Jake en m'étudiant d'un air fasciné.

– Chut ! gronde Sofia.

Cependant, rien ne peut m'arrêter.

– Il avait une bite minuscule ! On l'appelait Knacki ! Ce loser ramassait nos coques de protection sales sur le sol des vestiaires ! Tu es la reine de la promo, bon sang ! Les reines de promo n'épousent *pas* les porteurs d'eau !

– Je ne peux pas te parler quand tu es dans cet état. Tu as perdu la tête.

– Mais c'est à cause de toi ! Tu me rends dingue avec tes conneries !

Sofia écrit un autre mot.

Ressaisis-toi !!! Élabore un plan !
Explique-toi clairement ou tu vas la perdre.

Ses derniers mots me font l'effet d'une douche froide. Je me frotte le front et j'inspire lentement. J'ai l'impression que je viens de courir un marathon.

– Je dois aller au boulot, dit Jenny d'une voix glaciale. On parlera plus tard.

– Je vais rentrer, Jenn.

---

8. Aux États-Unis, c'est la personne qui apporte l'eau ou d'autres boissons aux athlètes.

– Non ! Non, Stanton. Reste à Washington. Je travaille de nuit jusqu'à la fin de la semaine. Je n'aurai pas le temps de te voir…

– Je serai là demain. Ça te laisse vingt-quatre heures pour dire à James Dean que tu as commis une grosse erreur.

– Sinon quoi ?

– Sinon je vais devoir le tuer, je réponds simplement. Je ne plaisante pas, Jenn. Romps ces fiançailles ou tu passeras ta nuit de noces avec un cadavre.

Elle me raccroche au nez, et je repose violemment le combiné en m'écroulant dans mon fauteuil.

– Merde, je siffle en me passant la main dans les cheveux. Putain de merde ! Ma nana… ma nana va se *marier*.

Ce n'est qu'à ce moment-là, lorsque je dis les mots calmement et à voix haute, que je comprends ce que cela implique. Cependant, je n'ai pas le temps de m'effondrer car Sofia avance vers moi en me fusillant du regard.

– C'était quoi, ça ? demande-t-elle, ébahie et dégoûtée. Tu es avocat, Stanton. Ton métier, c'est d'argumenter. Et je n'ai jamais entendu une plaidoirie aussi pathétique.

– Ce n'est pas un procès, Sofia ! C'est ma vie, bon sang !

– Le monde entier est un procès… et on doit tous se défendre, Stanton. Tu as vraiment cru que lui gueuler dessus te ferait marquer des points ? Si tu as accompli quoi que ce soit, c'est d'en perdre ! Si c'était moi que tu avais traitée d'idiote, je t'aurais dit d'aller te faire foutre.

– Je ne sais pas ce qui m'est passé par la tête, OK ? Et Jenny n'est pas comme toi, j'ajoute sèchement, ce qui ne semble pas perturber Sofia.

– Apparemment, elle l'est un peu puisqu'elle t'a raccroché au nez. La question que tu dois te poser c'est qu'est-ce que tu vas faire ?

Elle a raison. Il faut que je me ressaisisse. Je dois parler à Jenny, vraiment discuter, cette fois-ci, et la convaincre de ne pas se marier. Cependant, je ne peux pas faire ça si je suis à Washington.

– Il faut que je rentre. Je dois la voir, face à face. J'ai besoin de comprendre ce qu'il s'est passé si je veux réparer cette catastrophe.

Sofia pose sa main sur mon épaule.

– Une chose à la fois, Stanton. Tu dois la reconquérir. Sois charmant. Sois… toi-même.

– Je vais passer au bureau des ressources humaines pour poser des congés, je dis en me levant et en regardant mes trois compères. Vous pourrez me remplacer ?

– Bien sûr, répond Sofia.

– Pas de problème, dit Brent.

Jake hoche la tête.

Je suis sur le pas de la porte lorsque la voix de Sofia m'arrête.

– Stanton.

Je me tourne. Son regard est encourageant, mais son sourire me paraît… contraint.

– Bonne chance.

Je hoche la tête, et sans un autre mot, je me prépare à rentrer à Sunshine.

8

Sofia

Je n'ai pas levé la tête de mon écran depuis que je suis rentrée. Mes escarpins sont dans l'entrée, là où je les ai laissés, et mon trench-coat beige est sur le dossier du fauteuil à fleurs où je l'ai jeté. Mon parapluie sèche dans le coin de la porte d'entrée, et Sherman est étendu devant la baie vitrée, suivant de ses grands yeux marron les gouttes de pluie qui ruissellent sur la vitre. Les plus grands hits d'Elton John de 1970 à 2002 m'accompagnent doucement tandis que je rédige une motion pour annuler une pièce à conviction, puis une autre pour déplacer la date d'un procès, et encore une autre pour empêcher le procureur d'accuser mon client de dix-sept ans, le fils d'un lobbyiste connu, comme personne majeure prise en possession de drogue avec intention de recel.

Je pose mon ordinateur sur le canapé et je me masse les épaules tandis qu'Elton chante *I want to love*, et je m'autorise enfin à penser à ce que j'essayais d'éviter en travaillant.

Stanton s'en va : il part dans le Mississippi pour reconquérir « sa nana ». Apparemment il n'a jamais envisagé que Jenny Monroe épouse un autre homme. Il était catégorique et déterminé. Je suis sûre qu'il va aller la voir et lui rappeler tout ce qu'elle semble avoir oublié.

Je l'imagine débouler dans l'église, courir jusqu'à l'autel et la soulever dans ses bras musclés – comme Tarzan avec Jane – pour la convaincre, grâce à son charme et à son sourire irrésistible, de lui laisser une seconde chance. Lorsqu'elle acceptera, car je suis certaine qu'il la séduira de nouveau, mon petit arrangement avec lui prendra fin.

Je ferme les yeux, la gorge nouée et le cœur lourd. Je reconnais ces sentiments, ce n'est pas ma première fois. Je suis une femme célibataire de vingt-huit ans. J'ai eu de nombreux plans cul, surtout en fac de droit, car je n'ai jamais eu le temps pour quoi que ce soit de plus sérieux. Cela comble un vide et vous laisse de bonne humeur, ce qui facilite la concentration.

C'est pour cela que j'ai secoué Stanton aujourd'hui, pour qu'il se ressaisisse. Il est avant tout mon ami, et c'est ce que font les amis, ils s'entraident. Je n'irais pas jusqu'à dire que je me sacrifie pour lui, mais… je suis loyale. Notre relation est fun. C'est physique et pratique, et – surtout – c'est censé être simple. Cependant, la nausée qui ne me quitte pas et la jalousie qui laisse un goût amer dans la bouche me disent que la situation n'est finalement pas si simple.

Je secoue la tête, déterminée à me débarrasser de cette mélancolie. Je ne suis pas ce genre de fille, celle qui se laisse dominer par les sentiments. Je vais ranger cela au fond d'un placard, à côté du sac à main de la saison dernière. L'absence de Stanton va sans doute me faire du bien, j'y verrai plus clair. Tomber amoureuse de son sex-friend serait stupide, et je ne suis pas idiote.

Sherman lève la tête juste avant que quelqu'un ne frappe à la porte. Il se lève, mais il n'aboie pas, comme je le lui ai appris. J'ouvre la porte et le voilà, à bout de souffle, les mains de chaque côté de l'ouverture, trempé par la pluie. Des gouttelettes décorent ses longs cils tandis qu'il plonge son regard dans le mien. Son tee-shirt en coton blanc colle à son torse, soulignant les contours de ses muscles saillants et la ligne de poils qui disparaît dans son short. Ses boucles dorées sont aplaties sur son crâne, assombries par la pluie.

– Viens avec moi, halète Stanton.

◆◆◆

Il accepte la serviette que je lui offre et s'essuie la tête et les bras.

– Répète ce que tu viens de dire, s'il te plaît, je demande, n'arrivant pas à comprendre le plan qu'il a élaboré.

– Je veux que tu viennes avec moi à Sunshine. Je n'aurai droit qu'à une seule chance et je ne veux pas tout foutre en l'air. Si je pète un câble comme aujourd'hui, elle m'échappera pour de bon. Cette femme est aussi têtue qu'un troupeau de mules. Tu m'aideras à rester calme et concentré, comme on le fait au tribunal. En plus, tu pourras me conseiller sur la façon de lui faire comprendre qu'elle s'apprête à faire la plus grosse erreur de sa vie.

– Je ne connais même pas Jenny.

– Ça ne fait rien, tu es une femme, tu sauras ce qu'elle pense. À l'évidence elle n'est pas satisfaite par notre relation, mais je suis prêt à tout pour y remédier. Tu seras ma coéquipière.

Sa coéquipière, super. Comme Nick Goose, dans *Top Gun*. L'acolyte moins jolie que l'héroïne – la pote. Celle qu'on peut se permettre de perdre.

Son tee-shirt fait un *shlock* tandis qu'il l'enlève et je me perds un instant en voyant sa peau chaude, bronzée, et dont je sais qu'elle a une saveur délicieusement salée.

– Stanton, je soupire. Tu ne trouves pas ça bizarre de me ramener chez toi alors que tu essaies de reconquérir ton ex ?

Je suis choquée de le voir prendre le temps de réfléchir à ma question. Apparemment, cela ne l'aide pas à comprendre mes pensées.

– Pourquoi ce serait bizarre ? On est amis.

– Des amis qui baisent ! je m'exclame.

Et qui seraient sans doute en train de baiser en ce moment même si cette enveloppe n'était pas arrivée pour tout foutre en l'air.

Il essuie son torse avec la serviette et il acquiesce.

– Oui, et alors ? Ça n'a rien à voir avec la relation que j'ai avec Jenn.

J'en ai le souffle coupé, mais il ne le remarque pas. J'ai envie de lui mettre une énorme gifle pour l'empêcher de dire des conneries. Cependant, sa gueule de gamin m'empêche de le faire, son air à la fois innocent, naïf et curieux. Sherman me regarde de la même façon lorsqu'il vient de dévorer une de mes chaussures à six cents dollars. Un regard qui dit : *Ben quoi, qu'est-ce que j'ai fait ?*

Je décide de changer de tactique.

– Je ne peux pas partir, Stanton. J'ai trop de travail.

Il ne me croit pas, car il connaît mon emploi du temps aussi bien que le sien, et il avance vers moi pour saisir mon téléphone que j'ai laissé sur la table derrière moi.

– C'est quoi ton code ?

Je ne dis rien, refusant de me laisser faire. Il lève les yeux au ciel et compose quelques chiffres, parvenant à déverrouiller l'écran dès son premier essai. *Enfoiré.*

– Ta date de naissance ? se moque-t-il. Tu devrais accorder plus d'importance à la protection de tes données, dit-il. Tu n'as pas de procès dans les prochaines semaines. Tu as une déposition et une consultation avec un client. Jake et Brent peuvent très bien s'en charger.

Reste forte, Sofia.

– Je n'ai pas envie qu'ils s'en chargent à ma place.

Stanton change de méthode, lui aussi.

– Tu as grandi à Chicago, fait tes études à Boston, et maintenant tu habites à Washington. Tu n'es jamais allée à la campagne et tu n'es jamais allée dans le Sud. Tu vas adorer, ce sera comme des vacances.

– Le Mississippi ? Au mois de juin ? Tu parles ! Des vacances en enfer, oui ! De toute façon, je ne prends pas l'avion.

– Comment ça ? demande-t-il, pris de court.

Je désigne le côté droit de ma poitrine, à l'endroit où se trouve ma fameuse cicatrice.

– Le crash d'avion, quand j'étais gamine, tu te souviens ? Aucun membre de ma famille n'a plus jamais pris l'avion.

Son regard se perd quelque part derrière moi tandis qu'il cherche une autre stratégie.

– On ira en voiture, dit-il d'une voix déterminée. On y sera dans deux jours, c'est plus tard que je ne le voulais, mais ça me laissera quand même suffisamment de temps. En plus tu pourras conduire la Porsche ! Comme ça, j'honorerais mon pari : je ferai d'une pierre, deux coups !

À court d'idées, je lui dis calmement la vérité.

– Je crois que c'est une très – *très* – mauvaise idée de m'emmener avec toi.

Stanton soutient mon regard un moment, puis il baisse la tête en soupirant. Il a l'air… triste. Abattu. Jamais je ne l'ai vu dans cet état. Soudain, j'ai envie de le prendre dans mes bras et de lui dire que tout va bien se passer. De le voir sourire à nouveau. L'amie que je suis souhaite vraiment l'aider. Mais celle qui veut rester son amante prend le dessus.

– Je sais que je te demande un énorme service, dit-il d'une voix rauque et pleine d'émotion. Je te le demande seulement parce que c'est super important pour moi. Et tu es la seule à pouvoir m'aider. S'il te plaît, Sofia, j'ai besoin de toi.

Eh merde. C'était la seule chose qu'il avait à me dire pour me convaincre, et j'espérais qu'il ne le dirait pas.

Cette fois-ci, c'est moi qui baisse la tête et qui soupire.

– OK. Très bien.

9

Stanton

Certaines idées vous frappent comme un éclair de génie. Comme cette histoire que l'on vous raconte à l'école primaire sur la façon dont sir Isaac Newton a découvert la gravité lorsqu'une pomme lui est tombée sur la tête. D'autres idées ne sont pas aussi évidentes. Elles mijotent dans un coin de votre tête, lentement, jusqu'à ce qu'elles bouillonnent vers leur liberté. Lorsque l'ampoule s'allume enfin, vous vous demandez pourquoi il vous a fallu tant de temps pour la voir.

Je suis parti courir pour évacuer ma frustration, et, au détour du Lincoln Memorial, j'ai réalisé ce qu'impliquait mon retour à Sunshine. Côté travail, il n'y aurait pas de problème : mes clients seraient redirigés vers d'autres avocats, et certains délais seraient requis. Quant à l'appartement, Jake s'en occuperait. Cependant… Sofia serait là, à Washington. Sans moi. Entourée par toute une ville de Richard Amsterdam qui voleraient autour d'elle comme des vautours autour d'une brebis blessée.

Je ne sais pas pourquoi, mais cela m'a profondément gêné.

Sofia est une grande fille : elle peut prendre soin d'elle-même, et elle n'a aucune obligation envers moi. J'en suis tout à fait conscient. Cependant, cela ne m'empêche pas de tenir à elle : je suis son ami, après tout. L'idée qu'elle puisse me remplacer par un Amsterdam, par quelqu'un qui ne la mérite pas, tout ça à cause d'un besoin physique… cela m'a énormément perturbé.

Ensuite, je me suis souvenu de ma conversation avec Jenny. Je l'ai passée en revue dans ma tête, de la même façon qu'un quarterback revoit la vidéo de son dernier match pour s'améliorer. Je sais maintenant le ton que j'aurais dû employer, les mots que j'aurais dû lui dire… Tous les dégâts supplémentaires que j'aurais causés si Sofia n'avait pas été là pour me calmer. C'est ainsi que l'idée m'est apparue : LA solution. Plus j'y pensais, plus je trouvais cela brillant. C'était la meilleure chose à faire – pour tous les deux.

J'ai levé la tête et j'étais devant chez elle. C'est comme si mes pieds m'y avaient mené selon leur propre initiative. Il arrive que ma bite prenne ainsi le contrôle de temps à autre, et elle ne m'a jamais induit en erreur.

Alors nous voilà. Par un beau jeudi matin ensoleillé, devant cette même maison, en train de charger les bagages de Sofia dans la Porsche.

Les *nombreux* bagages de Sofia.

– Je crois que j'ai une hernie, râle Jake en posant un énorme sac Louis Vuitton par terre, à côté d'autres sacs identiques et tout aussi lourds. Vous partez pour une semaine ou pour un an ?

Sofia sort de sa maison vêtue d'une combinaison noire, légère et élégante, sans manches, avec un décolleté en V qui la place directement dans le top dix de mes tenues préférées.

Elle porte un sac à main jaune sur l'épaule, un grand chapeau de paille sur la tête, et de grandes lunettes de soleil rondes qui cachent la moitié de son visage. Elle est belle à en couper le souffle.

Brent est à ses côtés, tenant la laisse de Sherman, écoutant toutes les instructions qu'elle lui donne. La jeune fille qui le promène la journée va continuer à s'en occuper, mais le mammouth va passer ses nuits avec Brent.

« J'apprécie vraiment, Brent », dit-elle en se penchant pour câliner et embrasser sa peluche préférée. Elle sent nos regards sur elle et elle lève la tête.

– Quoi, que se passe-t-il ?

Je désigne tous les sacs à nos pieds.

– Tu as confondu ma Porsche avec un combi Volkswagen ?

Elle enlève ses lunettes de soleil, révélant un regard sincèrement confus.

– Tu sous-entends que j'ai pris trop d'affaires ?

– Je sous-entends qu'il va falloir revoir tout ça et prendre seulement ce dont tu as besoin.

– Mais *c'est seulement* ce dont j'ai besoin ! s'exclame-t-elle.

– On n'a qu'un petit coffre, et un siège arrière qui n'est même pas assez grand pour y mettre un… Sherman.

« *Woof.* »

Même le chien est dans mon camp. Sofia le regarde en fronçant les sourcils.

– Je n'ai rien pris de superflu, insiste-t-elle.

– Tu veux voir ce que je prends, moi ? je demande en sortant un vieux sac de sport de derrière le siège conducteur. C'est *ça*, mon bagage.

– Et alors ? Je dois changer mes habitudes parce que tu as décidé de vivre comme un clochard ? Je ne crois pas, non, dit-elle en retroussant des manches imaginaires avant d'étudier les sacs, puis la voiture, puis à nouveau les sacs. Ça rentre largement, s'exclame-t-elle.

– Impossible, rétorque Jake en secouant la tête.

– Bien sûr que si, répond Sofia en souriant.

– Désolé chérie, mais c'est vraiment impossible, je répète.

– Prenez-en de la graine, les garçons.

Quinze minutes plus tard… tous les sacs sont placés de façon stratégique dans la voiture, et je suis sacrément impressionné.

– Bon. Maintenant, dit Sofia dont le regard brille de malice, donne-moi tes clés, s'il te plaît.

Elle tend la main, paume vers le ciel, et je me prépare à lui expliquer pour quelles raisons il serait à son avantage de ne pas conduire ma voiture. Cependant, j'ai à peine ouvert la bouche qu'elle tourne la main pour me faire un doigt d'honneur.

– Non, dit-elle fermement.

Je referme la bouche, puis je la rouvre pour la convaincre que…

Un deuxième doigt d'honneur apparaît à côté du premier.

– Nooon ! Tu m'as demandé de t'aider, et j'ai accepté. Si je dois aller au milieu de nulle part au fin fond du Mississippi, c'est moi qui conduis.

Et merde. Je lui tends les clés, et nous montons en voiture.

– Soyez prudents sur la route et évitez les chauffards, dit Jake pendant que Sherman aboie et que Brent nous dit au revoir de la main.

Et c'est ainsi que nous avons pris la route.

◆◆◆

Quarante kilomètres plus tard, nous roulons à tombeau ouvert, et j'ai déjà perdu dix ans de ma vie. Ce n'est pas que Sofia conduit mal, bien au contraire. C'est simplement qu'elle pilote ma Porsche comme si c'était une voiture de Formule 1.

– Tout doux ! je m'exclame en m'accrochant à deux mains au tableau de bord.

Elle est collée à l'arrière du camion qui nous précède, elle change de file à la dernière minute, et elle manque de raboter le pare-chocs du mini-van qui y était déjà.

– On dirait une petite vieille ! ricane-t-elle en criant pour se faire entendre par-dessus le vent qui s'engouffre dans ses cheveux.

– Et toi on dirait une mère au foyer qui est en retard à l'entraînement de son fils ! je réponds. Ralentis un peu et profite de conduire une si belle voiture. Crois-moi, tu ne la conduiras plus jamais.

Elle ouvre grand la bouche et rit aux éclats en se moquant de moi, puis elle bidouille les boutons du volant pour activer le Bluetooth et relier son iPhone aux enceintes de la voiture. Soudain, la voix d'Elton John nous accompagne, chantant une des chansons préférées de Sofia, *I Guess That's Why They Call It the Blues*.

Je ne peux m'empêcher de rire en la regardant chanter à tue-tête, sans gêne, marquant le rythme de la tête et des épaules. J'ai déjà vu Sofia furieuse, têtue, déterminée, et excitée. Je ne l'avais jamais vue adorable. C'est nouveau, et cela me plaît – beaucoup, même.

Son regard devient sensuel lorsqu'elle tourne la tête vers moi en chantant « Rolling like thunder, under the covers »[9], et je n'ai pas besoin de lui demander ce qu'elle imagine – *qui* elle imagine, car je sais que ce sont des images de nous.

---

9. « Grondant comme du tonnerre, sous la couette… »

À la fin de la chanson, je débranche son téléphone pour y mettre le mien.

– Eh oh ! C'est le conducteur qui choisit la musique ! râle-t-elle.

– En fait, c'est toujours le passager, mais je voulais être sympa. On n'a qu'à faire à tour de rôle.

Elle acquiesce et je parcours ma musique jusqu'à trouver le morceau que je cherche.

– Écoute-moi ça. *Ça*, c'est de la musique pour road trip.

La voix d'Elvis Presley remplace celle d'Elton chantant *Burning Love*. Je marque le rythme en secouant légèrement la tête et en claquant des doigts – le maximum que je puisse faire en matière de danse.

Sofia éclate de rire.

– Chassez le Sud naturel, il revient au galop !

– C'est très vrai.

Je sens ses yeux sur moi, qui m'observent tandis que je chante.

– « Cause your kisses lift me higher, like a sweet song of choir [10]… »

– C'est de là que vient le prénom de ta fille ? Parce que tu es fan d'Elvis ? demande Sofia en dégageant ses cheveux de son visage.

Je souris en me souvenant comment Jenny et moi l'avions choisi.

– Non, c'est juste qu'on aimait bien. On trouvait ça différent, et on s'est dit que ce serait mignon pour une petite fille.

– Vous aviez choisi un prénom de garçon, aussi ?

– Oui, Henry, pour le grand-père de Jenn, ou Jackson, pour le mien.

---

10. « Car tes baisers me font planer comme la douce mélodie d'une chorale… »

Elle reste silencieuse un moment, changeant de vitesse rapidement, n'y allant pas de main morte sur l'accélérateur.

– Ta famille compte beaucoup pour toi, n'est-ce pas ? demande-t-elle.

– Bien sûr. La famille est la seule chose sur laquelle on peut vraiment compter. Qu'on soit bien d'accord, il y a des jours où j'aurais pu étrangler mon frère. Tu vas le voir, tu comprendras pourquoi. Mais… il reste mon frère. C'est pour ça que la réaction de Jenny me surprend, je dis en avouant ce qui me taraude depuis que j'ai ouvert cette enveloppe. Elle a toujours été forte, tu vois ce que je veux dire ? Fiable et raisonnable. C'est pour ça que j'ai du mal à croire qu'elle soit si… volage.

– Peut-être que tu lui manquais, tout simplement, suggère Sofia d'une voix douce.

Je suis sur le point de répondre lorsque le compteur attire mon attention.

– Tu devrais ralentir, Sof.

– T'en fais pas, mamie, tout est sous contrôle.

– Je doute que la police soit d'accord avec toi.

À peine ai-je prononcé ces paroles que j'aperçois des gyrophares dans le rétroviseur et qu'une sirène retentit. Sereine, Sofia s'arrête en soupirant sur le bas-côté.

– Je n'aime pas te dire que je t'avais prévenue mais…

Je ne termine pas ma phrase, fasciné par Sofia qui se dépêche de se recoiffer dans le rétroviseur, baissant son décolleté et rapprochant ses seins.

– Qu'est-ce que tu fais ? je demande, abasourdi.

– Je nous évite une amende ! dit-elle en se pinçant les joues et en se mordant la lèvre pour les faire gonfler et rougir.

– Tu penses vraiment que c'est aussi simple ?

– Bien sûr ! dit-elle en battant rapidement les cils. Les hommes sont simples : vous êtes tous obnubilés par les nichons, parce que vous n'en avez pas. Ça liquéfie votre cerveau. Je vais nous sortir de là en moins de cinq minutes, tu vas voir.

Mon sourire s'étend jusqu'à mes oreilles lorsque j'aperçois le policier avant que Sofia ne l'ait vu.

– Il y a un problème Monsieur le – Ah merde…

Le policier est une policière. Écartez-vous, nichons, ceci est un travail pour le *Charmeur de jurys*.

Je me penche vers Sofia en dégainant mon plus beau sourire et ma voix la plus convaincante.

– Bonjour, Madame la policière. Que puis-je faire pour vous ?

◆◆◆

Après de sincères excuses et ma promesse solennelle de ne plus laisser mon amie s'approcher du volant, nous évitons l'amende et nous reprenons la route. *Douze heures* de route. Lorsque nous nous arrêtons dans un motel pour dormir, il fait nuit, nous sommes affamés, assoiffés, poussiéreux et épuisés.

J'ai toutes les raisons d'être confiant, alors je nous réserve une seule chambre avec un lit king size. Sofia file tout de suite sous la douche pendant que je vais nous chercher une pizza et des boissons – un pack de bières pour moi et une bouteille de vin blanc pour elle.

Je reviens dans la chambre au moment où elle sort de la douche, brossant ses longs cheveux mouillés, vêtue d'une nuisette en soie vert foncé qui lui arrive juste en dessous des fesses. Elle est démaquillée et cela la rajeunit et lui donne un air innocent auquel je ne suis pas habitué et qui déclenche en moi le besoin de la protéger.

Son visage s'illumine lorsqu'elle voit la pizza.

– Que Dieu te bénisse ! Je meurs de faim.

Trois parts plus tard, Sofia grignote un bout de croûte et elle lève la tête vers moi.

– Alors, c'est quoi le plan d'attaque ? Je suis qui, moi ?

– Comment ça ? je demande en buvant une gorgée de bière.

– Eh ben… est-ce que je suis ta nouvelle copine ? Ou ton rancard pour le mariage ? Tu n'as jamais vu *Le Mariage de mon meilleur ami ?*

– Non, Dieu merci, je ne l'ai jamais vu.

– Je te demande si je suis censée rendre Jenny jalouse ? Un homme n'est jamais aussi attirant que lorsqu'il a le bras autour d'une autre femme. Sinon, je peux flirter avec son fiancé, pour voir s'il est fidèle. Ça te donnerait de sacrés arguments contre lui, tu en penses quoi ?

Je ne sais pas ce qui me dérange le plus : entendre le mot « fiancé » associé à Jenny, ou l'idée que Sofia propose de flirter avec lui.

– Je n'aime pas ce genre de jeux, c'est trop manipulateur. Ça manque de dignité, tu ne trouves pas ?

– Parfois c'est nécessaire, répond-elle en haussant les épaules.

Je bois ma bière avant d'expliquer pourquoi l'idée me déplaît.

– Il y a quelques années, je voyais une nana qui s'appelait Rebecca, on s'était rencontrés à un séminaire.

– Les séminaires sont aussi propices aux rencontres que les clubs échangistes, remarque-t-elle en riant.

Je ris également, tout à fait d'accord avec elle.

– Je ne suis pas rentré dans les détails à propos de Jenny, mais je lui ai fait comprendre que ça ne serait jamais sérieux et elle m'a dit que ça lui convenait parfaitement. On s'est vus deux fois, et puis elle a commencé à me faire des sales coups. Elle parlait d'autres gars qu'elle voyait, elle acceptait un rendez-vous avec moi, puis elle l'annulait au dernier moment. Je crois qu'elle voulait paraître inaccessible, mais ça ne l'empêchait pas de passer chez moi à l'improviste. Elle est devenue collante et ses jeux m'ont agacé. C'était… pathétique. J'ai tout de suite arrêté de la voir.

– Qu'est-ce qui t'a gêné le plus ? Qu'elle craque pour toi alors que ça ne devait pas devenir sérieux ? Ou qu'elle essaie de te manipuler pour que tu ressentes la même chose ? demande Sofia.

– Les deux, je crois.

– Dans ce cas, on part pour une approche directe. Donc je suis là pour…

– Tu es là pour t'assurer que je n'agresse personne, verbalement et physiquement. Pour que je garde la tête sur les épaules. Jenny et moi avons une longue histoire ensemble, et nous avons Presley. Elle m'a dit que ça ne fait que quelques mois qu'elle voit ce James Dean, donc je ne pense pas que ses sentiments pour lui soient aussi forts que ceux qu'elle a pour moi. Je crois surtout que tout ça est un appel au secours.

– Tu penses qu'elle se sent délaissée ?

– Oui, donc je vais lui prouver qu'elle a toute mon attention.

Sofia boit une longue gorgée de vin, vidant la moitié de son verre.

– Et après ? Tu crois que tu vas… la demander en mariage ?

Je mentirais si je disais que cela ne m'avait pas traversé l'esprit.

– C'est compliqué, je dis en me massant la nuque. Je ne veux pas qu'elle épouse quelqu'un d'autre, ça c'est clair. Mais… Presley est encore à l'école. Je ne sais pas si elles seraient prêtes à déménager à Washington. J'ai toujours pensé que Jenny et moi on se marierait… plus tard. Quand on serait plus âgés.

Elle fronce les sourcils.

– Tu t'es vu dans une glace, récemment ? Tu *es* plus âgé.

– Je suis dans la fleur de l'âge !

– Justement.

– Ce que je veux dire, j'explique en me levant de table, c'est que tout est possible. Si je dois demander Jenn en mariage pour l'empêcher d'épouser Knacki, je le ferai.

– Waouh, tu es tellement romantique, se moque Sofia. Elle ne pourra pas te résister, c'est sûr !

Je lui fais un doigt d'honneur en grimaçant.

– Le romantisme n'a de sens que dans les actions, pas dans le blabla.

Sur ce, je file sous la douche.

◆◆◆

Lorsque je sors de la salle de bain embuée, Sofia est déjà au lit. La télévision, dont le son est coupé, projette une lumière bleue dans la pièce. Je laisse tomber ma serviette sur le sol et je me glisse sous la couette.

Sofia me tourne le dos et ses cheveux sont étalés en éventail sur l'oreiller. Je réalise alors que nous avons dîné, mais que nous avons oublié le dessert.

J'ai toujours aimé le dessert avec Sofia.

Je plonge sous les couvertures jusqu'à ce que je sois nez à nez avec les fesses de Sofia. Je remonte sa chemise de nuit, révélant sa peau douce, libérée de sous-vêtements. Mon cœur bat plus vite, envoyant une bonne quantité de sang dans mes parties intimes, et je plaque ma bouche sur sa fesse gauche avant de la mordiller.

– Stanton.

Ce n'est pas un gémissement d'encouragement, mais une déclaration ferme. Un *non*.

– Qu'est-ce qui se passe ? je demande en reculant.

Elle baisse sa nuisette pour se couvrir et se tourne vers moi. Je remonte, posant ma tête sur l'oreiller, à quelques centimètres de la sienne.

– Je pense qu'on devrait faire une croix sur le sexe pendant qu'on est chez toi.

– Pourquoi ?

La possibilité que Sofia soit mal à l'aise envers mes sentiments pour Jenny me traverse l'esprit, mais je l'oublie vite. Elle a toujours su pour Jenn, même avant qu'on couche ensemble pour la première fois. Et puis de toute façon, de mon point de vue, Sofia n'a rien à voir avec Jenny – elles sont comme deux pièces d'une maison. Deux bâtiments, même : l'une est la maison, l'autre la grange. Les deux sont importantes, mais leurs fonctions sont très différentes.

Ses yeux ont l'air plus sombres dans cette lumière tamisée, plus brillants. Elle ouvre la bouche pour parler puis elle se ravise. Elle réfléchit quelques secondes avant de se lancer.

– Tu devrais… économiser ta passion, tu ne crois pas ? Comme un quarterback avant un match important.

J'enlève une mèche de cheveux de sa joue et la mets derrière son oreille.

– Mais… et toi ?

La libido de Sofia est aussi saine et exigeante que la mienne. Cela fait six mois qu'on couche ensemble trois ou quatre fois par semaine. Je trouve injuste qu'elle doive faire vœu d'abstinence durant les deux prochaines semaines.

Ses lèvres pulpeuses esquissent un grand sourire.

– Je peux… m'occuper de moi-même.

Ma bite raidit.

– Tu me tues, chérie…

Sa main remonte le long de ma clavicule jusqu'à ma joue, caressant ma barbe naissante.

– Désolée.

J'imite son geste, rechignant à faire une croix sur mon dessert. Je ne suis pas certain qu'elle désire vraiment ce qu'elle propose.

– Ça ne va pas te manquer ?

– Me manquer ?

J'enlève sa main de ma joue puis je mordille le bout de son index avant de le sucer et de le lécher.

– Ma bouche ne va pas te manquer ? La manière dont je te lèche ? La façon dont j'écarte tes cuisses pour te pénétrer lentement, centimètre par centimètre ? Ça ne va pas te manquer de planter tes ongles dans ma cuisse parce que tu meurs d'envie que j'y aille plus fort ?

Sa respiration s'amplifie et accélère.

– Euh… si. Ça me manquera, je suppose.

– Et si je te disais que je voulais un dernier baiser ? je demande en effleurant sa lèvre du bout de la langue. Que je voulais goûter ta bouche une dernière fois ? Tu me laisserais faire ?

Son regard se voile, envoûté par mes paroles, imaginant déjà ce que je décris, se remémorant tous les gémissements que l'on a partagés.

– Oui, je t'accorderais un dernier baiser.

Je mordille son menton, puis son oreille.

– Et si je te disais qu'il fallait que je goûte ta merveilleuse chatte une toute dernière fois ? Je ne te ferais pas jouir si tu ne le voulais pas… ou alors je le pourrais. Tu me laisserais faire ?

– Mon Dieu… Oui, gémit-elle. Oui… je te laisserais faire.

Je glisse le long de son corps, réchauffant la soie de sa chemise de nuit avec mon souffle. J'embrasse la peau tendue de son ventre, je lèche la chair douce à l'intérieur de sa cuisse, puis je lève les yeux vers elle pour la voir me regarder.

Lorsque je parle, c'est d'une voix désespérée.

– Et si je te disais qu'il fallait que je te prenne une dernière fois ? Que je sente ta chatte serrer si fort mon sexe que je verrais des étoiles. Que je ne supporte pas l'idée de ne pas t'arracher ces bruits merveilleux, t'entendre crier mon nom – tu me laisserais faire ça encore une fois, même si c'était la dernière ?

Ses doigts ont déjà empoigné mes cheveux, tirant dessus pour me faire lever la tête.

– Oui, Stanton. Moi aussi je veux ça.

Je souris.

– Tant mieux. Parce qu'on est loin d'être arrivés chez moi, on a tout le temps qu'il nous faut.

Son sourire se transforme en un éclat de rire.

– Alors viens ici et embrasse-moi.

◆◆◆

Plusieurs heures plus tard, mes mains empoignent les hanches de Sofia et mes ongles plongent dans la chair de ses fesses, l'aidant à me chevaucher. Je suce ses tétons parce qu'ils sont magnifiques et qu'ils sont à quelques centimètres de ma bouche.

– C'est ça, bébé… chevauche-moi, je lui dis en me délectant de la voir retenir son souffle. Ma main descend à l'endroit où nos corps se rejoignent, sur son clitoris gonflé et humide. Je le frotte lentement, avec juste ce qu'il faut de pression pour la laisser sur le fil – pour la rendre plus chaude, la faire mouiller davantage. Sa respiration s'accélère et elle se frotte contre ma main.

– Plus fort, j'ordonne d'une voix ferme, soulevant mon bassin pour rencontrer le sien. Baise-moi plus fort.

J'appuie ma tête contre le matelas tandis que Sofia fait ce que je lui dis. Pour une femme qui aime garder le contrôle au bureau, elle obéit sacrément bien aux ordres qu'elle reçoit au lit.

Elle empoigne mes cheveux et me fait lever la tête pour m'embrasser.

– Est-ce que c'est comme ça, avec elle ? chuchote-t-elle en plongeant son regard dans le mien.

– Quoi ? je demande, peu concentré, alors que sa chatte se resserre sur ma queue.

Elle cesse brusquement ses mouvements et devient sérieuse.

– Est-ce que c'est comme ça avec Jenny ? Est-ce que tu as ce regard avec elle ?

Elle pose la paume de sa main sur mon cœur qui bat la chamade.

– Est-ce que tu ressens la même chose quand tu es avec elle ?

La pénombre rend l'honnêteté plus facile. Et le fait d'être entouré par une femme, de la remplir, d'être perdu en elle, rend le mensonge impossible.

– Non. Pas comme ça.

Elle attend une seconde et sa bouche esquisse un sourire.

– Tant mieux.

Elle reprend ses mouvements, et tout ce qui nous entoure disparaît.

10

Sofia

– Mais j'ai vraiment envie…

Je gigote sur mon siège comme une enfant qui… eh bien, qui a envie de faire pipi.

– On sera bientôt arrivés, grommelle Stanton.

– Mais ça ne peut pas attendre… Arrête-toi au prochain Starbucks.

Il me regarde comme si je venais de suggérer une baignade dans l'océan ou sur la Lune.

– Il n'y a pas de Starbucks, ici.

Je regarde autour de nous, pensant qu'il plaisante.

– C'est quoi ce trou paumé dans lequel tu m'emmènes ?

Plus nous avancions dans notre traversée du pays, moins les centres commerciaux et les immeubles étaient fréquents, laissant place à des champs de maïs et à des maisons isolées, loin de la route. Quelques kilomètres en arrière, Stanton m'a montré le panneau *Bienvenue à Sunshine*, mais je n'ai vu que des prés et des arbres depuis que nous l'avons passé.

Cela dit, je serai bientôt tellement désespérée qu'un arbre fera très bien l'affaire.

Nous arrivons dans une rue calme avec très peu de voitures.

– Un restaurant, alors, je le supplie en essayant d'ignorer la pression incessante qui est exercée sur ma vessie. Quand on traversera le centre-ville ?!

Il éclate de rire, mais je ne comprends pas où est la blague.

– Euh, Sof, on *est* dans le centre-ville.

J'inspecte la rue qui est bordée par quelques immeubles à deux étages. Les autres bâtiments n'en ont qu'un et sont minuscules : un bureau de poste, une pharmacie, un coiffeur, une librairie. Tous ont de ravissantes devantures rustiques et aucune ne porte le nom d'une chaîne.

– Comment je suis censée deviner que c'est le centre ?

Stanton désigne le feu rouge auquel nous sommes arrêtés et qui est surplombé d'un panneau.

– *Le* feu rouge ?

Son sourire s'étend.

– Et oui… il n'y en a qu'un.

Nous poursuivons notre chemin et je suis étonnée de voir à quel point la rue est vide, surtout pour un samedi matin. Je frissonne en pensant au film *Les Démons du maïs*, une adaptation du roman de Stephen King qui est sortie dans les années quatre-vingt et qui m'avait foutu la trouille de ma vie quand j'avais dix ans. J'avais refusé de remanger du maïs pendant trois mois.

Stanton trouve finalement une place de parking et désigne la porte devant nous.

– Tiens, tu peux aller dans ce petit restaurant.

Je suis sortie de la voiture avant qu'il n'ait pu faire le tour pour m'ouvrir.

– Je t'attends ici. Si je rentre avec toi, tout le monde va vouloir me parler et on mettra des heures à arriver chez moi.

Une petite cloche au-dessus de la porte signale mon arrivée, et tous les regards se posent sur moi. Il y a quelques quinquagénaires dont certains portent une casquette de camionneur et d'autres des chapeaux de cow-boy, deux dames avec des robes à fleurs et des lunettes à verres épais, et une jeune femme qui semble avoir du mal à tenir les deux enfants qui sont debout sur la banquette en face d'elle.

– Bien le bonjour à tous ! je m'exclame joyeusement en les saluant de la main.

La plupart me répondent par un hochement de la tête, et je demande à la serveuse derrière le comptoir où se trouvent les toilettes. Elle désigne une porte qui mène à l'unique sanitaire mixte de la maison.

Soulagée et plus légère, je me lave et me sèche les mains avant de jeter l'essuie-tout à la poubelle. Je sors des toilettes et me cogne de plein fouet sur le torse de la personne qui attend son tour pour entrer.

C'est un grand mec avec un bide à bière, un tee-shirt noir, un chapeau de cow-boy, de la crasse noire sous les ongles, et qui empeste le tabac froid. Il saisit mes bras pour m'éviter de rebondir en arrière comme une balle de flipper.

– Désolée, je dis de manière automatique, habituée à m'excuser tout le temps après des années de vie citadine.

Cependant, alors que j'essaie de le contourner, il aligne ses pas sur les miens pour m'empêcher de passer.

– Eh, ralentis, pourquoi t'es pressée, y a pas l'feu…, ronronne-t-il en me regardant de haut en bas avant que son regard ne se fixe sur ma poitrine.

– Eh, le cow-boy ! Tu as perdu quelque chose ? Mes yeux sont ici.

Il se lèche lentement les lèvres avant de répondre.

– Ouais, j'sais où i'sont tes yeux, dit-il sans pour autant les regarder.

– Sympa, dis donc. Tu parles d'un accueil.

Il recule son chapeau, daignant enfin lever la tête.

– T'es de passage ? T'as b'soin que j'te dépose ? Ma banquette arrière est super accueillante.

– Euh non, et *beurk*.

Je lui mets un coup d'épaule pour forcer le passage et je sors de ce bouge. Stanton est à côté de la voiture, en train de parler à une toute petite dame aux cheveux blancs bouffants. Peut-être serait-il plus précis de dire qu'il se contente de l'écouter pendant qu'elle parle, car Stanton hoche simplement la tête, incapable de placer le moindre mot. Cependant, je note également que son visage me semble rosi et que ses oreilles sont carrément rouges.

– Mademoiselle Béa, je vous présente Sofia Santos, dit-il en ayant l'air soulagé de me voir.

– Bonjour ! je réponds.

– Enchantée, Sofia. Que vous êtes belle !

– Merci, dis-je en souriant.

– Et que vous êtes grande ! Ce doit être agréable d'être au-dessus de tout le monde dans une foule. Je n'ai jamais connu cela, personnellement.

– Je n'avais jamais vu les choses ainsi, mais oui, je suppose que c'est un avantage.

Stanton se racle la gorge.

– Eh bien, on devrait y aller.

– Ah oui, dit mademoiselle Béa en continuant néanmoins à parler. Ta maman va être tellement contente de te voir. Je dois filer, moi aussi, je dois m'arrêter à la pharmacie pour acheter son laxatif à monsieur Ellington. Il a une sacrée constipation. Quatre jours qu'il n'est pas allé aux toilettes, le pauvre. Il est aussi ronchon qu'un vieil ours.

– Je n'en doute pas, répond Stanton.

– C'était un plaisir de vous rencontrer, Sofia.

– Le plaisir est partagé, mademoiselle Béa. À bientôt, j'espère.

Elle fait trois pas avant de se retourner.

– Et Stanton, n'oublie de dire à ta mère que j'apporte le poulet rôti à l'après-midi cartes, mercredi.

– Oui, Mademoiselle, je le lui dirai.

Stanton et moi remontons en voiture et ma curiosité l'emporte.

– Qu'est-ce qu'il a, ton visage ? Pourquoi tu es tout rouge ?

Je ne pensais pas qu'un mec comme Stanton, capable de dire et de faire des choses aussi coquines, pouvait rougir devant une vieille dame.

Il hoche la tête.

– Mademoiselle Béa était ma prof, en troisième.

– OK, et alors ?

– Un jour, quelqu'un a tiré l'alarme incendie et elle est allée vérifier qu'il n'y avait personne aux toilettes. Elle s'est accroupie pour regarder sous les portes… et j'étais dans un des WC… en train de me branler.

– Non ! je m'exclame, bouche bée.

– Depuis, je ne peux pas la regarder sans devenir aussi rouge que le cul d'un babouin.

– C'est hilarant ! je dis en me couvrant la bouche, riant aux éclats.

Il glousse aussi en se frottant le front.

– Je suis ravi que ça t'amuse. Ma maman a trouvé ça hilarant aussi, quand mademoiselle Béa l'a appelée pour tout lui raconter.

– Tu déconnes ! je crie en riant de plus belle.

– Si seulement…

– Pauvre Stanton, je dis en lui massant la nuque. Tu dois être traumatisé à vie !

Il dégaine mon sourire préféré.

– Bienvenue à Sunshine, Sof, le lieu où les secrets se cachent pour mourir.

Stanton fait marche arrière au moment où le cow-boy sort du restau.

– Qui c'est, ce type ?

Le regard de Stanton s'assombrit et sa mâchoire se contracte – c'est très excitant.

– Dallas Henry, grogne-t-il avant de me regarder de la tête aux pieds. Il t'a emmerdée ?

– Il m'a pelotée, mais seulement avec les yeux. Je m'en suis occupée, ne t'en fais pas.

– S'il t'approche encore, dis-lui que tu es avec moi. Il n'osera plus jamais te regarder.

– C'est un ami à toi ?

– Je lui ai cassé la mâchoire, dit-il en haussant les épaules.

– Pourquoi ?

– Parce qu'il a essayé de prendre quelque chose qui ne lui appartenait pas, répond Stanton en plongeant son regard dans le mien.

◆◆◆

Lorsque Stanton m'a dit qu'il avait grandi à la ferme, j'avais imaginé une grande maison en brique, une grange en bois peinte en rouge, quelques arbres. Or ce n'est rien comparé à la réalité, à la superficie et à la splendeur du ranch de la famille Shaw. La Porsche laisse derrière elle un nuage de poussière alors que nous remontons un chemin bordé d'arbres immenses, si long que je ne vois pas encore la maison. Je découvre que celle-ci est grande, peinte en blanc, avec un toit pointu, un porche accueillant, des volets verts, et des fenêtres gigantesques. Dix dépendances rouges sont parsemées derrière la maison, entrecoupées par des enclos ceints de barrières en bois. Tout autour de la maison s'étendent des prés luxuriants d'herbe plus verte que l'émeraude.

Je sors de la voiture et tourne lentement sur moi-même pour tout admirer.

– Stanton… c'est magnifique.

– Ouais, je sais, répond-il d'une voix pleine de fierté.

– Combien d'hectares possèdent tes parents ?

– Trois mille sept cent quatre-vingt-six.

– Waouh.

Je pense à mes frères qui arrivaient à peine à se souvenir qu'il fallait tailler les plantes de ma mère sur le balcon.

– Comment arrivent-ils à s'occuper de tout ça ?

– De l'aube au crépuscule, dit-il en souriant.

Nous suivons le petit chemin de cailloux blancs jusqu'à la porte d'entrée lorsqu'un jeune homme arrive par le côté de la maison.

– Tu t'es enfin souvenu de l'endroit où on habite ?!

Durant le long trajet, Stanton et moi avons beaucoup parlé de nos familles. Ce beau garçon blond doit être Marshall, un des jumeaux de dix-huit ans qui s'apprête à passer le bac. Je souris en les voyant se prendre dans les bras et se mettre des tapes dans le dos.

– Salut, dit Marshall d'une voix timide lorsque son frère nous présente.

La ressemblance entre les deux est frappante, ils ont les mêmes yeux verts lumineux, la même mâchoire saillante, et les mêmes cheveux blonds épais. Les épaules de Marshall ne sont pas aussi carrées et son cou est plus fin, mais s'il souhaite savoir à quoi il ressemblera dans dix ans, il n'a qu'à regarder l'homme à côté de lui.

– Où est ma caisse ? demande Stanton.

– Tu veux dire *ma* caisse ? Elle est là, répond son frère en désignant une des granges devant laquelle est garé un pick-up noir dont les côtés sont placardés de flammes orange.

– Mais qu'est-ce que tu as fait à mon pick-up ? s'exclame Stanton en grimaçant.

– Je l'ai amélioré ! répond Marshall tandis que nous nous approchons. La peinture est sur mesure, il a de nouvelles enceintes, il me fallait vraiment des basses, explique-t-il en passant le bras par la vitre ouverte pour allumer le contact.

Il hoche la tête en rythme avec la musique qui fait vibrer la poussière à nos pieds.

– C'est Jay-Z, précise-t-il au cas où nous serions trop âgés pour le savoir.

C'est alors qu'un autre pick-up, bleu et blanc et plus ancien, arrive devant la maison avec un groupe de mecs de l'âge de Marshall à l'arrière.

– Faut que j'y aille, dit-il en coupant le contact. J'ai entraînement. On se voit plus tard, frérot.

– Ravie de t'avoir rencontré, je dis tandis qu'il s'éloigne.

Après le départ de son frère, Stanton passe une minute à inspecter le véhicule en secouant la tête.

Nous faisons le tour de la maison et entrons par une autre porte qui mène directement dans une grande cuisine lumineuse. Les plans de travail sont en bois clair et massif, les placards sont blancs et les murs sont vert anis. Le tout est simple et chaleureux.

La mère de Stanton est une très belle femme ; grande, mince, et plus jeune que je ne l'avais imaginé. Ses cheveux blond miel sont attachés, à l'exception de quelques mèches qui se balancent de gauche à droite alors qu'elle astique une grosse marmite dans l'évier. Elle a un tout petit nez et un visage en forme de cœur. Lorsqu'elle tourne la tête en nous entendant entrer, je réalise que Stanton et Marshall doivent avoir les yeux de leur père, car les siens sont noisette.

Elle sourit jusqu'aux oreilles et elle ne s'essuie pas les mains avant de prendre son fils dans ses bras. Stanton la soulève et la fait tourner dans les airs.

– Coucou maman.

Lorsqu'elle pousse un petit cri aigu, il la repose et elle recule le visage.

– Laisse-moi te regarder, dit-elle en lui caressant le front, puis la mâchoire, puis les épaules. Tu as l'air en forme. Fatigué, mais en forme, conclut-elle.

– La route était longue.

Il se tourne vers moi.

– Maman, je te présente ma… je te présente Sofia.

Je n'ai pas le temps de lui tendre la main car madame Shaw me prend dans les bras comme elle l'a fait avec son fils.

– Je suis ravie de faire ta connaissance, Sofia. Stanton nous a beaucoup parlé de toi. Il dit que tu es une avocate brillante et que vous travaillez très bien, tous les deux.

– Merci, madame Shaw, je suis contente de vous rencontrer aussi. Je suis ravie d'être ici.

Soudain, ce qui me frappe, c'est que c'est vrai. Je suis ravie, vraiment heureuse de voir l'endroit où Stanton a grandi, de rencontrer les gens qui ont fait de lui l'homme qu'il est aujourd'hui. Je suis tellement excitée que je ne cesse de sourire.

– Appelle-moi maman, comme tout le monde. Si tu m'appelles madame Shaw, je ne lèverai même pas la tête.

– D'accord.

– Allez, asseyez-vous tous les deux, vous devez être affamés, dit-elle en nous dirigeant vers la table.

– C'est comme ça que ça commence, chuchote Stanton en chatouillant mon cou.

Elle s'affaire à nous préparer à manger tandis que Stanton lui demande comment va son père.

– Il est dans le champ du nord, explique-t-elle. Pour le reste de la journée et les suivants aussi. Il répare la clôture que la dernière tempête a abîmée.

Dix minutes plus tard, nous avons devant nous une pleine assiette d'œufs brouillés, de bacon et de biscuits chauds déjà beurrés.

– C'est délicieux, Madame – Maman, je me corrige en riant.

– Merci, Sofia.

– Tu n'aurais jamais dû dire ça, marmonne Stanton en souriant la bouche pleine. Maintenant elle va te gaver pendant toute la durée de ton séjour.

– Écoute ce qu'il dit, c'est vrai ! dit la sœur de Stanton – la jumelle de Marshall – en descendant les escaliers. Avec ses cheveux blonds qui lui arrivent aux épaules et les yeux noisette de sa mère, il est impossible de douter qu'elle appartient au clan des Shaw.

Étant la plus jeune d'une fratrie avec trois frères, je me sens immédiatement proche d'elle. Mary se penche pour embrasser son grand frère sur la joue.

– Ça fait tellement longtemps que je ne t'ai pas vu que je ne savais pas que tu avais des cheveux gris, se moque-t-elle.

Stanton lui pince doucement le menton.

– Je n'ai pas de cheveux gris.

– Pas encore, concède-t-elle. Mais attends que Presley ait mon âge, tu seras plus gris que Papa.

Mary se présente et déclare immédiatement son amour pour mon vernis. Et mon rouge à lèvres. Et mon débardeur argenté, et mon pantalon en lin noir.

– Maman, on peut aller faire du shopping ? S'il te plaît ? demande-t-elle d'une voix râleuse.

– Est-ce qu'il te reste de l'argent de poche de la semaine dernière ? répond sa mère en débarrassant la table.

– Non, j'ai tout dépensé au cinéma.

– Alors tu as ta réponse.

– Hmm... Je vais chez Haddie's, déclare Mary en faisant la moue.

– Pas tant que tu n'auras pas nourri les veaux, non.

Mary ouvre la bouche pour se plaindre... puis elle se mord la lèvre, le regard plein d'espoir.

– À moins que... le meilleur grand frère au monde le fasse pour moi ?

– Ton frère vient de rentrer, gronde la mère de Stanton. Laisse-le se reposer un peu.

Elle croise les bras et dégaine sa version du regard Sherman. Stanton sourit légèrement et désigne la porte.

– Allez, vas-y, je m'occupe des veaux.

Mary se jette dans ses bras en criant de joie.

– Merci ! Salut Sofia ! s'exclame-t-elle en partant en courant.

Lorsque la table est débarrassée et que la vaisselle est faite, Stanton, sa mère et moi terminons nos cafés.

– Je vais montrer sa chambre à Sofia et puis j'irai chez Jenn, dit Stanton.

Sa mère se raidit, puis elle hoche la tête et boit son café.

– Tu aurais pu me prévenir, quand même. Je ne sais pas, un coup de fil ou...

– C'est entre Jenny et toi, rétorque madame Shaw en plongeant son regard dans celui de son fils. Ce n'était pas à moi de te le dire. Tant que ça ne concerne pas Presley, ses affaires sont *ses* affaires.

Cela ne semble pas plaire à Stanton.

Quelques minutes plus tard, nous prenons nos bagages dans la voiture et nous partons vers l'ancienne chambre de Stanton, qui est au premier étage d'une des granges. C'est le rêve de tous les adolescents : l'étage est chauffé, divisé en deux chambres identiques jointes par une salle de bain, des murs en lambris et du parquet au sol, avec des posters et des trophées un peu partout.

– Mon frère Carter et moi avons construit ces chambres un été. Mon père nous a dit que si on faisait du bon boulot, on aurait le droit d'y dormir, alors c'est ce qu'on a fait.

Je balaye la pièce du regard et je tombe sur les photos de Stanton sur la table de nuit : il est jeune, en tenue de football, son bras autour d'une minuscule Jenny en uniforme de cheerleader. L'autre est une photo de Presley, vêtue d'un pull rouge à col blanc, souriant joyeusement.

– Pourquoi Marshall et Mary n'ont pas emménagé ici quand ton frère et toi êtes partis ?

– Eh ben, après que Jenny est tombée enceinte, ma mère leur a interdit. Elle pense que Presley a été conçue ici et elle ne veut pas d'autres petits-enfants prématurément.

– Haha, et est-ce qu'elle a été conçue ici ?

– Pas du tout !

◆◆◆

Environ trente minutes plus tard, j'ai défait mes bagages et je suis prête à me mettre au travail, installée sur le lit king size de Stanton. Comme nous sommes désormais des *friends* sans le *sex*, Stanton a dit qu'il dormirait dans la chambre de Carter. Il sort de la salle de bain vêtu à présent d'un jean usé, de bottes en cuir, d'un tee-shirt blanc et d'un chapeau de cow-boy marron. Son tee-shirt est très moulant, accentuant les muscles de ses biceps et son ventre plat, tandis que son jean colle à son cul et à ses cuisses divines. J'en ai l'eau à la bouche.

J'essaie de me ressaisir, mais c'est trop tard.

– Prends une photo, ça durera plus longtemps, dit-il en souriant.

– Pas besoin, il me suffit d'arracher une pub Ralph Lauren dans un magazine.

Il éclate de rire et je regarde sa pomme d'Adam bouger – c'est tellement sexy et viril… J'ai envie de lui arracher son tee-shirt, de baisser son jean et de le laisser me prendre sans même enlever ses pompes.

– Ça va aller, pendant quelques heures toute seule ?

Je m'attache les cheveux tandis qu'il observe le moindre de mes mouvements.

– Bien sûr. Je dois répondre à des emails. Ah, il me faut juste le mot de passe du Wi-Fi.

Il a soudain l'air inquiet.

– Il n'y a pas de Wi-Fi, Sofia.

– *Quoi ?* Comment ça, il n'y a pas de Wi-Fi ? Comment c'est possible ?

– On a un radar, pour suivre la météo.

– Un radar ? je hurle en prenant mon ordinateur et en le tenant en l'air, cherchant un signal dans les quatre coins de la pièce. Comment je suis censée faire mes recherches ? Ou lire mes emails ? Je suis coupée du monde ! Comment as-tu pu me faire ça ? Quel genre de…

– Sofia, dit Stanton d'une voix douce, me coupant dans mon élan.

Il lève la main, dans laquelle il tient un petit rectangle noir qu'il me jette.

Une clé Wi-Fi portable !

– Merci !

Il me fait un clin d'œil puis il regarde mes pieds, toujours chaussés d'escarpins en cuir.

– Tu n'as pas apporté de bottes, par hasard, si ?

– Bien sûr que si, je dis en ouvrant son placard pour en sortir une paire de cuissardes Gucci noires avec des talons de dix centimètres.

Stanton soupire longuement.

– Très bien. Alors voilà ce qu'on va faire : quand je vais rentrer, on va aller en ville pour t'acheter une bonne paire de bottes à la coopérative.

– Tu viens vraiment de dire *en ville ?* je demande en éclatant de rire.

– Continue de rire et de faire la maline. On verra si tu trouves drôle de voir tes pompes de luxe recouvertes de fumier et de boue.

Je me pince les lèvres et me calme immédiatement.

– Ce ne serait pas très drôle, non.

– Mais un peu, quand même.

Il sourit et caresse ma joue, un geste si doux et intime que j'oublie où je suis.

Puis cela me revient. Je suis Goose, l'acolyte.

– Alors, voici mes conseils de dernière minute. Discute avec elle plutôt que de lui hurler dessus, aucune femme n'aime ça. Demande-lui comment les choses ont mal tourné, ce qu'elle pense que James Dean peut lui offrir que toi tu ne peux pas. Ensuite, dis-lui que tu es prêt à faire tous les changements nécessaires pour qu'elle soit heureuse.

Il hoche la tête, pensif.

– Rappelle-lui votre histoire, toutes les années que vous avez passées ensemble. Mais surtout, fais-lui voir le mec *génial* que tu es, je conclus d'une voix moqueuse.

– La dernière partie sera facile, au moins, rétorque-t-il en esquissant un sourire en coin.

Je mets une pichenette dans son chapeau en feignant un enthousiasme que je ne ressens pas.

– Allez, fonce, cow-boy.

Arrivé à la porte, il se tourne vers moi une dernière fois.

– Merci Sofia. Pour tout.

J'entends son pas dans l'escalier et, laissant passer un long soupir, je m'assois sur son lit pour travailler.

11

Stanton

Je prends le temps de contempler la maison des parents de Jenny qui me semble, comme toujours, oubliée par le temps. La peinture blanche est sans cesse écaillée aux mêmes endroits du mur. La balançoire sur laquelle je poussais Jenny lorsque nous étions petits pend toujours à la même branche du grand chêne, et la branche sur laquelle je grimpais pour me faufiler en douce dans la chambre de Jenny est toujours là également.

Comme la mienne, sa famille cultive la même terre depuis des générations. Toutefois, l'élevage bovin est une activité plus lucrative et plus fiable que la culture du maïs, qui est le gagne-pain des Monroe. Pas évident de devenir riche si vous n'obtenez que quelques centimes le kilo de maïs, même si vous en avez récolté des tonnes.

– Jenny ! crie Mamie depuis son perchoir, sous le porche de la maison. Ce garçon est revenu !

Ce garçon.

Mamie n'est pas ma plus grande fan, mais ce n'est pas nouveau. Elle m'a toujours regardé avec un air suspicieux et contrarié. Lorsque Jenny est tombée enceinte et qu'on ne s'est pas mariés, Mamie est devenue ouvertement hostile. Cependant, le fusil à pompe qu'elle tient dans les mains en se balançant dans son rocking-chair n'est pas pour moi – enfin, pas seulement.

Le mari de Mamie est décédé quand Jenny portait encore des couches. Il est tombé d'un cheval affolé et il a mal atterri. Depuis, Mamie n'a plus quitté le fusil de son tendre Henry, même pour dormir. Si jamais des voleurs, des hooligans ou des Yankees [11] débarquaient, Mamie serait prête. Le fusil n'est pas chargé, et tous les membres de la famille font de leur mieux pour s'assurer qu'elle ne trouve jamais les cartouches.

Certains disent qu'elle perd la tête, mais moi je ne suis pas dupe. Son esprit est aussi tranchant que les mots qui sortent de sa bouche. À mon avis, au lieu de marcher à petits pas avec une canne, Mamie préfère marcher à pas lourds avec un fusil à pompe entre les mains.

Jenny passe la tête par la porte. Ses cheveux sont relevés dans un chignon désordonné, elle est toujours vêtue de sa blouse rose de l'hôpital. Elle me dévisage quelques secondes, puis ses traits se détendent et elle sourit. Un sourire un peu coupable, mais elle n'est pas surprise de me voir : elle savait que je viendrais. Je lui montre le pack de bières que j'ai apporté et je hausse les sourcils, posant ma question en silence.

– Je me change et j'arrive, j'en ai pour deux minutes, répond-elle.

C'est une de nos traditions. Depuis nos seize ans, chaque fois que je rentre et que nous voulons être seuls ou que nous

11. Terme utilisé pour désigner les habitants de l'Union et incluant tout personne du Nord-Est durant la guerre de Sécession américaine.

devons parler sérieusement, nous prenons un pack de bières et partons à la rivière. Notre vieux plaid étendu sur la berge est pour nous l'équivalent du divan du psy, et pour l'instant – je touche du bois –, cela nous a toujours réussi.

Jenny referme la porte et je monte lentement les marches, comme si je m'approchais d'un vieil ours en hibernation. Je pense ne courir aucun danger, mais on n'est jamais trop prudent.

– Bonjour, m'dame, je dis en soulevant brièvement mon chapeau.

– J't'aime pas, garçon, dit-elle en me fusillant du regard.

– Oui, m'dame.

– Tu es le diable incarné, tu serpentes toujours dans mon jardin pour tenter ma petite Ève, crache-t-elle en me pointant du doigt.

– Oui, m'dame.

– Ma petite-fille est la meilleure chose que tu aies jamais faite.

– Ah là, je ne vais pas vous contredire, m'dame, je réponds en souriant.

– Ça fait longtemps que j'aurais dû me débarrasser de toi, grogne-t-elle.

Je m'assois à côté d'elle et je fais mine de réfléchir à ce qu'elle vient de dire.

– Je ne sais pas… qui vous apporterait votre boisson préférée, si vous m'aviez tué ?

Je soulève ma chemise à la manière d'un dealer de drogue et je lui montre la petite bouteille de whisky dissimulée dans ma poche. La mère de Jenny lui a interdit son péché mignon depuis plusieurs années maintenant, mais Mamie n'est pas sans ressources.

Elle dévore la bouteille des yeux et se lèche les lèvres comme quelqu'un qui voit une oasis après des heures passées à parcourir le désert. Je suppose que ce que je fais n'est pas très respectable, mais il n'est pas question de politesse, de respect, ni de se montrer exemplaire. Il est question de gagner.

De plus, j'aurais apporté à Mamie son whisky quoi qu'il en soit. Je lui fournis sa dose de façon régulière depuis des années, et cela ne l'empêche pas de me détester.

– Parlez-moi de Jimmy Dean.

C'est comme si j'avais prononcé la formule magique. Soudain, Mamie semble rajeunir : sa grimace s'efface et laisse place à un sourire rêveur. Jamais je ne l'avais vue sourire.

– JD ? Un beau spécimen, celui-là. Si j'avais quarante ans de moins, je lui sauterais dessus. Il est charmant, poli… c'est un bon garçon. Pas comme toi, ajoute-t-elle en grimaçant une nouvelle fois.

– Et quel est le métier de ce bon vieux JD ?

– Il est prof au lycée. De chimie, je crois. Il est intelligent, en tout cas. Et talentueux, puisque ça ne fait qu'un an qu'il est revenu vivre ici et qu'il est déjà assistant de l'entraîneur de football. Je suppose que ce sera lui qui remplacera ce Dallas Henry, quand il se fera virer.

C'est quand même le comble que Knacki entraîne l'équipe de football dans le même lycée où il était porteur d'eau, non ?

– Quoi d'autre ? je demande en caressant la bouteille de bourbon sous le regard envoûté de Mamie.

– Son père est décédé, il y a quelques mois. JD a vendu leur ferme et il fait construire une belle et grande maison dans ce nouveau quartier, au bord de la départementale 529. C'est là qu'il va vivre avec Jenny… et Presley.

Je tape violemment du pied, mais Mamie ne sursaute pas. Jamais Knacki ne me prendra ma Jenny.

– Eh, ne prends pas ce ton avec moi, garçon. C'est ta faute, tout ça. Tu n'es pas un mauvais père, je te l'accorde, mais Jenny a besoin d'un homme… un vrai, qui est ici avec elle.

– Mais je *suis* là, je chuchote.

– Hmm. Et d'après ce qu'on m'a dit, tu n'es pas venu seul. Tu as emmené une jolie fille de la ville. Une Latine.

La mère de Jenny crie depuis la maison, prouvant une fois de plus que les petites villes ressemblent beaucoup à la mafia : il y a des oreilles partout.

– Maman ! Sois gentille.

Mais Mamie ne se laisse pas faire.

– Ne me dis pas ce que je dois faire ! répond-elle avant de se tourner à nouveau vers moi. Un des avantages d'être mourante, garçon, c'est que rien ne t'oblige à être gentil avec qui que ce soit.

Tu parles, qu'elle est mourante. Elle l'est depuis que je suis né ! C'est juste qu'elle prend son temps pour arriver au bout du tunnel.

– J'ai emmené quelqu'un, oui. Une amie, Sofia. Vous vous entendrez super bien. Elle ne se laisse marcher dessus par personne, elle non plus.

Je tapote la bouteille de whisky en la dévisageant.

– Maintenant dites-moi quelque chose d'inhabituel à propos de JD. Quelque chose que toute la ville ignore.

Ses yeux assoiffés me dévisagent.

– Eh ben… Il boit très peu car il ne tient pas l'alcool, mais je ne crois pas que ce soit une mauvaise chose, pour un homme. Personne n'aime les ivrognes.

C'est intéressant, ça.

– Quoi d'autre ?

Elle fouille dans sa mémoire pendant quelques secondes.

– Ah ! Il est allergique aux piments. Sa tête gonfle comme une montgolfière dès qu'il en touche un.

Voilà qui est encore plus intéressant.

Satisfait de ses réponses, je donne la bouteille à Mamie en prenant soin que personne ne voie notre échange par la fenêtre. Elle me l'arrache des mains comme un enfant à qui on donne des bonbons et elle la glisse sous le plaid qui recouvre ses jambes.

Jenny sort de la maison vêtue d'un short en jean et d'un tee-shirt blanc, aussi musclée et pétillante qu'à dix-huit ans. J'ai beau être toujours énervé contre elle, cela ne change rien au fait qu'elle est sexy et mignonne et que… elle m'a vraiment manqué.

– Tu es prêt ? demande-t-elle.

Je me lève et salue Mamie en soulevant légèrement mon chapeau.

– Au plaisir, m'dame.

Elle se contente de me répondre par une grimace.

Jenny avance pour embrasser sa grand-mère sur la joue et je l'entends chuchoter.

– Ne laisse pas Maman sentir le whisky sur ton haleine. Elle t'enverra au lit sans avoir soupé.

Mamie ricane et tapote Jenny sur la joue.

Nous nous dirigeons vers le pick-up mais nous nous arrêtons en bas des marches lorsque la mère de Jenny sort de la maison. En dépit de son rire graveleux et des rides qui marquent son visage, June Monroe est une belle femme, avec des courbes et des rondeurs là où il faut, et des longs cheveux blonds striés de mèches argentées.

– Stanton. Tu as l'air en forme, dit-elle en esquissant un sourire pincé.

– Merci, June. Ça fait du bien de rentrer à la maison.

June ne me déteste pas autant que sa mère, mais on ne peut pas dire qu'elle m'apprécie beaucoup, contrairement à Wayne, son père, pour qui je suis le fils qu'il n'a jamais eu. Cependant, je suppose que ni l'un ni l'autre ne sont ravis que je sois rentré pour foutre en l'air le mariage de leur fille. Ruby vit encore chez eux – avec ses cinq enfants –, et j'imagine que les Monroe seraient soulagés qu'au moins une de leurs filles prenne son envol.

– Jenny, menace sa mère, ne sois pas en retard, on a l'essayage de la robe, cet après-midi.

– Ne t'en fais pas, je rentrerai avant que Presley ait fini son entraînement.

J'ouvre la portière pour Jenn et, ensemble, nous partons à la rivière.

◆◆◆

En chemin, j'ai répété dans ma tête ce que j'allais lui dire, comme je le fais la veille de la conclusion d'un procès. Jenny est assise en tailleur sur le plaid tandis que je reste debout, chacun avec sa canette de bière.

– Tu aurais pu te lâcher et acheter des bouteilles, dit Jenn en regardant sa canette.

– Je me sentais nostalgique.

– Ouais, mais la nostalgie a meilleur goût dans une bouteille, répond-elle.

Elle tourne la tête face au soleil et je vois ses petites taches de rousseur parsemées sur son nez et ses pommettes, si petites et si pâles qu'on ne les voit que sous une certaine lumière. J'ai l'impression que c'était hier que je les comptais après une longue baignade et une baise encore plus longue, alors qu'elle dormait simplement couverte par mon ombre, sur ce même plaid.

Elle lève la main pour boire une gorgée et le petit diamant à son doigt scintille au soleil, écrasant mon souvenir comme une marguerite sous le pied d'un énorme éléphant.

– Tu as oublié de lui rendre la bague ? Après lui avoir dit que c'était une grosse erreur ?

– Tu veux vraiment le jouer comme ça, Stanton ? demande-t-elle en me fusillant du regard.

Je peux presque voir le mot de Sofia sur mon bloc-notes jaune, me disant d'aborder cette situation comme un procès dans lequel Jenny serait un témoin comme les autres. J'ai besoin qu'elle me parle pour comprendre comment nous en sommes arrivés là et que je puisse rectifier la situation au plus vite.

– Non, je suis désolé, j'admets en soupirant. Pourquoi ne m'as-tu rien dit ?

Un petit sourire triste apparaît sur ses lèvres.

– Parce que je savais que tu essayerais de m'en dissuader.

Peut-être a-t-elle eu raison, puisque c'est ce que j'ai l'intention de faire.

– J'aurais dû te le dire, avoue-t-elle d'une voix pleine de remords. Tu aurais dû l'apprendre par moi directement. Maman a mis ton invitation à la poste parce qu'elle a dit que je repoussais l'inévitable, et elle avait raison. Je suis désolée, Stanton.

Je ramasse un caillou et le fais rebondir dans ma main.

– J'accepte tes excuses. Du moment que tu annules tout.

Elle penche la tête sur le côté et me regarde jouer avec la petite pierre blanche.

– Je croyais que tu n'étais pas venu seul ?

Je visualise très bien la chaîne de communication qui a appris la nouvelle à Jenny en un temps record. Mademoiselle Béa l'a dit à madame Macalister, qui travaille à la pharmacie et qui l'a dit à la vieille Abigail Wilson lorsqu'elle lui a déposé ses médicaments pour le cœur, car Abigail est presque aveugle et qu'elle ne peut plus conduire. Abigail Wilson a dû le dire à sa cousine, Pearl, qui s'avère être la meilleure amie de toujours de June Monroe. Je me demande si June a laissé Jenny passer la porte avant de lui dire ou si elle l'a appelée sur son portable.

– C'est une amie.

– Quel genre d'amie ? ricane Jenn.

– Le genre qui vient avec moi quand ma nana m'annonce qu'elle épouse quelqu'un d'autre.

D'un petit coup de poignet, j'envoie le caillou faire des ricochets sur la rivière.

– J'ai répondu à tes questions, à toi de répondre aux miennes. C'est qui ce type ?

Elle joue avec le sable, le prenant dans sa main et le laissant couler entre ses doigts.

– JD est parti à la fac en Californie, après le lycée. Il est revenu l'an dernier quand on a diagnostiqué un cancer à son père. On s'est croisés à l'hôpital, un jour, et il s'est souvenu de moi. Il venait voir son père tous les jours, et quand j'étais là, on discutait. Les conversations se sont transformées en cafés, puis en dîners. La mort de son père a été très difficile pour lui, et j'étais là. Il… il avait besoin de moi. C'était agréable de me sentir utile. Après ça, il n'a plus eu besoin de moi, mais il me voulait quand même. Je me suis sentie appréciée et… c'était encore plus agréable.

– Est-ce que tu as pensé à moi une seule seconde ? Pendant que tu te sentais appréciée ? je crache.

– Est-ce que *toi*, tu penses à moi pendant que tu baises toutes les femmes de la capitale ?

– Ce n'est pas comme ça.

– Bien sûr que si. Tu penses que le temps s'arrête quand tu n'es pas ici. Tu me gardes sous le coude, ici, à élever notre fille en attendant ton retour.

– Tout d'abord, tu n'élèves pas notre fille toute seule, donc ne fais pas comme si c'était le cas. Ensuite, c'est l'accord qu'on a conclu. On fait ce qu'on veut quand on est séparés, mais personne ne touche à *nous*, à *notre* truc. Personne ne s'en approche. Si ça ne te convenait plus, tu aurais dû me le dire !

Soudain elle est debout.

– Je te le dis maintenant ! J'ai vingt-huit ans, Stanton, et je vis encore chez mes parents.

– C'est ça, le problème ? Jenny, si tu veux une maison, je t'en achète une.

Nous n'avons pas d'arrangement officiel pour la pension, parce que je lui envoie de l'argent tous les mois. Si elle veut quoi que ce soit de plus, elle n'a qu'à me le demander.

– JD veut fonder un *foyer* avec moi, une famille, un mariage, tout ce dont tu n'as jamais voulu.

Je ferme les poings, ne sachant pas s'il vaut mieux l'embrasser ou la secouer pour lui faire entendre raison.

– Parce que toi et Presley vous *êtes* ma famille. Et je t'aurais épousée il y a dix ans, tu le sais parfaitement. Je te l'ai dit, ici même !

– Tu l'aurais fait, oui. Mais tu ne le voulais pas.

– Tu m'as dit de partir ! je crie en pointant mon index sur elle. Tu m'as dit de m'en aller ! Pour nous, pour notre avenir et notre famille !

Tout à coup, les larmes brillent dans ses yeux, comme les rayons du soleil sur la rivière.

– Si tu aimes quelque chose, laisse-le partir. S'il revient, il est à toi, dit-elle en secouant la tête. Tu n'es jamais revenu.

– N'importe quoi ! Je suis revenu chaque fois que je l'ai pu…

– Pas après Columbia. Tu as changé. Tu as commencé à aimer ça, la ville, le travail, les femmes…

– J'étais en train de crever, Jenny ! C'était la fac de droit, bon sang. Le travail, les cours, les stages, tu n'as aucune idée de ce que c'était !

Soudain, je revois le bloc-notes. On ne résout rien en se disputant. Discute avec elle plutôt que de lui hurler dessus.

Je compte jusqu'à dix, j'avance vers Jenny et je plonge mon regard dans le sien. Je vois mon adorable Jenny, ma meilleure amie, l'amour de ma vie.

– Ma tête était là-bas parce que je n'avais pas le choix, mais mon cœur a toujours été ici avec toi. Il n'est jamais parti.

Elle renifle mais les larmes ne coulent pas.

– Tu ne t'es jamais demandé pourquoi c'était si facile ?

– C'est censé être facile, lorsqu'on est amoureux de quelqu'un.

– Je ne veux pas dire d'être ensemble, je veux dire d'être *séparés*, dit-elle en me tournant le dos.

Son regard se perd dans l'eau qu'elle regarde couler et laper le rivage.

– Pendant tout ce temps, toutes ces années, poursuit-elle, le fait d'être séparés a été trop facile. Quand JD finit le travail, il rentre la maison et monte les marches deux par deux parce qu'il ne peut pas attendre une seconde de plus pour me revoir. Il ne supporte pas l'idée d'être loin de moi, même pour une journée. Est-ce que tu as déjà ressenti ça, Stanton ?

Une petite voix maléfique me chuchote que *oui*, j'ai déjà ressenti ça. Sauf que ce n'était pas pour elle. Je l'ignore et me mets face à Jenny.

– Je t'aime.

– Tu aimes une nana de dix-sept ans qui n'existe plus, Stanton.

– C'est faux, elle est devant moi en ce moment même.

Jenny penche la tête et esquisse un minuscule sourire.

– Je suis loin d'être aussi fun que dans le passé.

Je pose mes mains sur ses joues et je caresse ses pommettes avec mes pouces.

– Je te regarde et je vois mille et une journées d'été, les plus beaux moments de ma vie.

Tout à coup, les émotions m'accablent et j'ai du mal à parler. Mon amour pour cette femme me coupe le souffle.

– Je t'aime depuis que j'ai douze ans, et je t'aimerai jusqu'à la fin de ma vie.

Ses larmes coulent brusquement et elle appuie ma main sur sa joue pour éponger ses pleurs, puis elle embrasse ma paume.

– Je t'aime aussi, Stanton. C'est vrai. Ce que je ressens pour toi et tout ce que tu représentes m'est précieux. Je ne veux pas te perdre.

Je pense avoir réussi, l'avoir convaincue et reconquise. Jenny m'appartient et tout est de nouveau merveilleux dans le meilleur des mondes. Je dois admettre que c'était plus simple que ne l'avais envisagé. Je savais que j'étais bon, mais pas à ce point.

Puis Jenny lâche ma main, s'essuie les joues, et me regarde dans les yeux.

– Mais je suis amoureuse de JD.

Merde.

– Tu te sens seule, c'est tout. Je suis parti trop longtemps.

– Non. Je suis amoureuse de *lui*. C'est arrivé vite, mais nos sentiments sont solides et bien réels. Il faut que tu l'acceptes, Stanton.

Mes prochaines paroles m'échappent avant que je n'aie eu le temps d'y réfléchir.

– Je vais rentrer. Je vais démissionner, Jenn. J'ouvrirai une boîte ici. Je vais revenir.

Elle est bouche bée. Ha ! Elle ne s'y attendait pas, à celle-là. Cela dit, j'avoue que moi non plus…

– On n'a pas besoin d'avocats de la défense à Sunshine.

– Je peux pratiquer d'autres formes de droit.

– Tu détesterais ça.

– Mais je vais le faire, pour toi et Presley. Si c'est ce dont tu as besoin, je le ferai.

Elle fronce les sourcils, à la fois anéantie et furieuse.

– Je ne veux pas être ton sacrifice ! dit-elle en reculant. Je n'ai jamais voulu ça. On mérite bien mieux, tous les deux.

Tout à coup, elle se jette sur moi et me prend dans ses bras. Elle niche son visage dans mon cou, refusant de me lâcher. Je la tiens aussi fort que possible sans lui faire mal, pour la protéger, embrassant le dessus de sa tête, murmurant des mots doux, respirant le parfum de ses cheveux qui sentent si bon et sont si doux. Nous restons ainsi pendant un moment, jusqu'à ce que ses larmes aient séché. C'est tout simplement triste.

– Je vais épouser JD samedi. J'ai besoin que tu le comprennes, Stanton.

Je saisis ses bras et je recule pour qu'elle voie mon regard.

– C'est une erreur. Je suis revenu pour toi et je ne baisserai pas les bras. Moi, c'est *ça* que je veux que tu comprennes.

– Tu ne sais pas…

Je l'interromps car une idée brillante me vient pour la faire rire. Ce n'est pas la première fois que Forrest Gump vient à ma rescousse.

– Je ne suis pas un homme intelligent, Jenny, mais je sais à quoi ressemble l'amour, je déclare en prenant son accent.

Elle se couvre les oreilles et se met à crier.

– Ne fais pas ça ! Tu sais que ce film me fait chialer, espèce de monstre ! s'exclame-t-elle en me frappant l'épaule tout en riant.

– Oui, je sais, je dis en enlevant les cheveux de son épaule pour y poser ma main et caresser la peu douce de son cou avec mon pouce. Est-ce qu'il le sait, lui ? Est-ce qu'il te connaît comme je te connais, Jenn ? je demande en me rapprochant. Est-ce qu'il sait combien tu aimes ces longs baisers baveux ou combien tu aimes qu'on lèche ce petit point derrière ton…

Sa main couvre ma bouche et elle me regarde comme si j'étais un incorrigible adolescent.

– Ça suffit. Il me connaît, oui, pour certaines choses mieux que toi. Et ce qu'il ne sait pas, il a tout le temps de l'apprendre.

Je tire ma langue pour lécher la paume de sa main, la faisant hurler et faire un bond en arrière.

– Je veux que tu le rencontres, Stanton. C'est un mec bien. Tu l'aimeras beaucoup, j'en suis sûre.

– Tant qu'il respire, je ne l'aimerai jamais, je réponds en croisant les bras.

– Allez, ramène-moi, maintenant. L'entraînement de Presley va bientôt se terminer.

– Allons la chercher ensemble. Ça lui fera plaisir.

– D'accord.

J'essaie de lui prendre la main, comme je l'ai fait un million de fois, mais elle la retire. Je fronce les sourcils et je la lui prends de force, refusant qu'elle m'échappe, entremêlant mes doigts aux siens.

– Tu as fini ? demande-t-elle en me regardant d'un air ennuyé.

Je soutiens son regard et porte sa main à ma bouche pour l'embrasser.

– Chérie, je n'ai même pas commencé.

Elle me dévisage et semble hésiter entre rire ou fondre en larmes, peut-être les deux à la fois. Elle secoue la tête et pose sa main sur ma joue.

– Stanton, je sais que j'ai très mal géré cette situation… mais tu m'as manqué.

12

Stanton

Après avoir déposé Jenny chez ses parents, je ramène Presley chez les miens. Elle et Sofia s'entendent tout de suite. Ma fille et moi sortons pour nous faire des passes avec un ballon de football américain. La balle s'élève dans les airs en tournoyant et elle redescend pour atterrir entre ses mains. Une passe parfaite.

Presley aligne ses doigts sur les lacets, comme je le lui ai appris, et elle me renvoie la balle. Elle a le talent de son papa, ça c'est évident.

Ce n'est pas que je souhaite qu'elle fasse du football, seulement, je pense qu'une fille doit acquérir certaines compétences, pour ne pas être bêtement impressionnée lorsqu'un petit mec arrogant viendra faire le malin devant elle. J'ai donc l'intention de lui apprendre comment changer un pneu, monter à cheval, conduire une voiture à boîte manuelle et changer l'huile du moteur.

Cependant, nos passes nous laissent surtout le temps de parler, surtout que cela fait plusieurs mois que je ne l'ai pas vue. J'ai toujours imaginé que j'aborderais les grosses discussions – sur l'alcool, la cigarette, ou le sexe – de cette manière.

– Alors… que penses-tu de cette affaire de mariage ?

Elle rigole en attrapant ma passe.

– Est-ce que tu étais surpris ? J'allais te le dire la semaine dernière, mais Maman m'a dit d'attendre… parce que tu serais choqué.

– Ah ça, pour être choqué… J'étais sur les fesses, je dis en souriant.

– Je vais être demoiselle d'honneur ! Ma robe est bleue, en satin, et je me sens comme une princesse quand je la mets. Mamie m'a acheté des ballerines bleues assorties, et Maman m'a dit que j'aurai une coiffure spéciale, et même que je pourrai mettre du gloss !

Son enthousiasme me fait presque sourire.

– C'est super, ma puce.

Je cours après la passe de Presley qui rebondit dans l'herbe.

– Et ce JD… tu l'aimes bien ?

– Ouais, il est super gentil, répond-elle en hochant la tête. Il rend Maman toute rigolote.

Rigolote ? Je me demande si elle sera aussi rigolote quand je referai le nez de son fiancé.

– Et qu'est-ce que… comment tu vas l'appeler… si ta maman et lui se marient ?

Elle tient la balle et fronce les sourcils tandis qu'elle réfléchit.

– Eh ben, je l'appellerai JD ! C'est son nom, bêta !

Je respire de nouveau, soulagé.

– Mais tu es certaine que tu l'aimes bien ? je lui demande en attrapant sa passe.

Elle me dévisage un moment.

– Tu préférerais que je ne l'aime pas, Papa ?

Je suis toujours estomaqué par ce genre de réflexion. Nous prenons toujours soin de ne pas dire certaines choses devant les enfants pour préserver leur innocence, ou de cacher nos habitudes afin qu'ils ne les copient pas – comme mon père qui allait fumer derrière la grange, là où on ne le verrait pas, sauf qu'on sentait l'odeur de tabac sur lui quand il rentrait. Cependant, les enfants n'écoutent pas ce que nous disons, ils regardent *comment* nous le disons. Ils voient les émotions et les intentions sous-entendues. C'est comme un sixième sens.

Je ne partagerai pas l'affection de ma fille pour cet autre homme, mais je ne veux pas la faire choisir entre son père et sa mère. Ce n'est pas à elle de veiller au bien-être de ses parents. C'est à nous de la protéger, et non l'inverse.

Je me déteste un peu qu'elle ait eu besoin de me poser cette question.

Je marche vers elle et je m'agenouille.

– Je veux que tu sois heureuse, Presley, ta maman aussi. Et si un jour tu ne l'es pas, je veux que tu me le dises. Mais je ne veux pas que tu penses que tu n'as pas le droit de l'aimer à cause de moi. Tu comprends ?

– Est-ce que tu seras triste quand Maman et JD se marieront ?

Ah. Comment je suis censé répondre à ça, hein ? *Eh bien ma chérie, je suis venu pour faire en sorte que cela n'arrive jamais.*

– Est-ce que tu le seras, toi ? je demande en lui renvoyant sa question.

Elle sourit timidement, comme si elle s'apprêtait à révéler un secret.

– Quand j'étais petite…

– Et c'était quand, ça ? L'an dernier ? je demande en riant.

– Mais non, Papa, répond-elle en me poussant. Quand j'étais *petite*… que j'avais cinq ou six ans, quoi, je faisais un vœu tous les soirs avant d'aller au lit. Après que Maman m'avait bordée, j'allais à la fenêtre et je regardais les étoiles, en espérant que tu reviendrais à la maison.

Le nœud dans ma poitrine se resserre encore et encore jusqu'à ce que j'arrive à peine à respirer.

– Ou alors j'espérais que tu nous emmènerais avec toi à Washington et qu'on y resterait pour toujours.

Jenny et moi sommes de bons parents, je n'en doute pas. Cependant, ce n'est pas facile d'entendre votre enfant vous dire que vous l'avez déçu. De savoir qu'il a désespérément voulu quelque chose que vous *auriez pu* lui donner… et que vous n'avez pas fait.

– Je ne savais pas que tu faisais ça, Presley, je dis en baissant les yeux pour arracher quelques brins d'herbe. Tu le souhaites encore ?

– Non, soupire-t-elle. Tu es heureux là-bas. Tu as ton bureau et la Maison-Blanche… et tu as Jake. Maman est heureuse ici, et maintenant elle a JD pour lui tenir compagnie.

Super ! Maman a JD, et moi j'ai Jake le ronchon. Il y a quelque chose qui cloche, vous ne trouvez pas ?

– Et puis comme ça, j'aurai deux Noël, qui dirait non à ça ? demande-t-elle en souriant joyeusement.

J'éclate de rire et je la prends dans mes bras.

– Je t'aime, ma puce.

Elle passe ses bras autour de mon cou et me serre aussi fort que possible.

– Je t'aime aussi, Papa.

13

Sofia

Presley Shaw est exactement telle que je l'avais imaginée : vive d'esprit, adorable, avec un petit éclat espiègle dans les yeux qui me rappelle son père.

J'ai continué à travailler après que Stanton est venu me dire qu'il la ramenait chez Jenny, et je rédigeais toujours ma déposition lorsque le soleil a disparu à l'horizon.

J'ai rangé mon ordinateur lorsque madame Shaw est venue me chercher pour dîner. Lorsque je suis entrée dans la cuisine, Mary, et Carter Shaw Senior, le père de Stanton, étaient déjà assis. Apparemment, tous les repas du soir se déroulent en famille, et toujours à la même heure. Monsieur Shaw est grand, musclé, et beau, même si ses traits sont un peu marqués par la fatigue et qu'il a l'air stoïque – le genre fort et silencieux. Cependant, il regarde sa femme avec une telle tendresse et lui parle avec tant de dévotion que personne ne peut douter que leur mariage est heureux.

J'étais l'attraction principale du repas, j'ai répondu aux questions concernant ma famille, mon enfance à Chicago, et je les ai régalés d'anecdotes de tribunal. Cependant, ils m'ont aussi raconté des histoires sur Stanton : ses années de gloire dans l'équipe de football ; la blague qu'il a faite lorsqu'il était ado et qui avait failli réduire la maison en cendres ; comment il s'est cassé la jambe à cinq ans parce qu'il a sauté du toit, persuadé que son pyjama Superman lui donnait le pouvoir de voler.

Ils avaient gardé une place pour Stanton, mais sa chaise est restée vide.

Après le souper, de retour dans la chambre, j'appelle Brent pour m'assurer que tout va bien. Apparemment, Sherman s'habitue très bien au nouveau luxe dans lequel il vit et il se pourrait qu'il ne veuille plus jamais rentrer vivre chez moi.

Je prends une petite douche et j'enfile une nuisette couleur chocolat avant de me sécher les cheveux, puis j'ouvre la fenêtre et je m'allonge sur le lit, ignorant les couvertures. La nuit est fraîche et j'aime la sensation de la brise sur ma peau. Je j'essaie de m'endormir en regardant la fenêtre, attendant de voir des phares de voiture, attendant le retour d'un certain pick-up.

Non, c'est faux. Je ne fais pas qu'attendre, c'est bien pire : j'espère.

◆◆◆

Bing.

– Merde !

Boom.

– Fait chier !

Ploc.

– Putain !

J'allume la lampe de chevet en me couvrant les yeux lorsque la lumière inonde la pièce. Stanton vient de passer la porte, mais il est à quatre pattes. Il lève la tête, l'air penaud.

– Le sol m'a fait un croche-pied !

Je l'aide à se relever, mais son poids nous fait tituber vers le lit. Mon nez est contre son cou et je sens une odeur de poussière et de feu de camp, le tout surplombé par une odeur bien plus forte d'alcool. Je ne dirais pas que c'est déplaisant, mais je crois que si je respirais les vapeurs qui le suivent pendant suffisamment longtemps, je finirais pompette.

– Heureusement que je n'ai pas allumé de bougies, tu prendrais feu !

Stanton éclate de rire et je le fais asseoir sur le lit, les pieds par terre pour qu'il ne perde pas l'équilibre. Son chapeau est de travers – c'est adorable – et ses yeux vitreux m'inspectent derrière ses longs cils noirs.

– Waouh. Tu es belle.

Eh bien ! Je ne peux pas m'empêcher de sourire.

– Je suis désolé de t'avoir laissée toute seule aussi longtemps, Sof.

Je recule d'un pas et je secoue la tête.

– Ne t'en fais pas. On est là pour ça après tout, n'est-ce pas ? Mais attends, tu as *conduit* dans cet état ?

– Ma voiture connaît la route, répond-il en haussant les épaules.

– C'était idiot, Stanton. Tu étais… avec Jenny pendant tout ce temps ? je demande sans cacher mon angoisse.

Il expire lentement.

– Non, Jenn, sa mère, sa sœur et Presley sont parties essayer leurs robes. Wayne, le père de Jenny, m'a emmené dans sa cabane de chasse pour me montrer la tête du cerf qu'il a tué l'an dernier. On a commencé à boire et à parler… mais surtout à boire.

Je ne sais pas quoi penser du soulagement énorme que je ressens. *Merde.* Je n'avais pas remarqué à quel point j'étais tendue à l'idée que Stanton soit avec Jenny pendant tout ce temps.

Mais qu'est-ce qui cloche chez moi ?

Toutefois, je le regarde et mes sentiments déplacés disparaissent, car il a l'air terriblement abattu. Son regard et sa bouche sont tristes et il semble porter un poids énorme sur les épaules.

– Je crois que c'est vraiment fini, chuchote-t-il. J'ai été absent trop longtemps et… je l'ai perdue. Et ça ne gêne personne ! s'exclame-t-il. Wayne, Jenn, Presley, même ma propre mère, ils trouvent tous la nouvelle de son mariage merveilleuse ! Est-ce que je suis le seul à avoir pensé qu'entre nous c'était du long terme ? J'étais partant, moi ! Pour la vie !

– Je suis désolée, je murmure en avançant pour le prendre dans mes bras.

Il appuie sa tête sur ma poitrine et son souffle chaud me chatouille. Ses mains à la fois puissantes et délicates empoignent ma taille avant de glisser sur mon dos. J'enlève son chapeau pour le poser sur le lit et je passe ma main dans ses cheveux.

Sa voix est douce, presque inaudible, mais cela suffit à me troubler suffisamment pour faire durcir mes tétons.

– Je suis tellement content que tu sois là, Sofia.

– Bien évidemment que tu es content, je réponds en levant les yeux au ciel. Tu viens de te prendre un râteau, ton ego a pris un choc.

L'un des avantages de traîner avec des gars, c'est que je sais comment ils pensent. Cela me permet notamment de savoir ce que leurs paroles sous-entendent. Et lorsque l'ego d'un homme est froissé, rien ne le répare plus vite que de câliner une femme.

Stanton lève la tête et plonge un regard adorablement flou, mais sincère, dans le mien.

– Ce n'est pas que ça. Je ne suis pas juste content que *quelqu'un* soit là, je suis content que ce soit *toi*.

Sa main descend lentement sur mes fesses, m'arrachant un minuscule gémissement.

– Après… si tu veux faire des bisous magiques à mon ego… je suis partant, marmonne-t-il en jouant des sourcils.

Je ris en continuant de caresser sa touffe de cheveux soyeux, prenant le temps de réfléchir. De peser le pour et le contre.

J'ai envie de lui. J'ai *toujours* envie de lui. Pourquoi devrais-je m'en priver ? Je pensais que cela m'aiderait à garder les idées claires si nous ne couchions pas ensemble pendant notre séjour ici. Cependant… je regarde ce bel homme, ces lèvres charnues… et je me demande pourquoi je ne devrais pas profiter de lui tant que je le peux ? Ce n'est pas comme si j'étais *l'autre femme*. C'est Jenny qui l'a quitté, après tout.

Il palpe et caresse mes fesses, connaissant mon corps par cœur – le rythme que j'aime, les endroits secrets qui m'excitent au point de le supplier, encore et encore.

Pourquoi ne devrais-je pas profiter de toutes ces choses divines qu'elle a si bêtement jetées ? Ce n'est que du sexe, après tout – un soulagement merveilleusement excitant… J'ai beau chercher une raison de refuser, je n'en trouve pas une seule.

Je ramasse son chapeau et le mets sur ma tête.

– Il te va bien, mon chapeau, ronronne-t-il.

– Il y a autre chose qui me va bien. Tu veux savoir quoi ? je demande en lui souriant d'un air machiavélique.

– Quoi ?

– Toi, je chuchote en effleurant ses lèvres.

Il commence à rire mais cela se transforme en grognement lorsque je l'embrasse. C'est un baiser aguicheur qui ne laisse aucun doute quant à mon intention. Stanton lève les mains pour les plonger dans mes cheveux et caresser mon visage. Il m'attire à lui pour m'embrasser plus fort. Je crois que nous sommes d'accord.

Un doux courant électrique surgit entre nous et une affection nouvelle et brutale nous rapproche. C'est à la fois confortable et familier tout en étant sauvage et excitant. Cependant, je ne suis toujours pas assez proche de lui, je veux sentir sa peau contre la mienne. J'arrache ma bouche à la sienne et je lui retire son tee-shirt. À peine est-il torse nu qu'il baisse les bretelles de ma chemise de nuit, mordillant mon épaule, suçant la peau de mon cou suffisamment fort pour y laisser une trace.

Je parsème de baisers son torse hâlé, promenant mes mains sur ses pectoraux, m'émerveillant de voir ses muscles se contracter sous mon toucher. Je lape son téton jusqu'à ce qu'un gémissement lui échappe, puis je m'agenouille et plonge mon regard dans le sien en défaisant sa ceinture. Ses paupières sont lourdes. Il enlève mon chapeau et me tire les cheveux en souriant comme s'il cachait un secret.

Je ressens une joie honteuse, une excitation coquine à être agenouillée devant lui, à sentir sa main plonger dans mes cheveux pour les tirer, à entendre les mots salaces qu'il susurre dans mon oreille. Stanton sait ce qu'il fait, il sait ce dont j'ai besoin. Je lui offre mon corps et mes supplications, et en retour, il m'offre un plaisir à couper le souffle. Il n'attend pas que je le dirige. Je n'ai pas à lui donner d'instructions.

Cependant, je ne suis pas impuissante pour autant, même à genoux. Car il prend ce que je lui offre, et il a désespérément besoin que je lui donne – je le vois dans son regard, dans la façon dont sa main me pousse, dans la façon dont il me chuchote de me dépêcher. C'est la passion parfaite, un juste équilibre de désir et de plaisir.

J'enlève son pantalon et son boxer, libérant son érection qui exige toute mon attention, attendant ma main. Son sexe est merveilleux – sa grosseur est impressionnante, sa longueur exaltante, et les veines qui le couvrent sont superbement gonflées. Il mériterait d'être sculpté.

Je le prends fermement dans ma main, le caressant lentement.

– Putain, chérie, gémit Stanton.

Pendant une seconde horrifiante, je me demande s'il imagine que c'est la main de Jenny qui le branle, que c'est sa tête blonde qui est à ses pieds. Cependant, je commence à le lécher, puis à le sucer, et c'est mon nom qu'il prononce.

– Sofia…

Mon sang s'embrase tandis que je mouille. Sa voix m'encourage à lui donner ce plaisir, à le faire frémir, à avaler ses gémissements, à l'avaler tout court. Je veux lui faire oublier pourquoi nous sommes venus ici, ne le laisser se souvenir que de celle qui va le faire jouir.

– Tu es tellement dur… J'adore ton goût, je chuchote en prenant son gland dans ma bouche.

Je le suce et ma langue tournoie, puis je baisse la tête et je le prends entièrement dans ma bouche, comme il aime. Je détends ma gorge pour l'y enfoncer et je déglutis, consciente que les muscles de ma gorge vont se resserrer sur lui.

Il soulève brusquement son bassin, voulant plus de profondeur, plus de chaleur humide. Je le retire lentement en le suçant plus fort, pour le reprendre de nouveau, accélérant le rythme et la pression de ma bouche autour de son sexe parfait.

Sa poitrine se soulève et s'affaisse rapidement. Son poing se resserre autour de mes cheveux, tirant juste assez fort pour me faire mal. C'est ma récompense, mon encouragement, car je sais que je lui fais perdre la tête et qu'il perd le contrôle.

Oui, Stanton !

Je veux qu'il me pousse, qu'il me tire, qu'il se serve de moi, du moment que c'est à moi qu'il pense. Que c'est moi qu'il désire.

J'accélère encore le mouvement de ma tête et je prends ses testicules dans ma main pour les masser, tirer dessus délicatement, puis les caresser.

– Oh, putain… plus profond… Sofia… oh… c'est ça bébé, oui !

Sa queue durcit encore et je prends la base dans ma main pour le branler en même temps que je le suce. Puis il tient ma tête avec sa main et c'est lui qui baise ma bouche avec les allers-retours de son bassin.

– Putain… Je jouis… je jouis dans ta bouche parfaite… oh putain…

Je sens sa chair se gonfler et, la seconde qui suit, des jets salés recouvrent ma langue, remplissent ma bouche. J'avale tout ce qu'il me donne jusqu'à la dernière goutte, car j'aime être celle qui est à l'origine de son plaisir le fait que c'est moi qui lui ai donné ce plaisir.

Stanton halète en caressant mes cheveux, délicatement, à présent. Lorsqu'il devient mou dans ma bouche, je le libère et je me trouve immédiatement tirée vers le haut et plaquée contre lui. Il me tient et s'allonge dans le lit, m'emportant avec lui. Il embrasse mon front et mes yeux fermés.

Sa main remonte le long de ma cuisse alors que tout son corps descend en chatouillant mon ventre avec son souffle. Il s'installe entre mes cuisses, saisit mes fesses et me soulève en baissant la tête. Je retiens mon souffle et je pousse un cri aigu lorsque ses lèvres se posent sur mon sexe. Je me cambre et il empoigne mes hanches pour me tenir en place.

Sa langue me lèche et frotte mon clitoris déjà brûlant et mouillé, déclenchant une vague de chaleur qui déferle dans mon corps et m'ôte toute capacité à réfléchir et à parler. Je baisse la tête pour le voir et je saisis les draps. Ses yeux sont fermés et son visage est paisible tandis qu'il gémit doucement de plaisir. Je sens la pression s'accumuler, les décharges de plaisir s'amonceler en moi.

– Mon Dieu, Stanton… oui…

Il lâche mon bassin, qui se frotte immédiatement contre sa bouche, voulant le sentir plus profond, plus dur, plus chaud. Il glisse deux doigts dans mon sexe alors que sa langue dessine des cercles rapides et tous les muscles de mon corps se raidissent. Pendant quelques sublimes secondes, je suis suspendue au-dessus d'un précipice sensuel.

Puis je craque, en poussant un long gémissement. Mes épaules sont secouées par la force de mon orgasme et ma chatte pulse autour de ses doigts tandis qu'une joie charnelle déferle dans tous les nerfs de mon corps. Cela dure plusieurs secondes, m'arrachant des spasmes de plaisir qui me coupent le souffle.

Lorsque je redescends enfin, j'ouvre les paupières et je vois de petits points blancs danser devant mes yeux, autour du visage de Stanton qui me regarde avec une tendresse fascinée. Sa main tient mon menton et lorsqu'il m'embrasse, je sens un mélange de moi et d'alcool sur mes lèvres.

Épuisés, nous rampons sur lit, posons nos têtes sur l'oreiller et, nos souffles s'entremêlant, nous fermons les yeux.

14

Stanton

Il y a des centaines d'études sur le sommeil, sur ses bienfaits, ses effets secondaires, sur la meilleure façon de s'endormir, pour combien de temps, dans quelle position, sur quel genre de lit, d'oreiller, à quelle température ambiante. Tous les chercheurs sont d'accord pour dire qu'il vaut mieux se réveiller naturellement, lorsque votre corps vous dit qu'il a eu assez de repos. Si vous travaillez, c'est sans doute impossible. Ainsi, le mieux est alors de se réveiller progressivement – c'est pour cela qu'il existe des réveils imitant le bruit des vagues ou avec de la musique classique, et ainsi de suite. Cependant, quel que soit le son, le plus doux est le mieux.

Ce n'est pas une théorie à laquelle adhère ma mère.

Ding, ding, ding, ding, ding, ding, ding, ding, ding, ding, ding, ding, ding, ding…

Sofia s'assoit brusquement dans le lit, gesticulant dans tous les sens.

– Quoi ? Qu'est-ce qu'il se passe ? Il y a le feu ?

Ding, ding, ding, ding, ding, ding, ding, ding, ding, ding, ding, ding, ding, ding…

J'arrive à peine à marmonner ma réponse.

– C'est le triangle de ma mère. Elle s'en sert pour nous appeler à table.

Merde. Je me tâte le front et me passe la main dans les cheveux, cherchant la hache qui doit y être plantée.

Ding, ding, ding, ding, ding, ding, ding, ding, ding, ding, ding, ding, ding, ding…

– Ça se rapproche… crie Sofia avant de se cacher sous l'oreiller. Pourquoi ça se rapproche ?

Je cherche mon téléphone pour voir l'heure.

Eh merde.

– Ça se rapproche parce qu'on est dimanche et qu'on est dans le Mississippi.

Elle lâche l'oreiller, lève la tête et me regarde en n'ouvrant qu'un œil.

– Je suis censée comprendre quoi ?

– Ça veut dire qu'on va à la messe.

Elle replonge sa tête dans l'oreiller, et je sais très bien ce qu'elle ressent.

◆◆◆

Toutes les églises de la Convention baptiste du Sud [12] ne sont pas les mêmes. Il y a les contemporaines, avec des bâtiments modernes, parfois gigantesques, qui passent du rock chrétien sur leur sono dernier cri et qui encouragent les gens à danser. Puis il y a les traditionnelles, comme celle de Sunshine, qui a été construite avant la guerre civile, qui n'a

12. Première congrégation protestante et deuxième Église chrétienne des États-Unis.

pas de clim, pas de chauffage, des bancs en bois, des fidèles qui y affluent toutes les semaines, et dont la sono consiste en l'organiste : mademoiselle Béa, ma prof de collège.

Nous sommes assis sur un banc vers le milieu de la nef, flanqués de mes parents, de ma sœur Mary qui écrit un texto aussi vite que possible avant que ma mère ne la voie, et de Marshall qui s'assoupit. Sofia a attiré tous les regards lorsque nous sommes entrés. Non pas que sa tenue ne soit pas appropriée ; c'est simplement qu'elle est un visage nouveau – un visage sublime – avec ses cheveux bruns relevés en queue-de-cheval, sa robe pourpre qui met en valeur ses yeux noisette, et ses sandales spartiates qui me donnent envie de l'attacher à un lit. Je suis certain qu'elle sera la star des fantasmes de tous les adolescents de la ville et de beaucoup de leurs pères.

La messe est sur le point de commencer lorsque j'aperçois les têtes de Jenny et de Presley quelques rangs devant nous, à côté de la tête brune d'un homme.

C'est à moi ! dit la petite voix dans ma tête. Je veux le crier, l'écrire sur les murs, le tatouer sur le front de Jenny. Il penche la tête vers Jenny et chuchote quelque chose, la faisant glousser. Je grince des dents en soupirant comme un dragon cracheur de feu, prêt à me jeter sur lui pour récupérer ce qui m'appartient.

Sans doute sent-elle mon regard, car Presley se retourne et m'offre un sourire radieux. Je lui envoie un baiser et elle vient vers nous après avoir demandé la permission à sa mère. Elle s'assoit entre nous, chuchotant joyeusement avec Sofia, ce qui a le mérite de me faire oublier la douleur qui martèle dans ma poitrine.

Lorsque la messe commence, j'entends ma fille expliquer à Sofia :

– Lui c'est le pasteur Thompson, il a cent vingt ans.

– Il a quatre-vingt-douze ans, je rectifie en riant.

– Il est en forme, pour son âge, dit Sofia en hochant la tête.

J'ai connu le pasteur Thompson toute ma vie, comme c'est le cas pour la plupart des gens de cette église. Il connaît nos noms, nos anniversaires, il a été là pour nous réconforter lors des moments difficiles mais aussi pour célébrer avec nous les moments de bonheur.

Pour la première fois depuis longtemps, l'idée qu'autant de gens me connaissent si bien ne me dérange pas. Au contraire, je trouve cela agréable : je sais que je n'ai pas besoin de m'expliquer, de dire d'où je viens, où je suis allé, où je vais aller. Je suis un des leurs. Ils savent déjà tout.

C'est pour cela que lorsque le pasteur commence son sermon, son regard balaie la pièce et cet enfoiré me fait un clin d'œil avant d'ouvrir sa bible et de raconter l'histoire du fils prodigue.

◆◆◆

Après la messe, je repère Jenny et le brun de l'autre côté de la pelouse et je remarque qu'il est plus petit que moi, plus fin, mais musclé quand même. Il est médiocrement beau, avec un nez aquilin et des lèvres charnues de femme. Et il a cette fossette au menton comme John Travolta.

Dorénavant, je l'appellerai Face-de-cul.

– C'est lui ? chuchote Sofia en suivant mon regard.

– C'est lui, je grogne à la manière d'un rottweiler qui voit un os dans la gueule d'un caniche.

– Waouh, s'exclame-t-elle à voix basse. Il est canon ! On dirait un mannequin Calvin Klein ou Armani.

– Pourquoi tu me dis ça ? je rétorque en fronçant les sourcils.

– Tu veux que je mente ? demande-t-elle en souriant.

– Oui, s'il te plaît !

Elle le regarde de nouveau, puis elle se couvre les yeux.

– Mon Dieu, qu'il est laid ! Il est si moche que je suis aveuglée ! Bouge de là, Quasimodo, fais place à Jimmy Dean.

Je soupire.

– Sofia ?

– Oui Stanton ? répond-elle d'une voix doucereuse.

Je m'approche de son oreille pour chuchoter.

– Mens mieux.

Je me tourne vers les futurs mariés qui viennent vers nous.

– Je la joue comment ? je demande à Sofia du coin de la bouche. Je lui fais peur en le menaçant ou je lui casse tout de suite la gueule ?

Pourvu qu'elle choisisse la deuxième option.

– Tu devrais être poli, charmant. Montre-lui que tu es au-dessus de tout ça. Tu devrais devenir pote avec lui aussi vite que possible. Allez boire des coups ou allez à la chasse, je ne sais pas, moi. Garde tes amis près de toi et tes ennemis plus près encore, c'est ce qu'on dit, non ?

Je me félicite une énième fois d'avoir eu la sagesse d'emmener Sofia. Cet accès direct au cerveau d'une femme est véritablement ma meilleure ressource. Sans elle, j'aurais mis une droite à Knacki/Face-de-cul et j'aurais sans doute agacé Jenny davantage au lieu de l'impressionner. Elle aurait peut-être même pris le prochain vol pour Las Vegas pour l'épouser tout de suite.

– Je ne sais pas ce que je ferais sans toi, je dis en plongeant mon regard dans le sien pour qu'elle sache que je suis sincère.

Elle me retourne un regard étrange en fronçant les sourcils, mais le couple heureux arrive avant que je n'aie pu le déchiffrer.

Je suis face à Jenny, regardant Knacki par côté.

– Ça fait longtemps, Stanton. Ravi de te revoir, dit-il en me tendant la main.

J'étudie son regard, son expression, ne comprenant pas si c'est une blague. Cependant, je ne vois qu'un sourire sincère et un regard sans arrière-pensée. Soudain, je réalise quelque chose : Jenny ne lui a rien dit. Elle ne lui a pas dit que nous sommes allés à la rivière, hier, ni comment j'avais été informé de son existence.

– JD, je réponds simplement en lui serrant la main aussi fort que possible.

Il grimace un peu et l'homme de Cro-Magnon qui est en moi sourit de toutes ses dents pourries.

– On est contents que tu aies pu rentrer pour le mariage, dit-il en passant son bras autour de Jenny. Ce ne serait pas la même chose, sans toi.

Sans blague.

Je croise le regard nerveux de Jenny et je ricane un tout petit peu.

– C'est le moins qu'on puisse dire, ouais.

Je leur présente Sofia et le sourire de Jenny s'efface un peu tandis qu'elles se jaugent comme le font les femmes – et les chats –, en se demandant si elles auront bientôt besoin de sortir leurs griffes.

– Le barbecue est chez les Monroe, cet après-midi. Vous venez ? demande JD.

Jenny ouvre la bouche mais je réponds avant qu'elle n'ait pu intervenir.

– On ne raterait ça pour rien au monde. J'apporterai ma sauce spéciale. Tu l'as toujours adorée, Jenny, tu te souviens ? Tu en redemandais toujours.

Elle me fusille du regard et je lui fais un clin d'œil.

– Maman, dit Presley en prenant ma main, est-ce que je peux aller chez Mamie et Papi Shaw avec Papa et Miss Sofia ?

– Bien sûr, mais ne salis pas ta robe, répond Jenny en lui souriant tendrement. À tout à l'heure, alors, dit-elle en me regardant.

– Compte sur nous !

◆◆◆

De retour chez mes parents, je suis dans la cuisine, essayant de faire au mieux avec le peu de temps que j'ai. La sauce barbecue est une institution dans le Sud, et pour un homme, c'est une question de fierté. La mienne a une réputation légendaire, et je ne veux pas décevoir mes fans.

Par la fenêtre, je vois Presley montrer à Sofia l'enclos où sont gardés les chiens de berger.

– Lui c'est Bo, elle c'est Rose, eh, et lui, c'est Lucky. Un cheval lui a écrasé la moitié de la tête quand il était petit, tu vois le trou ?

Je lève la tête et j'aperçois Sofia caresser le chien avant de le couvrir de bisous.

En effet, ce petit chanceux a mérité son prénom [13].

– Papi pensait qu'il fallait l'abattre mais mon père a dit de lui laisser une chance, qu'il avait l'air robuste. Et il s'en est sorti.

Quinze minutes plus tard, cinq casseroles bouillonnent devant moi comme dans un laboratoire de chimie. Sofia entre pendant que Presley joue sur la balançoire. Elle me regarde mélanger tous les ingrédients dans un plat en métal.

---

13. Lucky signifie chanceux.

– Je croyais que tu ne cuisinais pas ?

Je désigne les casseroles et les poêles.

– Ça ? Ce n'est pas de la cuisine, c'est du barbecue, c'est différent.

Elle sourit et approche.

– Tu charmes les jurys, tu sauves des petits chiots blessés, et maintenant le *barbecue* ? N'y a-t-il rien que tu ne saches faire ?

Je souris en la regardant dans les yeux et j'ai l'envie subite de l'embrasser jusqu'à lui couper le souffle. Cependant, je me retiens, car Sofia et moi ne nous embrassons pas dans la cuisine, ce n'est pas quelque chose que nous faisons.

– Non, rien, je réponds simplement.

– Pourquoi tu ne fais jamais de barbecue à Washington ?

– Je ne sais pas, je n'ai pas le temps, je suppose. Et puis, j'avais oublié à quel point c'était amusant.

Je touille encore un peu la sauce puis j'en prends une cuillerée pour la faire goûter à Sofia.

– Goûte-moi ça, je dis après avoir soufflé dessus.

C'est d'abord sa langue qu'elle y trempe, puis c'est toute sa bouche qui se referme sur la cuillère. Elle gémit, et ma bite, toujours en alerte, se met au garde-à-vous.

– Mmmm… je pourrais lécher cette sauce où qu'elle soit.

– Mauvaise idée, je réponds. Il y a du piment dedans. Ça pourrait brûler.

Elle me rend la cuillère en souriant d'un air maléfique.

– Je me contenterai de sauce au chocolat, alors, dit-elle en partant.

Hmmm… peut-être qu'une légère brûlure en vaut la peine, finalement ?

15

Stanton

Lorsque nous arrivons chez les Monroe, la moitié de la ville est déjà là. Toutes les semaines après la messe, tout le monde se rend chez une famille en apportant de quoi manger et s'installe pour un après-midi de barbecue, de picole, et de papotage. Il y a des gens un peu partout dans le jardin, en train de rire et de parler, et des groupes d'enfants se courent après en criant. Presley rejoint une tribu d'enfants dès qu'elle sort de la voiture. Mamie regarde tout cela depuis son perchoir sous le porche, telle une vieille gargouille. C'est un dimanche comme les autres.

Je donne ma sauce à June, qui l'apporte à son mari, posté au barbecue, entouré d'un nuage de fumée épaisse. Ruby, la sœur de Jenny, m'apporte une bière et me prend dans ses bras. Comme la maison de ses parents, les années passent, mais elle reste la même. Les mêmes cheveux roux flamboyants, le même rire éclatant, et le même mec barbu et tatoué dont seul le prénom change. Celui-ci s'appelle Duke, ou Dick, peu importe – ils ne restent pas suffisamment longtemps pour que j'aie besoin de m'en souvenir, et c'est sans doute pour le mieux.

Je la présente à Sofia et je vois tout de suite qu'elle ne l'aime pas – simplement parce qu'elle est avec moi. Si la ville tout entière paraît ravie que Jenny épouse JD, sa sœur semble penser qu'elle peut toujours changer d'avis. Ainsi, inutile de se faire amie avec celle qu'elle perçoit comme la rivale de sa sœur.

Je tente d'apercevoir Jenny, mais je ne la vois pas.

Nous allons chercher un verre à Sofia et je la présente chaque fois que quelqu'un m'interpelle, c'est-à-dire tous les deux mètres. Il y a madame Mosely, à la peau bronzée et aux cheveux blonds – j'ai été à l'école avec ses filles, mais c'était leur mère qui intéressait tous les garçons. Nous nous battions tous pour savoir qui allait tondre sa pelouse dans l'espoir de la voir bronzer en bikini. Ensuite, il y a Gabe Swanson, l'historien de la ville et le libraire – un des mecs les plus gentils (et ennuyeux) que je connaisse. Je sers un *mint julep*[14] à Sofia et lorsque nous repartons, nous voyons le pasteur Thompson nous approcher en souriant.

– Je suis heureux de te voir, Stanton.

– Moi aussi, pasteur. C'était une belle messe, aujourd'hui, je dis en sirotant ma bière.

– J'ai pensé qu'elle te plairait, oui, dit-il en me tapotant le bras de sa main tremblante. Depuis combien de temps tu n'étais pas rentré ?

Je me gratte la nuque en essayant de m'en souvenir, jusqu'à ce qu'une voix que je reconnaîtrais n'importe où réponde à ma place.

---

14. Spécialité du sud des États-Unis : cocktail alcoolisé ayant inspiré le mojito, préparé à base de menthe, de bourbon, de sucre, et d'eau.

– Quatorze mois et douze jours.

Je me tourne et je vois Jenny, en robe d'été blanche, les cheveux attachés par un ruban jaune – un ange… avec un corps diabolique.

Face-de-cul est là lui aussi, hélas.

– Ce n'est pas possible, j'ai passé Noël avec Presley.

Le sourire de Jenn est calmement rancunier, sous-entendant «je te l'avais bien dit».

– Parce que tu lui as acheté un billet d'avion et qu'elle est venue à Washington. Parce que tu n'avais pas le temps de rentrer, une fois encore.

Je suis choqué de me rendre compte qu'elle a raison. En parlant à Jenny presque tous les jours, en la voyant sur Skype… les jours ont passé et… je ne l'ai pas remarqué.

Sofia pose sa main sur mon bras.

– Tu étais sur l'affaire Kripley, en décembre, tu te souviens ? demande-t-elle.

Puis, presque comme si elle me défendait, elle continue.

– C'était une grosse affaire, un vol à main armée avec une sentence minimale de vingt ans. Monsieur Kripley a été désigné à tort comme étant le coupable, et Stanton a pu démontrer au jury à quel point les identifications de témoins ne sont pas fiables. Il a été jugé innocent, et quelques semaines plus tard, le vrai coupable a été attrapé en train de vendre la marchandise volée.

Sofia me regarde fièrement, mais lorsqu'elle se tourne vers Jenny, son regard devient glacial.

– Il a sauvé la vie d'un homme tout en trouvant le moyen de passer Noël avec sa fille, c'est plutôt impressionnant, tu ne trouves pas ?

– Bien sûr. On sait tous à quel point le travail de Stanton est important, répond Jenny en baissant les yeux.

– Continue à te battre dans les bonnes batailles, fiston, dit le pasteur Thompson en levant son verre.

– Merci, Monsieur. C'est promis.

Le pasteur s'en va et je saisis ma chance, malgré la présence de Face-de-cul.

– Jenny, j'ai besoin de te parler de quelque chose. Ça te dit qu'on aille…

Mais mon frère débarque en me mettant un ballon de football devant les yeux.

– Salut frérot, on se fait des passes ?

– Bonne idée, Marshall, répond JD en souriant. Je peux me joindre à vous ?

– Bien sûr, coach Dean.

Coach Dean – quelle blague !

Cela dit, cela me donnera l'occasion de lui montrer que je suis le meilleur.

– Mais oui, allez jouer à la baballe, les garçons, se moque Jenn. Sofia et moi allons faire plus ample connaissance.

Quelque chose dans sa voix me fait hésiter et je regarde Sofia pour m'assurer que cela ne la gêne pas. Elle me répond par un sourire.

Je prends le ballon et le lance dans le ventre de JD qui n'est qu'à quelques mètres.

– Aoutch, siffle-t-il en le rattrapant.

Oh que oui, cet après-midi va être génial.

◆◆◆

Après quelques minutes passées à s'échanger la balle, je décide de profiter de l'occasion pour interroger JD et voir s'il est possible de dénicher quelque chose que je peux retourner contre lui.

– Alors, tu es coach de l'équipe du lycée ? Ce n'est pas bizarre, après autant d'années ?

C'est la mode des relations prof/élève et j'espère que JD est un mec dans le vent.

– Bof, tu sais ce qu'on dit, ceux qui ne savent pas faire une chose l'enseignent, et ceux qui ne savent pas jouer deviennent coach. J'ai toujours été bon pour la stratégie, mais pas pour le physique. Je n'ai pas une très bonne coordination.

Comme pour renforcer ce qu'il vient de dire, il lance le ballon environ un mètre au-dessus de ma tête et je dois sauter pour l'attraper, mais j'y arrive.

– Jenny a dit que tu habitais en Californie ?

J'ai déjà mené ma petite enquête auprès de la police locale : rien à signaler, hélas.

– Ouais, à San Diego.

Je reçois la passe de Marshall et je la renvoie le plus fort possible dans la tête de JD. Il l'attrape mieux qu'il ne l'aurait fait au lycée. *Merde.*

– Ça doit être difficile de revenir ici après être parti pendant si longtemps, de laisser ton boulot, tes amis… peut-être même une copine ?

JD affiche un sourire horriblement sincère.

– Mes amis viennent me voir de temps en temps. Ils aiment goûter au calme d'une petite ville. Je n'avais pas de copine sérieuse, à proprement parler. Et puis… vu la situation avec mon père, à l'époque, le retour n'était pas difficile. Il fallait que je sois à Sunshine. Finalement, c'est ici que j'ai ma place.

Je jette un coup d'œil à mon père, de l'autre côté de la pelouse, où il boit une bière avec Wayne Monroe, son bras autour de la taille de ma mère.

– Je suis désolé pour ton père, JD. Sincèrement.

Il se retient de renvoyer le ballon un instant.

– Merci. Je suis content d'être rentré et d'avoir pu passer du temps avec lui. Vers la fin, il a vu ce qu'il se passait entre Jenny et moi, et il m'a dit qu'il y a une raison à tout. Jenny est ma raison. Grâce à elle, toute ma tristesse et ma douleur n'étaient pas vaines.

J'ai envie d'être en colère. Jenny était *ma* raison alors que ce petit con ne connaissait même pas son prénom. Toutefois, il est tellement sincère… Si je l'agressais, ce serait comme donner un coup de pied à un petit chiot qui remue la queue, et il n'y a qu'un connard pour faire cela.

Il envoie la balle à Marshall et se tourne vers moi.

– On peut parler une minute, Stanton ?

– Ce n'est pas ce qu'on est en train de faire ?

– Je veux dire, *en privé*.

Voilà qui devrait être intéressant.

– Bien sûr.

Marshall part à la recherche d'un autre joueur pendant que JD et moi allons un peu plus loin. J'aperçois Presley avec quelques-uns de ses cousins, en train de hurler en se jetant de l'herbe dessus. Je mets deux doigts dans ma bouche et je siffle sèchement.

– Eh, calmez-vous là-bas !

Ils se figent immédiatement. Presley a l'air particulièrement vexée de se faire gronder, mais je pense qu'il est bon pour des enfants d'avoir un peu peur de leurs parents, surtout de leur père. Le mien me filait la chair de poule alors qu'il n'a jamais levé la main sur moi, il me suffisait de savoir que c'était possible.

Je lance un clin d'œil à ma fille pour l'apaiser.

– Si vous vous comportez comme des animaux, je vais vous mettre dans la grange.

Presley sourit et ils reprennent leurs jeux, mais plus calmement, à présent.

JD et moi sommes à l'écart des autres, sous un chêne.

– Tu voulais me dire quelque chose ? je demande.

Il se tient plus droit et me regarde dans les yeux.

– Je sais que tu as été surpris que Jenny et moi nous mariions si vite. Mais j'ai réalisé récemment à quel point la vie est courte, c'est pour ça que je n'ai pas voulu attendre. Je sais que Jenny et toi êtes proches, que vous êtes étroitement liés. Je fais confiance à Jenny, et je ne me montrerai jamais jaloux de sa relation avec toi. Quant à Presley…

Je me crispe automatiquement. S'il dit la moindre chose qui ne me convient pas, je le démonte.

– … c'est une petite fille géniale et je tiens beaucoup à elle. Mais tu es son papa. Je n'ai pas l'intention de te remplacer ni de te court-circuiter. De toute façon je ne le pourrais pas, même si je le voulais. Je veux seulement être son ami, dit-il avant de marquer une pause et de reprendre son souffle. Je sais que même après que Jenny et moi serons mariés, il y aura toujours une partie de toi qui les verra comme tes filles. C'est pour ça que je veux que tu saches que j'ai l'intention de passer le reste de ma vie à essayer de les rendre heureuses, conclut-il en me tendant la main. Et je crois que ça les rendrait heureuses si toi et moi étions amis. Qu'est-ce que tu en dis ?

Putain de merde.

Je n'arrive pas à décider si Jimmy Dean est un idiot ou un génie. Tout ce que je sais, c'est que j'avais hâte de le détester et que… il vient de rendre cela impossible.

◆◆◆

Je lui serre la main et nous retournons auprès de Sofia et de Jenny, qui semblent s'entendre à merveille. Les cheveux de Sofia scintillent au soleil tandis qu'elle penche la tête en arrière et qu'elle rit aux éclats, sans retenue, et je souris en la voyant.

Toutefois, nous ne sommes qu'à mi-chemin lorsqu'un brouhaha nous arrête. C'est assez fréquent, ça aussi. Servez de l'alcool à des gens qui ont vécu près les uns des autres toute leur vie, il y aura nécessairement quelqu'un pour en vexer un autre.

Cette fois-ci, c'est Ruby et son mec.

– Dégage ! crie-t-elle.

Il empoigne son bras et y plante ses ongles.

– Tu crois que tu parles à qui, comme ça, espèce de conne ?

Ce n'est pas la première fois que je vois ce genre de scène avec Ruby, et apparemment JD non plus.

– Oh…

– Merde…

Il intercepte Jenny alors qu'elle se lève, toujours prête à prendre la défense de sa sœur.

– Jenny, attends, la supplie-t-il. Tu te mêles tout le temps…

– C'est ma sœur ! Je ne vais pas rester là pendant que cette ordure lui parle comme à une sous-merde !

Je passe devant eux, me dirigeant droit sur la source du problème.

On dit qu'il y a deux types de mecs. Ceux qui n'oseraient jamais mettre la main sur une femme, et ceux qui évacuent leurs frustrations en se défoulant sur la femme la plus proche. Cependant, je ne suis pas d'accord. Car un mec qui ose frapper une femme n'est pas un homme, c'est simplement un tas de merde qui se fait passer pour un humain.

– Eh, ZZ Top ! C'est l'heure pour toi de partir !

Ruby tressaille lorsqu'il resserre sa main sur son bras.

– T'es qui, toi ? demande-t-il en bavant sur sa barbe.

– Tu n'es pas d'ici, apparemment, je réponds en souriant.

– C'est pas tes affaires. Dégage.

Il se tourne vers Ruby mais je colle mon visage au sien et je parle d'une voix calme mais ferme.

– Tu vois, c'est là que tu te trompes. Parce que ma fille est là-bas et qu'elle nous regarde, donc ça en fait mes affaires. Alors tu vas enlever tes sales pattes de sa tatie tout de suite, ou je vais te faire avaler tes dents une par une.

Nous nous dévisageons un moment sans cligner des yeux, et je vois son cerveau rouillé se mettre lentement en marche et se demander s'il peut me battre. Ce débile n'est peut-être pas complètement stupide, puisqu'il lâche Ruby et part en titubant.

– Et ne t'avise pas de revenir ! crie-t-elle.

– Pour l'amour de Dieu, Ruby, je dis en secouant la tête.

Elle lève ses mains en l'air.

– Je sais, je sais, si tu savais à quel point je regrette de ne pas être lesbienne…

Je ris doucement.

– Allez, je t'offre un verre.

◆◆◆

Lorsque je trouve Sofia, elle tient deux assiettes dans les mains, une pour elle et une pour moi.

– Merci !

Nous nous asseyons à une table de pique-nique pour manger.

– Eh ben, c'était intéressant, dit-elle.

– Tu parles, ce n'était rien, il n'est encore que midi. Ça ne devient intéressant qu'à la tombée de la nuit.

– Pourquoi, tout le monde se transforme en vampire ?

Je secoue la tête.

– Pire – en Rednecks[15], je dis en mordant dans ma côtelette. Alors, Jenny et toi avez discuté ?

– Oh que oui. On a comparé nos notes sur tes prouesses sexuelles, ça nous a beaucoup rapprochées. On t'a toutes les deux mis un seize sur vingt, au fait.

– Seulement seize ? je m'exclame en souriant. Il va falloir que je m'améliore.

– Alors, comment s'est passée ta discussion avec JD ? Tu t'en es fait un ami, comme je te l'ai suggéré ?

– Je te raconterai tout plus tard, je voudrais parler seul à seul avec Jenn, je dis en m'essuyant la bouche.

– Euh… je crois qu'elle est partie dans la maison, dit Sofia en repoussant son assiette.

Des rires et des cris attirent notre attention sur la pelouse.

– Je retire ce que j'ai dit sur la tombée de la nuit. Apparemment, c'est maintenant que ça devient intéressant.

Je regarde Carter, mon grand frère, remonter l'allée, vêtu d'un jean délavé et d'un tee-shirt blanc à l'effigie de Bob Marley. Il porte une chaîne en or autour du cou avec un gros médaillon bizarre. Carter me ressemblerait beaucoup, physiquement, si j'étais plus grand, plus mince, avec une moustache épaisse et soigneusement entretenue.

Je me lève et le laisse me prendre dans ses bras.

– Le voilà, mon petit frère !

Carter a quatre ans de plus que moi et c'était mon idole quand j'étais gamin. Je ne rêvais que d'une seule chose : suivre ses pas. Il jouait au football au lycée et c'est lui qui détient encore le record du nombre de buts inscrits. Il a obtenu une bourse d'athlète, lui aussi, mais il a laissé tomber la fac

15. Terme péjoratif voire insultant employé pour désigner quelqu'un de rustre vivant en milieu campagnard, en particulier s'il vient du sud des États-Unis.

au bout d'un semestre. Lorsqu'il est rentré, il était… différent. Vous voyez ces types de trente-deux ans qui continuent d'aller aux fêtes de lycée et qui fournissent la bière, entre autres, aux ados de la ville ? Eh bien c'est mon frère. C'est la star de toutes les soirées, et ils le vénèrent tous.

– Ça me fait plaisir de te revoir, Carter, je lui dis en souriant.

Il me regarde de la tête aux pieds en frappant mon bras avec fierté, puis il se tourne vers Sofia qui lui tend la main.

– Salut, je suis…

– Sofia, termine-t-il.

Il la prend aussi dans ses bras, mais c'est un peu trop long et collé serré à mon goût. Il finit par la lâcher mais il garde ses mains dans les siennes et il la reluque de haut en bas.

– Les petits oiseaux m'ont dit ton nom.

Elle me regarde, mais je secoue la tête.

– Les oiseaux ? demande-t-elle.

– Absolument. Je fais communion avec eux tous les matins. Tu serais surprise de ce qu'ils m'apprennent. Il suffit de prendre le temps de les écouter, dit-il sans la quitter des yeux. Et tu es aussi jolie qu'ils me l'ont dit. Regarde-moi ces hanches, ces pommettes, ces…

– Ouais, ouais, ouais, elle est magnifique, je dis en le poussant en arrière. Qu'est-ce que tu fais là ? Je croyais que tu n'allais plus à l'église ?

– Même les païens aiment les barbecues, rétorque-t-il en haussant les épaules.

Les deux filles qui se tiennent derrière lui se rapprochent. Elles sont blondes et leurs longs cheveux sont tressés. Elles sont petites, vêtues de chemisiers de hippies, de vestes à franges et de mocassins en daim décorés de perles. Elles sont peut-être jumelles, ce qui est sûr, c'est qu'elles sont sœurs.

– Laissez-moi vous présenter mes dames de compagnie, dit Carter. Voici Sal et Sadie.

Celle de gauche fait un pas en avant.

– Moi c'est Sal, elle, c'est Sadie, dit-elle en pinçant la joue de mon frère. Tu nous confonds tout le temps.

– Bien l'bonjour, dit Sadie en gloussant.

– On va se chercher à manger, dit Sal. Tu veux que je te prenne une assiette, bébé ? demande-t-elle à mon frère.

– Tu es trop bonne avec moi, répond-il en l'embrassant sur le front et en mettant une fessée à Sadie lorsqu'elle se tourne pour partir. Et n'oubliez pas de goûter au poulet frit de ma maman.

– Elles sont majeures ? je demande une fois qu'elles sont parties.

– Ça dépend de ta définition de ce qui est majeur, répond-il en souriant.

– Eh non, tu vois, c'est là que tu te trompes : soit elles sont *légalement* majeures, soit elles ne le sont pas, ce n'est pas subjectif.

– Tu t'inquiètes trop, Stanton.

– Et toi tu ne t'inquiètes pas assez.

– Tu parles comme Papa, dit-il en me frappant le bras.

– Comment tu le saurais ? je me moque. À moins que vous ayez décidé de vous reparler ?

Lorsque Carter est rentré de la fac, il a décidé qu'il ne pouvait plus vivre sous la dictature fasciste de mon père. Il a acheté un vieux mobile home en périphérie de Sunshine, il l'a rafistolé, et il s'est essayé à… l'agriculture. Il récoltait une plante unique qui est désormais légale dans l'État du Colorado[16].

---

16. Un amendement passé le 6 novembre 2012 a légalisé la consommation de cannabis dans l'État du Colorado.

Pendant ce temps, Carter a aussi inventé une boisson nutritive, à base de différentes plantes, qui apporte l'équivalent d'une semaine de nutriments en quelques gouttes. Il l'a brevetée puis vendue au gouvernement fédéral, et il est devenu extrêmement riche. Cependant, cela ne se voit pas, ses goûts sont simples. Il vit toujours dans son mobile home, même s'il a acheté les terrains environnants pour plus d'intimité – et aussi pour ses cultures –, et c'est devenu une sorte de communauté où le loyer et l'amour sont gratuits et libres. C'est un peu Woodstock tous les jours. Les gamins de la ville viennent s'y réfugier et l'an dernier, quand un ami de Marshall a conduit bourré, qu'il s'est écrasé dans une autre voiture, et qu'il a fui avant que les secours n'arrivent, il s'est caché chez mon frère. Carter lui a parlé, l'a calmé, et il l'a convaincu de se rendre à la police ; il l'a même accompagné jusqu'au commissariat.

Cependant, mon père n'arrive pas à accepter le style de vie de Carter. Il ne l'a pas banni de la maison, Carter continue de venir pour les repas de fête et les réunions de famille car ma mère l'y oblige, mais mon père fait comme s'il n'était pas là.

– Papa a juste besoin de temps, répond mon frère en haussant les épaules. Il s'habituera aux choses tôt ou tard.

Je bois une gorgée de bière en me demandant s'il y a du bourbon.

– J'organise une fête la semaine prochaine, annonce mon frère. Et je veux m'assurer que toi et ta sublime Sofia allez venir. Chez moi, mardi soir.

– Un mardi soir ?

– Ouais, selon moi, le mardi est le jour le plus négligé de la semaine. Tout le monde se plaint du lundi, le mercredi est le milieu de la semaine, le jeudi est presque le vendredi, et le vendredi est le jour préféré de tout le monde. Personne ne se souvient du mardi, c'est le vilain petit canard. Comme moi, conclut-il avec un clin d'œil.

J'ai trop de choses à faire pour gaspiller une soirée chez mon frère avec des lycéens qui fument des joints.

– Je ne sais pas si on pourra venir.

– Jenny et JD seront là, rétorque-t-il avec un sourire lourd de sous-entendus. Le changement n'est jamais facile, frérot, surtout pour quelqu'un comme toi qui a autant d'objectifs. J'aimerais te proposer mon aide durant cette transition, et réunir nos deux familles pour qu'elles n'en fassent qu'une. Tu vois ce que je veux dire ?

Je soupire, peu emballé par sa vision *New Age*[17] et sentimentale de la vie. Cependant… si Jenny y va, j'aurai peut-être l'occasion de lui parler en tête à tête. Pour la séduire, raviver ses sentiments pour moi, nos souvenirs, tout ce que l'on a fait de beau ensemble. Cela pourrait finalement s'avérer très utile.

– Ouais, je vois.

– Tant mieux. Je vais voir Maman. C'était un plaisir de te rencontrer en personne, Sofia, dit-il en l'embrassant sur chaque joue. J'ai hâte de t'accueillir chez moi mardi soir.

Il tourne les talons et marche lentement vers la foule.

– Rassure-moi, il est défoncé, non ? demande Sofia en souriant jusqu'aux oreilles.

– C'est dur à dire avec Carter… mais je serais surpris qu'il ne le soit pas.

◆◆◆

---

17. Courant spirituel occidental caractérisé par la volonté de transformer les individus par l'éveil spirituel afin de changer l'humanité.

Les heures passent, nous discutons, nous buvons, et Sofia et moi remportons un tournoi de *Horseshoe*[18]. Les gens partent peu à peu se préparer pour la semaine à venir, et il ne reste bientôt plus qu'une poignée de personnes assises autour d'un feu tandis que le soleil se couche, nous offrant un spectacle flamboyant. Jenny est là avec Face-de-cul, Sofia est à côté de moi et Presley est assise sur mes genoux. Je lui caresse les cheveux, l'embrasse sur le front, et je profite de l'avoir ainsi dans mes bras, conscient qu'elle sera bientôt trop âgée pour cela – bientôt, au lieu d'être son héros, je serai sa plus grande source de honte.

Mary est assise en tailleur sur l'herbe, une guitare entre les mains.

– Tu chantes, Stanton ?

– Non, pas maintenant, je réponds en secouant la tête.

– Oh, allez, insiste ma sœur. Ça fait super longtemps. On n'a qu'à faire *Stealing Cinderella*[19], j'adore cette chanson.

– Je ne savais pas que tu chantais, dit Sofia.

– Stanton a une voix merveilleuse, dit ma mère. Il chantait à l'église tous les dimanches, avant.

– Tu étais enfant de chœur ? ricane Sofia. Pourquoi tu ne me l'as pas dit ?

– J'avais sept ans, je rétorque sèchement.

– Allez, Papa, renchérit Presley. J'aime bien t'entendre chanter.

Et voilà que je ne peux plus refuser. C'est aussi simple que ça.

Je hoche la tête et Mary joue les premiers accords. La mélodie est douce, presque triste. C'est une chanson qui

---

18. Jeu auquel il faut jeter des fers à cheval sur un petit piquet planté dans le sol, de sorte qu'ils s'y accrochent et tombent à son pied.
19. Morceau du chanteur country Chuck Wicks.

parle de pères et de leurs filles, de la façon dont ils s'éloignent tout en restant les mêmes.

– *She was playing Cinderella, riding her first bike…* [20]

Je continue de caresser les cheveux de ma fille, mais alors que j'avance dans la chanson, je sens le regard de Sofia sur moi, m'étudiant, découvrant une partie de moi qu'elle n'a jamais vue. Je vois JD regarder Jenny, la suppliant en silence de tourner la tête, mais elle ne le fait pas. À travers les flammes et la fumée, ses yeux bleus sont rivés sur moi. Je continue de chanter à propos de souvenirs précieux, des vieux amours ainsi que des nouveaux, et je lui retourne son regard.

– *In her eyes I'm Prince Charming, but to him I'm just some fella, riding in stealing Cinderella* [21].

◆◆◆

Je fais partie de ces gens qui picorent les restes d'un buffet juste avant que tout le monde ne parte. Apparemment, JD est aussi l'une de ces personnes. Je prends la dernière cuisse de poulet tandis qu'il prend la dernière côtelette. Je badigeonne ma viande de ma sauce barbecue maison.

– C'est ta sauce ?

– Ouais.

– On m'a dit qu'elle était délicieuse.

– On ne t'a pas menti, je réponds en lui donnant la cuillère.

Il s'en sert une bonne cuillerée puis il se lèche les doigts et avale un morceau de viande. Il lève son pouce en mâchant.

– Mon frère m'a parlé d'une fête, mardi soir. Tu penses y aller, ou tu seras trop occupé ? je lui demande.

---

20. *Elle jouait à Cendrillon, sur son premier vélo…*

21. *Pour elle je suis le Prince Charmant, mais pour lui je ne suis qu'un mec qui vient lui voler sa Cendrillon.*

Je prie pour qu'il ait autre chose à faire, comme ça, j'aurai Jenny pour moi tout seul.

– Ouais, j'y serai. J'ai plus ou boins toute ba sebaide de libre.

Je fronce les sourcils car ses paroles deviennent incompréhensibles. Je me rapproche de son visage parce que… quelque chose cloche.

– Est-ce que ba tête est bouffie, Stadtod ? Elle be paraît édorbe.

– Jésus Marie Joseph ! je m'exclame en reculant brusquement.

Jimmy Dean n'a plus le visage d'un mannequin Calvin Klein. Il ressemble davantage à *Elephant Man*.

– Y a des pibents, là-dedans ? demande-t-il.

Des piments ?

Des piments. Merde.

◆◆◆

– Espèce d'enfoiré !

– C'était un accident !

– Un accident, mon cul, ouais !

– Je ne savais pas…

– Mamie dit qu'elle t'a confié qu'il était allergique aux piments ! hurle Jenny en montant dans sa voiture, à côté d'un JD bourré d'antihistaminiques.

– J'ai mis de la poudre de piments dedans, Jenn. Je pensais qu'il était allergique aux vrais piments frais ! Pas à de la *poudre* !

Le comble, c'est que je dis la vérité. Je vais devoir calibrer à la baisse mon détecteur de mensonges lorsque mes clients clament qu'ils sont innocents. Apparemment, parfois ils ne mentent pas, quand bien même leurs excuses paraissent bidons.

– Je te déteste !

– C'est un peu extrême, tu ne crois pas ?

– Extrême ? hurle-t-elle. Tu as essayé de l'empoisonner !

– Si j'avais voulu l'empoisonner il serait mort ! je crie en mettant un coup de pied dans la roue de sa voiture. Mais tu devrais peut-être repousser le mariage jusqu'à ce que JD ne soit pas aussi… comme ça, je dis en le désignant.

Son regard devient furieux.

– C'est pour cette raison que tu as fait ça ? Tu penses pouvoir saboter mon mariage, espèce de pourriture ?

– Quoi ? Mais non !

Bon d'accord, là je mens.

– Écoute-moi bien parce que je ne le dirai plus, siffle-t-elle. Je me marie samedi, et je me fiche de devoir pousser JD dans un fauteuil roulant pour le faire. En attendant, laisse-nous tranquilles ! Je ne veux pas te voir, je ne veux pas t'entendre, je ne veux pas savoir que tu existes !

– Quand est-ce que tu es devenue aussi têtue ? je crie.

– Le jour où toi, tu es devenu aussi égoïste ! répond-elle en montant dans la voiture.

– Jenny ! Attends…

Elle n'attend pas. Elle claque la portière et démarre en trombe pour ramener JD à la maison et le soigner. Sofia est debout à côté de moi, regardant la voiture disparaître dans la nuit.

– C'était vraiment un accident ? demande-t-elle en haussant les sourcils.

– Oui, vraiment ! Un merveilleux accident inopiné.

Elle répond par un sourire.

– Bon sang, mais c'est ça ! s'exclame-t-elle.

– Quoi ? Qu'est-ce qu'il y a ?

Elle claque des doigts et les pointe vers le ciel en souriant jusqu'aux oreilles.

– Une réaction allergique !

– D'accord… ?

– Le meurtre parfait ! Déclencher une réaction allergique !

– Tu es sérieuse ? je demande froidement. Ma vie est en train de s'effondrer et tu joues encore au meurtre parfait ?

Elle hausse les épaules.

– Ben… c'est une bonne proposition. Brent et Jake seront impressionnés.

16

Stanton

– Je n'en ai jamais vu d'aussi grand. C'est trop grand, Stanton.

– Arrête, il n'est pas trop grand.

– Il est monstrueux ! Je vais mourir.

– Je te promets que tu vas adorer, chérie. Touche-le.

– Je ne peux pas ! s'exclame-t-elle.

Je prends la main de Sofia et je l'appuie contre la chair chaude, l'obligeant à la caresser.

– Tu vois ? Il t'aime bien. Maintenant tu n'as plus qu'à le chevaucher, et il t'adorera.

Lundi matin, j'ai enfin emmené Sofia à la coopérative pour lui acheter de vraies bottes. Elle est tombée amoureuse d'une paire en cuir marron, aux coutures roses, avec un chapeau de cow-boy assorti. Je dois reconnaître que cette femme sait porter un chapeau comme personne. De retour à la maison, j'ai pensé que ce serait une bonne idée de mettre son équipement à l'épreuve et de l'emmener faire une balade à cheval.

Elle pose une deuxième main sur la robe noire du cheval et soupire.

– Alors c'est ainsi que je vais finir ma vie…

Je lève les yeux au ciel.

– Depuis quand tu fais dans le mélodrame, toi ? Et depuis quand tu es une froussarde, d'ailleurs ? Ton chien fait la taille d'un veau.

Nous sommes devant les écuries, en train de seller Blackjack, un étalon au tempérament doux et calme : c'est le premier cheval que Presley a monté.

– Mon chien ne va pas me jeter par terre, me piétiner et me briser la nuque.

– Non, tu as raison, il te sautera juste à la gorge.

Elle n'aime pas ma remarque.

– Ça, c'est un horrible stéréotype sur les rottweilers. Sherman ne ferait jamais ça. C'est mon petit bébé.

– Je n'ai jamais vu un bébé avec des dents comme les siennes. Allez, maintenant tu montes, je dis en mettant une claque sur la croupe de Blackjack.

Elle dévisage l'animal. Ses yeux sont ronds et son expression intimidée et vulnérable. Je dois être un peu psychopathe, parce que ça m'excite à n'en plus finir. Elle fait un pas en avant, lève les mains, plie un genou… et se dégonfle.

– Je ne peux pas ! Je peux pas, je peux pas, je peux pas, je peux pas !

Je ris en lui massant l'épaule.

– OK, calme-toi. Je ne veux pas que tu fasses un arrêt cardiaque. Ce sera plus marrant de cette manière, de toute façon.

Je monte sur le cheval et je lui tends la main.

– Je ne sais pas si les humains sont censés monter sur quelque chose d'aussi gros, répond-elle en fronçant les sourcils.

– Allez, Sof, fais-moi confiance.

Elle inspire profondément, prend ma main et met son pied dans l'étrier. Blackjack reste parfaitement immobile tandis que je la tire et qu'elle passe sa jambe par-dessus sa croupe, s'installant devant moi.

Ses fesses moulées dans un jean sont nichées tout contre ma queue. Elle est dos contre moi et ses cheveux chatouillent mon visage. Elle sent le gardénia. Cette balade va être torture délicieuse. Je vais la sentir, la tenir fort contre moi, mais je ne pourrai rien faire – une tourmente merveilleuse. Je passe mon bras autour de sa taille et je la plaque contre moi en tenant les rênes dans une main.

– Détends-toi, Sofia. Je ne laisserai rien t'arriver.

– OK, dit-elle en tournant la tête et en me souriant.

Nous commençons à avancer et elle agrippe mes cuisses.

– Eh ! Tout doux hein ?! C'est la tortue qui gagne la course, souviens-toi.

– Ouais, mais c'est le lièvre qui s'amuse le plus.

Nous montons la colline au trot. Je veux l'emmener au point le plus haut du terrain de mes parents, d'où on peut voir des kilomètres et des kilomètres de prairie, comme un océan émeraude.

– Tu sais, mieux encore que de chevaucher un cheval, c'est *d'être chevauché* sur un cheval.

– Tu l'as déjà fait ? demande Sofia en riant.

– Seulement dans mes fantasmes tristement inassouvis. Ce ne serait pas évident, il faudrait prendre beaucoup de précautions pour que tu ne perdes pas l'équilibre en passant tes jambes autour de ma taille ou sur mes épaules…

– Tu essaies de me distraire pour que j'aie moins peur ?

– Peut-être que oui, peut-être que non. Est-ce que ça marche ? je demande en me léchant les lèvres.

Ses mains se mettent à frotter mes cuisses.
– Eh bien… oui. Dis-m'en davantage…

◆◆◆

– Mon Dieu… c'est magnifique !

J'ai admiré cette vue des centaines de fois, mais d'être là, avec Sofia, et de voir son visage épaté et plein de joie… c'est contagieux et je me sens profondément reconnaissant d'avoir grandi ici. Elle soupire, et nous profitons ensemble du calme, regardant les collines et les vallées vertes parsemées de troupeaux noir et marron.

– Hmmm…

Elle me regarde par-dessus son épaule.

– Quoi ?

Je pointe mon doigt vers l'un des troupeaux.

– Tu vois comment les vaches sont collées les unes aux autres ?

Elle hoche la tête et je lève la mienne, cherchant un nuage mais ne trouvant qu'un ciel bleu azur.

– Quand les vaches se regroupent comme ça, ça veut dire qu'une tempête arrive.

Elle lève également la tête vers le ciel.

– Tu veux dire qu'elles le sentent venir ?

– Ouais.

– C'est dingue !

– Ouais, c'est assez cool. Tu veux prendre les rênes ?

– Tu crois que je suis prête ? demande-t-elle en souriant jusqu'aux oreilles.

– J'en suis sûr.

Elle tapote la nuque de Blackjack et prend les rênes.

– Très bien, Blackjack, à nous deux. Sois indulgent, s'il te plaît.

Je passe les vingt minutes suivantes à lui expliquer comment diriger le cheval à droite ou à gauche, comment le faire arrêter, et bientôt Sofia se débrouille toute seule.

Nous discutons, de tout et de rien, des avantages et des inconvénients de tenir un ranch, de l'entreprise de maçonnerie de son père, de la façon dont les choses se déroulent pour nous au travail. Sofia me parle de la première fois où ses parents l'ont laissée prendre le métro toute seule, à Chicago, et je lui raconte que Jenny et moi parcourions ces terres, après l'école.

– Quand on était petits, on essayait de trouver l'arbre parfait dans lequel grimper. Et quand on a grandi, on cherchait celui contre lequel baiser, je dis en riant.

Sofia rit à son tour, mais elle redevient vite sérieuse.

– Tu l'aimes vraiment, n'est-ce pas ?

– Oui, je réponds sans réfléchir.

Elle reste silencieuse un moment, les yeux au sol.

– Tu t'es demandé ce que tu allais faire si tu n'arrivais pas à empêcher son mariage ?

– Il est hors de question que je n'y arrive pas, je dis en secouant la tête. Je n'ai pas de plan B.

Sofia tourne la tête pour m'étudier, et je vois dans ces yeux une émotion que je ne parviens pas à déchiffrer.

– Stanton… je tiens beaucoup à toi. Et récemment… je… j'ai l'impression…

– Je tiens beaucoup à toi aussi, Sof, je réponds en repoussant une mèche derrière son oreille.

– Tu sais… si tu parviens à convaincre Jenny de ne pas épouser JD, il y a de fortes chances pour qu'elle veuille que vous soyez exclusifs. Et si c'est le cas… je ne veux pas qu'il y ait de malaise entre nous. Je ne veux pas perdre… notre amitié.

Je m'avance pour l'embrasser sur le front.

– Tu ne me perdras pas, je te le promets. Ça n'arrivera jamais.

◆◆◆

Dans l'après-midi, de retour de notre promenade, j'essaie d'appeler Jenny, mais je tombe directement sur son répondeur. Je lui envoie un, puis deux, puis trois messages, mais elle ne répond pas. J'essaie de la rappeler après le souper – messagerie.

Et merde. Il fait nuit lorsque je me gare devant chez elle et que je frappe à la porte.

– Elle ne veut pas descendre, Stanton, dit Wayne en sortant sur le porche. Elle est encore furax contre toi.

– Je ne partirai pas tant que je ne l'aurai pas vue. Je dormirai sur le porche s'il le faut.

– J'te garantis qu'une balle entre les deux yeux t'aidera à partir, garçon ! crie Mamie depuis le salon. Apporte-moi les cartouches, Wayne !

Quelques minutes plus tard, Wayne rentre pour tenter à nouveau de la convaincre, et Jenny descend les escaliers d'un pas lourd, les cheveux lâches, enveloppée dans une robe de chambre lavande, folle de rage.

– J'ai passé la journée à m'occuper de JD et je travaille tôt demain matin ! Je n'ai aucune envie de te parler maintenant, Stanton.

– Dans ce cas tu aurais dû décrocher quand je t'ai appelée tout à l'heure. Il faut qu'on parle.

Elle croise les bras et fronce les sourcils.

– J'en ai assez de parler avec toi.

Je serre la mâchoire et je fais un pas vers elle, la faisant reculer.

– Dis-moi quelque chose, Jenn. Est-ce que tu m'en veux vraiment à ce point ? je demande en la fusillant du regard. Ou bien est-ce que tu as peur de te retrouver seule avec moi ? De m'écouter – parce que tu sais que ce mariage est une erreur et que tu m'aimes encore ?

– Stanton. Rentre chez toi et profite de ta fille. Tu dois l'emmener à l'école pour huit heures, demain matin.

Sa non-réponse est tout ce qu'il me faut.

– Je sais à quelle heure commence l'école.

– Alors bonne nuit, Stanton, dit-elle en se dépêchant de rentrer et de fermer la porte derrière elle.

– Bonne nuit, Jenny, je dis en faisant tournoyer mes clés autour de mon doigt.

◆◆◆

Vingt minutes plus tard, je monte les escaliers de ma chambre, cherchant une autre stratégie, quelque chose d'inattendu pour faire en sorte que Jenny retrouve la raison. J'ouvre la porte de la chambre de Carter lorsque j'entends des voix derrière la mienne, des rires et des gloussements. Je pousse la porte en souriant et là, sur mon lit, en pyjama et en pantoufles velues, je trouve ma fille, ma sœur, et ma… Sofia.

– Coucou Papa ! crie Presley en souriant jusqu'aux oreilles.

Elle me montre ses mains dont les ongles sont peints en bleu ciel à pois blancs.

– Miss Sofia nous a fait des manucures !

Mary me montre ses mains et ses pieds, rouges avec des fleurs orange, tandis qu'elle s'installe dans le gros fauteuil pour me laisser une place dans le lit.

– Magnifiques. Vous avez les plus beaux ongles de la ville.

– Et on regarde un film, dit Presley en se rapprochant de Sofia. *Le Roi Lion.*

– *Le Roi Lion* ? Je ne crois pas l'avoir vu, celui-là.

Je m'assois sur le lit et je regarde deux lionceaux se promener dans la jungle.

– Comment ça s'est passé ? demande Sofia à voix basse en me tendant un bol de pop-corn.

– Ça s'est passé, je réponds en disant le reste avec mes yeux.

Presley pose sa tête sur mon torse et je me détends, l'embrassant sur le dessus de la tête, profitant de l'avoir près de moi. Je regarde Sofia manger un morceau de pop-corn : elle le met sur sa langue puis elle se lèche le bout des doigts. Je trouve le fait qu'elle soit ici, sur mon lit, avec ma sœur et ma fille, merveilleusement agréable. Je ne sais pourquoi, je trouve Sofia plus belle que jamais.

– J'aimerais avoir un Simba moi aussi, un jour, soupire ma sœur. Un homme fort et poilu qui se roulera par terre dans la jungle avec moi.

Poilu ?

– Je ne sais absolument pas comment je suis censé répondre à ça, je dis en fronçant les sourcils.

– Pas moi, dit Presley d'une voix nonchalante. Tous les garçons que je connais sont petits. Et moches.

– Exactement, je réponds en lui tapotant la tête. Tous les garçons sont petits et moches. Comme des trolls.

Sofia me regarde en riant.

– Mais j'aime bien cette chanson, ajoute ma fille en hochant la tête.

Sofia pousse un cri strident.

– Mon Dieu ! Elton John, le meilleur chanteur au monde. Si ton papa est d'accord, je téléchargerai ses plus grands hits pour te les donner.

Les grands yeux bleus de ma fille se posent sur moi, attendant ma confirmation.

– Papa est d'accord.

Elle me saute dans les bras et me fait un gros câlin.

Je tends le bras le long de la tête de lit et je profite que ma main soit près de Sofia pour lui masser la nuque et caresser ses longs cheveux bruns, savourant leur douceur.

Elle appuie sa tête contre ma main et soupire joyeusement. Ensemble, nous regardons la suite du film.

17

Stanton

Il est environ vingt-deux heures le lendemain lorsque nous arrivons chez mon frère et que nous nous garons au milieu d'un océan de pick-up. Il y a tant d'adolescents que ce pourrait être le *Spring Break*[22]. Mary et Marshall se fondent dans la foule de jeunes aux hormones en ébullition qui tiennent tous à la main un gobelet en plastique rouge. Sofia s'arrête et regarde autour de nous tandis que nous avançons vers la porte. Des lampions clignotent dans les arbres, la pleine lune nous éclaire et Led Zeppelin nous berce.

– C'est sympa ici, dit-elle. C'est paisible.

Je profite qu'elle observe les environs pour la mater, encore une fois. Elle est canon, ce soir. Elle porte un jean slim bleu foncé, des cuissardes noires à talons, et un tee-shirt blanc à col en V qui moule toutes les courbes qu'il faut. Ses cheveux

---

22. Congé d'une ou deux semaines en Amérique du Nord durant lequel les étudiants partent au ski ou dans une destination tropicale pour faire la fête.

sont lâchés, bouclés sur les pointes, et elle a mis un sautoir de perles. Ma grand-mère portait toujours des perles, mais jamais cela n'a été aussi beau que sur Sofia Santos.

Je tends le bras vers la poignée lorsque la porte du mobile home s'ouvre. Une des groupies de mon frère – Sal ou Sadie – titube devant nous en souriant, le regard vitreux.

– Salut ! s'exclame-t-elle en nous prenant dans ses bras, nous enveloppant dans un parfum de cannabis. Bienvenus dans notre jungle ! On va au ventriglisse [23], en bas du champ, vous venez ?

– Peut-être plus tard, répond Sofia en souriant. Bon sang, j'ai l'impression d'être à la fac, me dit-elle une fois que la hippie est partie.

– Ha ! Columbia était plus calme que ça, et moi j'étais dans une fraternité, c'est pour dire !

C'est alors qu'un mec qui doit avoir mon âge passe devant nous, complètement à poil.

– OK, si, j'ai l'impression d'être à Columbia, je rectifie en couvrant les yeux de Sofia.

Nous entrons en écartant le rideau de perles turquoise. Un bâton d'encens brûle sur une étagère, embaumant la pièce d'une odeur âcre. Carter, vêtu d'un jean et d'une veste en daim ouverte sur un chapelet, sourit jusqu'aux oreilles lorsqu'il nous aperçoit à travers la foule et qu'il vient me prendre dans les bras.

– Soyez les bienvenus, je suis content que vous ayez pu venir, dit-il avant de prendre – longuement – Sofia dans ses bras. Allons vous chercher à boire.

Carter fait visiter son mobile home à Sofia et je suis soulagé de voir qu'il n'y a pas seulement des ados, d'ailleurs,

23. Le ventriglisse ou le *slip'n slide* est une discipline populaire aux États-Unis qui consiste à s'élancer sur une toile à plat ventre et à se laisser glisser.

c'est presque une réunion d'anciens du lycée. Tous ceux qui étaient avec moi au lycée et qui n'ont pas quitté Sunshine – c'est-à-dire à peu près tous – sont là. Nous discutons et je leur présente fièrement Sofia.

– Je vais prendre l'air, me dit-elle une heure plus tard.

Des lampions chinois sont suspendus au-dessus d'une rangée de rosiers à fleurs blanches qui fait le tour du patio. Plus bas, un grand feu de camp ronronne, illuminant presque tout le jardin. Je regarde les différents groupes de gens qui sont disséminés sur la pelouse et, enfin, je repère Jenny. Elle parle à une minuscule nana brune, Jessica Taylor, une ancienne cheerleader. Et je ne vois pas JD.

Il est temps de passer à l'attaque. Je tends mon gobelet de whisky à Sofia.

– Tu peux me le garder ?

– Bien sûr, dit-elle en suivant mon regard.

Je coupe une rose blanche et je la lui montre.

– Tu en penses quoi ?

Sa main se crispe sur mon gobelet.

– Elle va adorer.

– Si tout va bien, je serai parti un bon moment. Marshall te ramènera à la maison si tu veux rentrer plus tôt, OK ?

– OK, répond-elle en regardant ses pieds.

– Tu es la meilleure, Sof. Souhaite-moi bonne chance.

Cependant, je m'éloigne, et elle ne le fait pas.

Jessica Taylor me salue en me prenant dans ses bras pendant que Jenny me regarde d'un œil inquiet.

– En guise de paix, je dis en lui tendant la rose.

Son visage se détend un peu et elle esquisse un minuscule sourire.

– Merci.

Jessica éclate de rire.

– Waouh ! Si seulement j'étais en de bons termes avec mon ex. Il ne prendrait même pas la peine de me donner de la mort-aux-rats, tant il se contrefiche de moi, dit-elle. Mais vous deux, vous avez toujours été le couple parfait. Vous vous souvenez de ce match de football, quand Stanton a marqué le but de la victoire et qu'il est sorti du terrain pour venir jusqu'à toi, Jenn ? Il t'a prise dans les bras et il t'a embrassée devant tout le lycée. On aurait dit un des films de Drew Barrymore.

Le regard de Jenny s'emplit de tendresse et je sais qu'elle s'en souvient, tout comme moi. J'avais été en retard pour passer la prendre et nous nous étions disputés. Une chose en a entraîné une autre et lorsque nous sommes arrivés au stade, elle jurait qu'elle ne me parlerait plus jamais. Mon geste l'avait fait changer d'avis et elle avait passé le reste de la soirée sur la banquette arrière de ma voiture à me susurrer tout un tas de mots doux. *Oui, encore, plus fort…*

Jessica part remplir son verre, nous laissant seuls.

– Est-ce que JD va mieux ?

– Comme si tu en avais quelque chose à faire, rétorque-t-elle. Mais oui, il va beaucoup mieux. Carter nous a apporté des compresses aux huiles essentielles et ça l'a aidé à désenfler. Il est parti dans le mobile home pour en chercher d'autres.

– Alors je remercierai Carter, je dis en me forçant à sourire. Et si on…

Je n'ai pas le temps de finir ma phrase, car des cris et des sifflements font irruption sur le patio, derrière nous. Je tourne la tête et je vois que quatre mecs, que je ne connais pas et que je n'ai jamais vus, se rapprochent de Sofia. L'un d'entre eux lui colle une main aux fesses.

Je ne me souviens pas de m'être éloigné de Jenny, ni d'avoir traversé la pelouse, mais tout à coup ma main est sur la gorge de cet enfoiré et je le plaque contre le mur du mobile home.

– Touche-la encore une fois et je t'arrache le bras.

Sa main essaie désespérément de décoller la mienne, alors je resserre ma poigne.

– Du calme, Stanton, nous sommes des pacifistes, ici, dit mon frère. Détends-toi.

J'attends que la gueule de cet enfoiré ait atteint un ton de pourpre acceptable pour le lâcher. Il se tient le cou en haletant, et je me tourne vers mon frère en le fusillant du regard.

– Ne me dis pas de me calmer. Dis plutôt à ton pote de faire attention à l'endroit où il met ses mains.

D'une main, je plaque de nouveau ce vicelard au mur, pour être sûr qu'il a compris la leçon, puis je passe mon bras autour de la taille de Sofia et nous nous éloignons.

– Tu sais, je m'en serais très bien sortie toute seule, dit-elle en me regardant tendrement.

– Je sais, mais tu ne devrais pas avoir à le faire.

Je ne la quitte pas d'une semelle jusqu'à la fin de la soirée.

◆◆◆

À une heure du matin, la fête bat encore son plein. Sofia est joyeusement bourrée, assise à côté de moi sur une chaise en plastique, apprenant à Sadie des gros mots en portugais. Après six ou sept verres de whisky-coca, je dois avouer que je ne suis pas en meilleur état qu'elle. Mon frère sort de chez lui en courant et me crie de me dépêcher de le suivre. Je tends la main à Sofia et nous le rattrapons. Carter met son index devant sa bouche et désigne mon pick-up par un mouvement de la tête. Les vitres sont embuées comme dans la scène de la voiture dans *Titanic*.

Carter se met d'un côté et moi de l'autre. Je frappe du poing contre la portière en criant « Police ! Ouvrez ! », tandis que mon frère ouvre celle de son côté. Nous éclatons de rire lorsque notre petit frère sort de la voiture, le jean déboutonné, un chapeau de cow-boy sur la tête, jurant comme un charretier. Une blonde aux joues roses le suit et, au grand regret de Marshall, elle rejoint son groupe d'amis.

– Z'êtes nuls ! râle Marshall.

Un peu plus tard, Carter, Marshall, Jenny, JD, Sofia et moi sommes assis autour du feu. Carter tire une grosse latte sur un joint puis il me le tend. Je secoue la tête, tout comme Sofia, mais Jenny l'accepte et tire dessus comme une pro.

– Je croyais que tu avais dit que tu n'étais pas aussi fun qu'avant, je dis pour me moquer.

Elle recrache la fumée sur moi.

– À vingt-huit ans, je fume pour de toutes autres raisons qu'à seize ans.

JD fume également.

– Très bien, les enfants, maintenant que nous sommes tous là, j'ai quelque chose à vous dire, annonce Carter. Lorsque Jenny et JD se marieront, samedi, nous formerons tous une grande famille.

Non, pas vraiment non.

J'ouvre la bouche pour le contredire mais il poursuit.

– Comme les petites abeilles d'une ruche, nous devons vivre en harmonie si nous voulons que la colonie prospère. Or je sens une tension entre Stanton et JD.

– Il n'y a aucune tension, Stanton et moi nous entendons très bien, répond JD.

Mais bien sûr. Pour autant que je sache, nous nous entendrions encore mieux s'il partait vivre en Chine, ou s'il tentait de gravir le mont Everest, ou encore s'il… mourait.

– Je suis d'accord, Carter, dit Jenny en levant la main comme une écolière. Les relations sont tendues. Tu es juste trop mignon pour t'en apercevoir, chéri, dit-elle en tapotant la cuisse de JD.

– Nous devons tous nous purger de cette négativité, explique Carter. J'ai un plan infaillible pour rétablir l'ordre naturel et instaurer une hiérarchie qui nous conviendrait à tous.

JD se gratte la tête.

– Waouh, tu as dit beaucoup de choses, mec, dit-il. Tu ne veux pas répéter ?

L'ordre naturel. Hiérarchie.

C'est peut-être le whisky mais… son idée me semble merveilleuse.

◆◆◆

C'était le whisky. Je le sais maintenant.

Mais quelle idée de merde !

La vie est marrante, parfois. Un jour vous portez un costard qui vaut plus que le salaire mensuel de bon nombre de gens, et vous impressionnez votre patron grâce à vos compétences et à votre expertise. Et puis, une semaine plus tard, vous êtes au milieu d'un champ, à deux heures du matin, trop soûl pour y voir clair, et pour vous préparer à faire une course de tracteurs.

Oui, de *tracteurs*. C'était ça, l'idée brillante de Carter. Une compétition saine, que le meilleur gagne, *et cetera*. Les tracteurs de mon père crachent leur fumée et grondent comme le tonnerre. JD a le sien et moi le mien. Carter a mis la chanson *Holding Out for a Hero* [24] dans mon pick-up

---

24. Chanson de Bonnie Tyler : *J'attends un héros.*

dont les portières sont ouvertes, et Jenny est debout devant nos engins.

– À vos marques, prêts, partez !

Elle jette le chapeau de JD dans les airs tandis que les tracteurs démarrent en trombe. Nous devons aller jusqu'à l'arbre situé à quatre cents mètres, le contourner, et revenir. J'appuie sur l'accélérateur et je change de vitesse.

– Botte-lui le cul, JD ! crie Jenny.

– C'est ça, les garçons ! Sentez l'équilibre revenir, dit Carter. Tout est une question d'équilibre !

Sofia forme un cône avec ses mains sur sa bouche.

– Allez, Stanton ! Pilote ce putain de tracteur !

J'éclate de rire et je regarde JD qui rit aussi, parce que tout cela est ridicule… mais c'est génial. Je commence à faire le tour de l'arbre, et c'est là que je décide que je veux vraiment gagner. Ce serait la fin parfaite à cette belle soirée.

Une fin idéale.

Cependant, ce n'est pas pour rien que l'on n'est pas censé conduire – surtout de gros engins comme ceux-là – lorsque l'on est sous l'influence de la drogue et de l'alcool, et la raison devient apparente lorsque JD et moi ne nous laissons pas suffisamment de place pour tourner. Les tracteurs se raclent l'un contre l'autre, et j'enlève ma jambe juste à temps pour qu'elle ne soit pas broyée, mais nos engins finissent accrochés.

– Recule ! je crie à JD en tournant mon volant.

– *Toi,* recule ! rétorque-t-il.

Je suis à deux doigts de lui coller une droite et de faire la marche arrière à sa place lorsqu'un tir retentit et résonne à travers le champ.

Instinctivement, je me baisse dans mon siège, les oreilles bourdonnant encore, et je me tourne… pour voir mon père, en robe de chambre bleue et en bottes en caoutchouc, son fusil à pompe à la main.

La fête est bel et bien finie.

◆◆◆

– À quoi vous pensiez, nom de Dieu ?!

Nous sommes tous les six assis à la table de la cuisine, têtes baissées, bouches cousues.

– Et vous deux, vous avez un gamin ! Vous ne vous comportiez pas comme ça quand vous étiez au lycée !

Mieux vaut le laisser évacuer sa colère. Plus vous parlez, plus il criera.

– Mon fils, le grand avocat, qui défonce mon foin comme un idiot ; avec mon autre fils, le dealer de drogue, qui lui file un coup de main ! hurle-t-il, les joues rouges et luisantes comme celles du père Noël.

Carter choisit ce moment pour ouvrir sa grande gueule.

– C'était un exercice de rapprochement. Je suis guérisseur, Papa.

– Tu n'es qu'un sombre idiot !

Ce sont les premiers mots que mon père adresse à Carter en deux ans.

– Faut te détendre, répond-il en se levant. Le stress tue à petit feu. J'ai des herbes qui pourraient t'aider.

– Tu peux te les mettre où je pense, tes herbes ! crie mon père.

Cependant, Carter ne se laisse pas abattre et il jette ses bras autour du cou de mon père.

– Je t'aime, Papa. Je suis tellement content qu'on se parle à nouveau.

L'espace d'un instant, mon père tapote le dos de Carter et son regard s'adoucit. Je sais qu'il est ravi de reparler à mon frère, lui aussi, même si c'est pour lui hurler dessus. Puis il repousse Carter et nous fusille tous du regard.

– Chacun d'entre vous va se lever à l'aube pour ressemer mon champ, sinon je vous botte les fesses à tous !

– Oui, Monsieur, répond JD.

– Oui, Monsieur, ajoute Jenny.

– Je ne veux pas que tu me bottes les fesses, je réponds à mon tour.

– Les miennes non plus, rétorque Sofia.

Je me couvre la bouche pour ne pas rire et refaire crier mon père, mais Marshall n'a pas cette présence d'esprit. Il se dirige vers les escaliers lorsque Mary entre par la porte de derrière, vêtue de la même tenue que tout à l'heure : un short en jean, un débardeur rouge, une veste en jean blanche, des baskets bleues. Bien sûr que c'est la même tenue, puisqu'elle n'est pas encore rentrée. Elle s'arrête brusquement sur le pas de la porte, l'air vraiment surpris, nous dévisageant tous, comme une biche prise dans les feux d'une voiture.

– Qu'est-ce qui se passe, quelqu'un est mort ?

Non, mais la nuit n'est pas finie.

– Tu ne rentres que maintenant ? demande mon père d'une voix encore plus menaçante.

Son visage se fait de marbre, le visage de quelqu'un qui veut cacher qu'il ment.

– Bien sûr que non ! s'exclame-t-elle. Je n'ai le droit de sortir que jusqu'à minuit, et il est minuit passé. Si je ne rentrais que maintenant… ce serait mal.

Ma sœur est mauvaise au poker et elle ferait un piètre témoin dans un tribunal. Cependant, mon père, comme beaucoup lorsqu'il s'agit de sa plus jeune et unique fille, est aveugle. Ou peut-être est-il trop vieux pour suivre.

– Dans ce cas, où étais-tu ? je demande en me reculant dans ma chaise.

Elle me fusille du regard mais cela ne dure qu'une seconde.

– Je n'arrivais pas à dormir alors… je me suis habillée et je suis partie me promener, dit-elle d'une voix calme et innocente.

Elle embrasse mon père sur la joue.

– Tu devrais aller te coucher, Papa. Tu as l'air un peu sur les nerfs.

Il tapote le dessus de sa tête et il monte l'escalier en marmonnant quelque chose à propos de ses enfants qui auront sa mort.

Je suis prêt à lâcher l'affaire, car je suis mal placé pour parler de respect du couvre-feu, lorsque ma petite sœur sort une carafe de jus d'orange du frigo et enlève sa veste, révélant une demi-douzaine de suçons sur son cou et sa poitrine.

Marshall m'ôte les mots de la bouche.

– Qu'est-ce que c'est que ça, putain ?

Mary manque de faire tomber son verre.

– Quoi ? De quoi tu parles ?

Carter, Marshall et moi nous levons pour l'encercler.

– Ça ! je m'exclame en désignant les marques rouges. Tu t'es battue avec un aspirateur ?

Elle baisse les yeux.

– Ah. Je… je me suis écorchée sur un buisson, dit-elle.

Carter inspecte sa gorge de plus près.

– Ce sont des suçons, jeune fille. Tout frais. Qui a sucé le cou de ma petite sœur ?

– Je préfère ne pas le dire, répond-elle.

– Je me contrefiche de ce que tu préfères, je rétorque. Tu vas nous le dire, et tout de suite.

– Attendez une minute, dit Sofia en se levant.

– Rassieds-toi, Sofia, je dis en levant la main. C'est une affaire de mecs, tu ne peux pas comprendre.

Les mots ont à peine quitté ma bouche que je les regrette. Elle écarquille les yeux puis elle fronce les sourcils. Elle croise les bras et avance vers nous. C'est sa posture de tribunal : elle est en mode défense, et c'est follement sexy.

– Excusez-moi, dit-elle sans avoir l'air désolé du tout. Tu viens de dire que c'est une affaire de *mecs* ? demande-t-elle en prenant une grosse voix râpeuse.

– Je ne parle pas comme ça.

– Ah bon ? Parce que c'est comme ça que parlent les hommes de Néandertal, dans ma tête. Tu n'as plus qu'à grogner, te frapper le torse et frotter deux bouts de bois l'un contre l'autre. Mais peut-être que tu n'as pas encore découvert le feu ?

– Sof…

– Je n'ai pas fini, dit-elle en levant la main. Je ne vous ai pas vu harceler Marshall pour connaître le nom de la nana avec qui il était dans ton pick-up, son jean sur les chevilles !

Mary retient son souffle avec un cri aigu.

– Tu étais avec qui, Marshall ? demande-t-elle.

– Je préfère ne pas le dire, répond-il en faisant un pas en arrière.

Mary regarde Jenny, qui est ravie de répondre.

– Norma-Jean Forrester.

– Je le savais ! crie Mary en frappant le bras de Marshall. Quelle traînée, celle-là !

– C'est vrai que c'est une traînée, renchérit Jenny. Comme toute sa famille, d'ailleurs.

– Est-ce qu'on peut revenir à nos moutons, s'il vous plaît ? je demande en levant la main et en dévisageant Sofia. La raison pour laquelle on ne harcèle pas Marshall, c'est parce que Norma-Jean la Traînée n'est pas repartie avec des suçons plein la gorge.

Sofia hoche la tête.

– Alors ce sont les suçons qui te gênent ?

Pas vraiment, mais c'est mieux que le fait que d'avouer que je ne supporte pas l'idée que ma sœur fasse les mêmes choses que mon frère.

– Oui.

Hélas, ce n'est pas pour rien que Sofia est une avocate brillante. Elle n'est pas dupe.

– Tu es sûr ? ricane-t-elle.

– Oui.

– Je vois, dit-elle en baissant le col de son propre tee-shirt. Dans ce cas, je suppose que *ces suçons* te posent un gros problème aussi ?

La peau parfaite de Sofia est noircie par cinq suçons et deux traces de morsure. Rien qu'à les regarder, mon sexe durcit.

– Mon Dieu ! s'exclame ma sœur. Tu es devenu vampire pendant que tu étais à Washington ?

– Pour l'amour de Dieu, Stanton ! renchérit Jenny en riant.

Cela devrait me gêner de constater que cela ne dérange pas Jenny de voir la preuve de mes ébats sexuels avec une autre femme mais… étrangement, ce n'est pas le cas.

– Ça n'a rien à voir !

– Et pourquoi ? demande Sofia en me défiant du regard.

– Parce tu n'es pas ma sœur, je réponds.

– Mais c'est la sœur de quelqu'un, rétorque Mary.

Sofia lève trois doigts sans me quitter des yeux.

– Trois ! s'exclame Mary en comprenant. Elle est la sœur de *trois quelqu'un !*

– Et mon plus grand frère te casserait la gueule sans s'essouffler, répond Sofia en croisant les bras et en faisant les cent pas. Alors, monsieur Shaw, il semblerait que nous soyons dans une impasse. Vous pouvez laisser votre sœur monter dans sa chambre sans l'obliger à vous donner un nom, ou bien… les femmes de cette pièce et moi-même irons dans la pièce d'à côté pour prendre des photos de mes suçons et les envoyer à mon frère. Ainsi, nous verrons s'il pense également que c'est une *affaire de mecs*.

J'oublie un instant que Sofia et moi ne sommes pas seuls dans la cuisine.

– J'adore quand tu joues l'avocate de la défense avec moi.

Elle se contente de me sourire et je soupire en levant les yeux au ciel.

– Va te coucher, Mary.

– *Yes* ! s'exclame-t-elle en tapant dans la main de Sofia.

Marshall annonce qu'il va se coucher aussi et emboîte le pas à Mary.

– Je suis mort, bâille Carter. Le canapé m'appelle.

Il traverse la cuisine en se déshabillant, et le temps qu'il atteigne la porte, la dernière chose que nous voyons est son petit cul blanc. Je me frotte les yeux, autant parce que je suis crevé que pour effacer cette image de ma mémoire.

– Eh, Stanton ? demande JD. Étant donné qu'on doit tous se lever dans… deux heures, dit-il après avoir regardé sa montre, ça te gênerait que Jenny et moi dormions ici ?

– Pas du tout, je réponds sans même y réfléchir.

Nous partons tous les quatre en direction de la grange. Jenny et JD s'installent dans la vieille chambre de Carter et Sofia et moi prenons la mienne.

– Est-ce que ça te fait bizarre ? chuchote Sofia. C'est bizarre, non ? Est-ce que ça te gêne qu'ils soient… là ? demande-t-elle en désignant la porte ouverte de la salle de bain qui joint les deux chambres.

Cela devrait me gêner, encore une fois. Je devrais avoir envie d'arracher la tête de Knacki ou de l'étouffer avec un oreiller, ou encore de le jeter par la fenêtre et de le regarder atterrir deux étages plus bas en priant pour qu'il tombe sur la tête.

– Je suis trop fatigué pour en avoir quelque chose à faire, je réponds en tirant Sofia contre moi.

18

Stanton

Marshall échappe à la corvée de replanter l'herbe pour le fourrage parce qu'il part au lycée. Nous autres – Sofia, Carter, Jenny, JD et moi – n'avons pas cette chance. Nous petit-déjeunons ensemble et passons la matinée dans le champ de mon père pour que ce dernier ne soit pas tenté de sortir nous botter les fesses. Cependant, lorsque nous avons fini et que je me suis douché, la pression commence à monter. Lorsque le soir arrive, un poids énorme pèse sur mes épaules : samedi approche à grands pas et je décide de prendre les choses en main.

« Aïe ! », je siffle lorsqu'une branche me griffe le bras et me fait saigner.

« Merde ! » je râle lorsqu'un rameau que j'ai écarté rebondit et me fouette le visage.

« Nom de Dieu ce n'est pas possible ! », je grogne en me cognant la tête sur une grosse branche.

Pourquoi était-ce plus facile quand j'avais dix-sept ans ? Peut-être le fait que je sois chaud comme la braise me rendait-il insensible à la douleur. Je parviens néanmoins en haut, à la fenêtre de la chambre de Jenny. Elle n'est pas verrouillée, comme je m'y attendais, et je l'ouvre pour m'accrocher au rebord et me hisser à l'intérieur.

– Jésus Marie Joseph ! s'exclame Jenny.

Elle est assise devant son miroir, vêtue d'une nuisette rose avec des bretelles minuscules.

– Tu m'as foutu la trouille de ma vie !

Elle reste plantée dans son fauteuil, bras croisés, à me dévisager.

– Tu ne vas même pas m'aider ? Tu es dure, Jenn, dis-je en fronçant les sourcils.

Elle lève les yeux au ciel, soupire exagérément et me tend la main. Je titube en avant et m'accroche à ses hanches pour éviter de tomber. Nous nous figeons lorsque nous nous rendons compte que nos visages sont à quelques millimètres l'un de l'autre.

– Tu ne devrais pas être ici, Stanton, dit Jenny en clignant des yeux.

– Où est Presley ? je demande en regardant le lit, ignorant ce qu'elle vient de dire.

– Elle s'est endormie sur le canapé, en bas. J'irai la chercher bientôt.

C'est alors que je regarde derrière elle et que je vois une robe blanche suspendue à la porte de son armoire. Mes jambes me lâchent alors que mon sang se glace.

– C'est ta robe ? je chuchote.

– Ouais, répond Jenny. Elle est jolie, tu ne trouves pas ?

Je l'imagine la porter – je vois la dentelle fleurie recouvrant le corps que je connais si bien – et *jolie* ne suffit pas à décrire l'image.

– Elle est magnifique.

Je me souviens alors qu'elle va la porter pour quelqu'un d'autre et mon cœur bat si fort que je pense qu'il va exploser.

– Je ne veux pas te faire de mal, Stanton.

Je me tourne vers elle, désespéré.

– Alors ne fais pas ça. Parle-moi. *Écoute-moi.*

– Je t'ai déjà parlé ! C'est toi qui ne m'écoutes pas ! dit-elle. Tu es tellement têtu, tu es bloqué sur ce qui *devrait se passer*, selon toi, et tu ne vois pas ce qui est sous ton nez.

Je m'assois sur son lit en me passant la main dans les cheveux.

– Tu parles comme Carter.

Je remarque une pile de boîtes à mes pieds, ouvertes, leurs rubans rouges dénoués.

– C'est quoi, ça ?

– Les filles de mon club m'ont organisé une petite fête surprise.

Je remarque un bout de tissu qui dépasse d'une des boîtes. Noir et… *en cuir* ? Je tire dessus et découvre une paire de menottes noires avec un martinet assorti.

C'est quoi ce bordel ?

– Stanton, ne…

Je suis déjà en train de fouiller : un foulard, un bâillon, une cravache qui n'est à l'évidence pas faite pour un cheval, un anneau pénien, toute une panoplie de godemichés – violet, bleu… en verre.

– C'est quoi ton club tordu, putain ?

Cramoisie, Jenny prend le gode que je tiens encore dans ma main et soupire.

– Je t'ai dit qu'il y avait des points sur lesquels JD me connaissait mieux que toi.

– Il aime ce genre de trucs, lui aussi ?

Elle hoche la tête.

– Pourquoi tu ne me l'as jamais dit ?

– Je ne sais pas, répond-elle en fuyant mon regard. Tu me dis tout ce que tu aimes, toi ?

Le sexe entre Jenn et moi a toujours été incroyable, parce que c'était confortable et bien rodé. Cela ne m'a jamais traversé l'esprit de lui demander si elle voulait que je la baise fort, ni de la faire supplier pour jouir, ni de la coucher sur le bureau et de la prendre sans la déshabiller juste parce que c'est plus sale comme ça.

– Non, je suppose que non. J'ai toujours pensé que tu me giflerais si je te le demandais.

– Qu'est-ce que tu aurais répondu si je te l'avais dit ?

Je lui prends le gode des mains, je l'allume, et je le fais tourner dans ma main.

– J'aurais dit… est-ce que tu as des batteries de rechange ?

Elle rigole, remet le gode dans la boîte, et pose sa tête sur mon épaule.

– Je t'aime.

– Alors ne fais pas ça, je dis en redevenant sérieux.

Elle sourit tristement.

– Il y a différents types d'amours, Stanton. Notre amour est le genre qui a créé un lien si fort qu'il durera toute la vie. Mais ce n'est pas le genre d'amour qui fait un mariage.

– C'est faux, je dis en lui prenant le visage. Je suis amoureux de toi, Jenny.

Ses yeux sont secs mais sa voix est triste.

– Non, tu ne l'es pas. C'est un écho – de ceux que nous étions, des promesses que nous nous sommes faites, de la passion que nous avons connue. Or cet écho n'est pas réel, on ne peut pas construire une vie dessus. C'est le souvenir de quelque chose qui n'existe plus.

Je lui caresse la joue avec mon pouce, entendant ses mots sans les écouter.

– J'aimerais seulement… J'aurais aimé savoir que la dernière fois que je t'ai embrassée était la dernière, je dis en effleurant sa bouche avec mon doigt. J'aurais pris soin de l'ancrer dans ma mémoire. Laisse-moi t'embrasser, Jenn. Donne-nous cela. Après, si tu veux toujours l'épouser, je te jure que je ne m'y opposerai plus.

Je vois le désir dans son regard. Peut-être regrette-t-elle de ne pas avoir chéri ce dernier baiser, elle aussi. Elle regarde ma bouche, sa main sur ma joue. Je m'avance en lui laissant le temps de dire non, ce qu'elle ne fait pas.

Nos lèvres se touchent, s'effleurent, fusionnent. Elle gémit légèrement en s'abandonnant au baiser et je l'attire à moi. Son goût n'a pas changé, c'est toujours la même saveur de cerise.

J'attends que vienne ce sentiment qui vient toujours : cette pulsion qui me donne envie de la toucher partout à la fois ; cette certitude que je suis là où je dois être, à ma place, avec cette femme.

Le problème, c'est que cela ne vient pas.

Mon cœur ne bat pas la chamade, mes mains ne brûlent pas d'envie de la caresser. Il n'y a rien. Enfin, je suis dans une pièce tamisée et ma bouche est sur celle d'une femme, donc il y a *quelque chose*, mais ce n'est pas la puissance ni la tendresse que j'attendais.

Cela n'a rien à voir avec ce que je ressens lorsque j'embrasse…

Doux Jésus.

Je me souviens de tous les contes de fées que j'ai lus à Presley lorsqu'elle était petite et dans lesquels les baisers rompent les mauvais sorts.

Nos bouches s'éloignent et Jenny et moi nous dévisageons.

– Tu le sens aussi, non ? demande-t-elle.

– Quoi ?

– Que c'est comme essayer de mettre la pièce d'un puzzle au mauvais endroit… qu'il manque quelque chose. Tu le sens, maintenant, non ?

Je finis enfin par me l'avouer.

– Ouais, c'est exactement ça.

Je pose ma main sur son épaule.

– Jenny, je…

Soudain, elle se couvre la bouche avec la main, écarquillant les yeux, les traits déformés par la culpabilité et les remords.

– Mon Dieu ! Qu'est-ce que j'ai fait ?

– Jenn…

Elle se lève et fait les cent pas, le regard affolé.

– Mon Dieu ! Je t'ai embrassé ! Trois jours avant mon mariage ! Trois jours avant de prononcer mon amour pour un autre homme devant Dieu et ma famille : un homme qui n'a fait que m'aimer, croire en moi et me respecter ! Oh mon Dieu !

– Calme-toi ! Ça va. On ne…

– Ne me dis pas de me calmer ! JD a toujours été intimidé par toi. Tu étais comme un héros pour lui. Il a toujours eu peur que je ne l'aime pas comme je t'ai aimé. Il a toujours eu peur de ne pas faire le poids…

Je ne peux pas m'empêcher de sourire un peu.

– Tu es sérieuse ?

– Efface tout de suite ce sourire de ton visage ou je vais m'en occuper moi-même !

Je me force à redevenir sérieux.

– Comment vais-je lui dire ? Comment suis-je censée lui expliquer sans qu'il se sente…

– On gardera ça pour nous. Tu n'as rien besoin de lui dire.

– Bien sûr que si ! sanglote-t-elle. Les secrets sont un poison, ils rongent les relations à petit feu.

– Putain, Jenn, pour l'amour de Dieu, il faut vraiment que tu arrêtes de traîner avec mon frère.

Elle pointe son index sur mon visage et me fait reculer jusqu'à la fenêtre.

– Tout ça est ta faute ! Tu m'as piégée !

– Je ne t'ai pas du tout piégée !

– Ma mamie a raison à ton sujet, tu es le diable incarné, dit-elle en ramassant la première chose qu'elle trouve pour me la jeter dessus – le bâillon. Recule, Satan ! hurle-t-elle en me jetant ensuite le godemiché bleu, puis les menottes.

Je protège mon visage avec mes bras tandis qu'une tornade de sex-toys s'acharne sur moi. Le godemiché géant rebondit sur mon front. Merde, je vais peut-être avoir une marque.

– Tu es censée jeter de l'eau bénite, Jenn, pas des godes !

Je me tourne pour déguerpir par la fenêtre. Je descends de l'arbre aussi vite que possible, mais à la moitié, mon pied glisse et je tombe le reste du chemin.

– Aïe !

J'atterris sur le dos et, alors que je respire lentement et profondément pour calmer la douleur, j'entends Jenny refermer sa fenêtre. Je regarde le ciel noir, parsemé d'étoiles. Je me couvre le visage avec les deux mains. Les choses ne se sont pas déroulées comme je le souhaitais, ce soir, et cela arrive beaucoup, ces derniers temps.

Toutefois, j'ai compris quelque chose de crucial. Le genre de chose qui change le cours d'une vie. Je suis amoureux. Simplement, je ne suis pas amoureux de Jenny Monroe.

Merde !

La deuxième chose à laquelle je pense, c'est que Drew Evans va se pisser dessus tant ça va le faire rire.

◆◆◆

Je prends mon temps pour rentrer chez mes parents, essayant de comprendre ce qu'il m'arrive. Mon frère me dirait que je dois méditer, et pour la première fois depuis qu'il est devenu hippie, j'envisage le fait que ce ne soit pas complètement idiot.

J'ouvre délicatement la porte de Sofia, discernant sa silhouette au clair de lune. Elle est sur le côté, son dos nu tourné vers moi.

Une vague de tendresse m'envahit, ainsi qu'un doux soulagement, comme lorsque l'on rentre dans le confort de sa maison après une longue journée. Je fais taire toutes les pensées qui accaparent mon cerveau et je me déshabille complètement avant de glisser sous la couette à ses côtés, déterminé à me concentrer sur cet instant. Sur elle.

Cependant, je ne l'ai pas encore touchée qu'elle se tourne vers moi en me faisant sursauter.

– Comment ça s'est passé avec Jenny ?

Je caresse ses cheveux humides en arrière.

– C'était… instructif.

– Comment ça ?

En vérité je n'en ai aucune idée. Cela fait si longtemps que je suis persuadé que Jenny Monroe est la femme de ma vie… la découverte que ce n'est pas le cas et que cela ne me dérange pas est un pas énorme, pour moi. Je me demande si c'est ce que les gens ont ressenti lorsqu'ils ont découvert que la Terre n'était pas plate. Je ne sais pas où est ma place dans ce nouvel ordre.

Quant à ma relation avec Sofia, je ne sais vraiment pas quoi en penser tant je suis perturbé. Ce que je ressens pour elle dépasse largement l'admiration que j'ai pour ses superbes seins et son intelligence magnifique. Je sais que mes sentiments sont beaucoup plus forts – je le vois, maintenant. Seulement, je ne sais pas ce que je suis censé faire. *Est-ce qu'elle me croirait si je le lui disais ? Est-il possible qu'elle ressente la même chose ?*

C'est pour cela que je ne vais rien faire. Dans le doute, mieux vaut attendre.

– Je n'ai pas envie d'en parler.

Son visage se ferme, comme si elle s'apprêtait à insister, puis elle se met sur le dos.

– Il fait tellement chaud, je suis en train de fondre, dit-elle en s'essuyant le front.

– Ma mamie disait que le Mississippi est plus près de Dieu, et que le désavantage, lorsque l'on est aussi près du Paradis, c'est qu'il fait plus chaud.

Sofia rit et bouge la tête dans tous les sens.

– Je ne vais jamais réussir à dormir, râle-t-elle.

C'est alors que j'ai une idée merveilleuse.

– Viens, je vais t'emmener quelque part.

◆◆◆

– Tu es sûr que ce n'est pas dangereux ?

– Certain, je dis en tirant sur le guidon pour m'assurer que la corde ne va pas céder.

Elle grince comme une vieille maison en pleine tempête, mais elle tient.

– Tu vois ?

Nous sommes à *Sunshine Falls*, à quelques kilomètres de l'endroit où Jenny et moi avons l'habitude d'aller. Tout le monde vient se baigner ici, et ce qu'il y a de mieux, c'est la rangée d'arbres qui bordent la rivière et dont les branches sont parfaites pour une balançoire. Celle-ci se termine par un vieux guidon de vélo plutôt que par un simple nœud dans la corde.

– La seule chose dont tu dois te souvenir, c'est de lâcher.

Elle hoche la tête, très attentive.

– Surtout, il ne faut pas que tu paniques et que tu oublies de lâcher, sinon tu repartiras dans l'autre sens et tu t'écraseras sur le tronc de l'arbre. Ce sera hilarant et je ne te laisserai jamais l'oublier, mais tu auras vraiment mal. Alors ne stresse pas.

– Je ne paniquais pas jusqu'à ce que tu me dises ça, dit-elle en gigotant, faisant rebondir sa sublime poitrine dans son minuscule bikini rouge.

Je me lèche les lèvres. Ce serait si simple de baisser la tête et de sucer ses merveilleux tétons sous le tissu de son maillot de bain… Quant à tout ce que je pourrais lui faire avec cette corde et ce guidon… Je ferme les yeux en poussant un grognement, sentant mon érection s'étendre dans mon maillot, mais je l'ignore, car il est l'heure d'aller nager. Sofia a chaud. Elle est bouillante, même.

Vite, l'eau froide.

– J'y vais d'abord, je dis en prenant le guidon.

Je replie mes jambes et je me lance au-dessus de la rivière. Une seconde avant que la corde ne reparte dans l'autre sens, je lâche les mains et je plonge dans l'eau en faisant un saut périlleux arrière parfait. Je refais surface et soupire de plaisir, immédiatement rafraîchi et apaisé.

J'aperçois tout juste Sofia sur la berge.

– Allez, viens ! Elle est délicieuse !

Avec un cri strident à rompre les tympans, elle s'élance vers moi, lâchant le guidon lorsque je lui crie de le faire, et elle atterrit en faisant une bombe dans l'eau.

Elle remonte à la surface en éclatant de rire, s'étouffant un peu.

– Est-ce que j'ai encore le haut de mon maillot ? demande-t-elle en vérifiant les cordons d'attache.

– Hélas, oui.

Son visage est euphorique, comme celui d'une petite fille qui voit l'océan pour la toute première fois.

– J'y retourne tout de suite ! s'exclame-t-elle.

◆◆◆

Sofia est allongée sur la berge, remuant l'eau avec son pied.

– Cette baignade est la meilleure idée que tu aies jamais eue, soupire-t-elle.

Je la regarde depuis l'eau peu profonde, les clapotis chatouillant mes lèvres. Ma voix est rauque, presque méconnaissable.

– J'ai quelques idées dans la tête qui sont encore meilleures, si tu veux tout savoir.

Elle lève la tête et plonge son regard dans le mien. Immédiatement, sa poitrine se soulève et retombe un peu plus vite. Je vois son pouls accélérer dans sa gorge.

– Viens ici, Sofia.

Elle ne me quitte pas des yeux en entrant dans l'eau.

– Tu as dit plus de sexe tant qu'on était chez moi, mais j'ai tellement envie de toi que j'en ai l'eau à la bouche.

Elle regarde mes lèvres, semblant hésiter. Je ne peux m'empêcher de sourire, et c'est ça qui la fait craquer. Une seconde plus tard, elle m'attire à elle.

– Et merde, chuchote-t-elle.

Je gémis dès que mes lèvres trouvent les siennes et que ma langue envahit sa bouche. J'ai l'impression que cela fait une éternité que nous ne nous sommes pas embrassés. Elle empoigne mes bras, plante ses ongles dans ma peau, sa langue aussi affamée que la mienne.

Je tire sur les cordons de son bikini, libérant sa chair douce et pulpeuse. Je la soulève et lui fais passer les jambes autour de ma taille tout en baissant ma tête pour m'emparer de ses tétons. Je les suce et les lape, léchant l'eau sur sa peau.

Des sensations aveuglantes et contradictoires s'emparent de moi alors que je réalise toutes celles qui manquaient lorsque j'ai embrassé Jenny, comme ce besoin inexplicable, ce désir fou, cette envie irrépressible de passer des journées entières avec cette femme dans mes bras. J'ai tellement envie de jouir que c'en est presque douloureux, mais j'ai également envie d'être en elle toute la nuit. Je suis foutu, mais pour rien au monde je n'y changerais quoi que ce soit.

Sofia frémit dans mes bras et frotte son bassin contre mon ventre et ses mains agrippent ma tête et tirent mes cheveux.

Je prends mon temps pour vénérer sa poitrine somptueuse. Un bras dans son dos, l'autre massant son sein, pinçant son téton jusqu'à la faire crier. Cependant, Sofia ne semble pas avoir autant de patience que moi.

– Stanton, s'il te plaît, supplie-t-elle en frottant son menton dans mes cheveux. Mon Dieu je t'en supplie, j'ai besoin que tu me prennes.

Je retrace les suçons sur sa gorge avec ma langue puis je les suce pour les redessiner.

– Pas encore.

Elle décroise les jambes et glisse le long de mon corps, faisant frémir ma queue. Mon bassin avance, cherchant à accentuer le frottement. C'est alors qu'elle prend les rênes et plonge sa main sous l'eau, dans le bas de son maillot.

Merde.

Ses gémissements deviennent plus rauques, plus animaux, et sa main libre passe dans mon maillot pour empoigner mes fesses et me plaquer contre elle.

Je la soulève et me dirige vers la berge où je la dépose en m'allongeant sur elle, torse contre poitrine. Elle enlève le bas de son maillot avant de me libérer du mien. Elle écarte les cuisses et j'empoigne ma verge pour la promener sur ses lèvres, sentant sa chaleur, voulant déjà être en elle et la baiser jusqu'à ce que nous en perdions la tête.

Bon sang, cela n'a jamais été ainsi, aussi urgent et désespéré.

Je la pénètre à peine, juste avec mon gland, et je sens ses muscles se contracter autour de moi. Elle est tellement chaude… tellement mouillée et douillette. Presque *trop* chaude.

– Je n'ai pas de capote, Sofia, je dis en plongeant mon regard dans le sien.

Bien sûr, j'ai une boîte entière de préservatifs à la maison, dans ma chambre. *Merde*.

Elle secoue la tête et parle d'une voix aiguë et essoufflée.

– Je m'en fiche.

Je durcis encore à l'idée de la prendre sans protection. Je griffe sa cuisse avec mes ongles.

– Je me retirerai, je grogne. Je veux voir mon sperme sur toi, je continue en promenant ma main sur son ventre et sur ses seins. Ici, scintillant sur ta peau parfaite.

Elle hoche la tête en gémissant et elle m'attire à elle. Elle soulève ses jambes et m'oblige à la pénétrer davantage.

Je plonge en elle puis je m'arrête, me noyant dans cette sensation divine. Elle m'enveloppe et je la comble parfaitement, sans barrière entre nous. Je ne me souviens pas de la dernière fois que j'ai baisé sans capote, mais ce n'est pas cela qui rend cette fois-ci différente.

C'est magnifique, intense, mais seulement parce que c'est elle.

Je me retire lentement et elle se cambre pour se frotter à moi. Je replonge de nouveau en elle en gémissant, et je lâche tout. Je la baise sans retenue, nous faisant remonter sur la berge, secouant ses seins avec chaque coup de bassin.

Je tire sur ses épaules et elle empoigne ma tête, me plaquant contre elle alors que sa langue dévore ma bouche. Ses lèvres effleurent mon menton puis elle le mordille, et soudain elle jouit en poussant un cri étouffé contre ma peau. Je la sens se contracter, me serrer si fort que c'en est presque douloureux – la meilleure des douleurs.

Lorsque ses muscles se détendent, je la pénètre de nouveau et mon bas-ventre se crispe. Des décharges électriques chatouillent mes cuisses et, au dernier moment, je me retire pour m'agenouiller, puis je me branle sous son regard affamé. Elle couvre mes mains avec les siennes, m'aidant à jouir.

Mes oreilles bourdonnent et j'éjacule sous ses gémissements. Mon orgasme peint sur elle des flaques luisantes et semble ne jamais finir. Avec un dernier grognement, je m'effondre sur elle et nos poitrines haletantes se soulèvent à l'unisson. Nous restons ainsi jusqu'à ce que le soleil pointe le bout de son nez à l'horizon.

C'est l'aube d'une nouvelle journée.

19

Stanton

Les futurs mariés n'ayant pas souhaité fêter la fin de leurs vies de célibataires, au grand désarroi de Ruby, cette dernière leur organise une fête chez ses parents. Apparemment, elle avait voulu offrir à sa sœur un enterrement de vie de jeune fille incluant des pompiers stripteaseurs et du rodéo sur un taureau mécanique. À l'évidence, Ruby ne connaît pas les préférences sexuelles de sa sœur, qui aurait sans doute été déçue par un simple strip-tease.

Je me sens calme lorsque je passe la porte de la maison décorée de guirlandes et de ballons « *Vive les mariés* ». Je ne suis toujours pas ravi que Jenny se marie, mais je ne suis plus rongé par la jalousie et je ne panique plus. Après hier soir, après notre baiser, j'ai compris que Jenny avait raison, et c'est précisément pour cela qu'elle n'a aucune raison de l'avouer à JD. Cela provoquerait des ennuis pour rien.

C'est ce que j'essaie de dire à Jenn, mais elle ne reste pas en place suffisamment longtemps pour que j'en aie l'occasion.

– Pas maintenant, Stanton, dit-elle en sortant de la cuisine.

Ses traits sont tirés et son regard est rongé par les remords. Elle arbore une mine stressée et coupable.

– Jenny, accorde-moi une seconde ! je dis en la suivant comme un caniche dans le salon.

Mais elle est déjà en train de se faufiler parmi les invités. Dehors, le ciel gris anthracite s'assombrit de minute en minute, et c'est pour cela que tout le monde reste à l'intérieur. Le regard de JD s'illumine lorsque Jenny passe la porte, et elle s'arrête brusquement.

– Ne dis rien, Jenn. Pas encore, je chuchote dans son oreille.

Ruby déambule dans la pièce avec un micro, animant le loto nuptial.

– Alors, je m'adresse à vous tous : qui connaît la date exacte du premier rancard de JD et Jenny ? Écrivez-la sur votre carton.

Elle se penche devant la petite madame Fletcher aux cheveux blancs, qui est sourde comme un pot, et crie dans le micro :

– La date du premier rancard, madame Fletcher !

Madame Fletcher hoche la tête et écrit la date d'aujourd'hui sur son carton.

– Je vais être honnête, marmonne Jenny, on dit bien que la vérité rend libre, non ?

Non. Je sais d'expérience que la vérité peut vous foutre en tôle. C'est la *manière* dont la vérité est présentée qui fait la différence.

Elle avance déjà vers JD et je n'ai pas le temps de la retenir.

– La voilà, ma chérie, dit JD en souriant.

Je la vois déglutir, pâle comme un linge, tandis qu'elle s'assoit à côté de lui. Elle a l'air sur le point de vomir.

– Il faut que je te dise quelque chose, lui dit-elle.

– Eh, JD, tu veux aller faire quelques passes dehors ? je demande.

Il semble ne pas m'entendre, concentré sur Jenny, à la fois curieux et inquiet.

– Qu'est-ce qu'il y a, ma puce ?

J'aurai essayé.

– Très bien tout le monde, préparez-vous pour la question suivante, annonce Ruby, debout entre les chaises de JD et Jenny. C'est Jenn qui va vous la poser !

La suite est comme un accident de train : un crash lent qu'on ne peut pas arrêter. Ruby baisse le micro devant la bouche de Jenny au moment où celle-ci fait son aveu.

– J'ai embrassé Stanton hier soir.

Tout le monde s'arrête et la regarde. Personne ne bouge. Même madame Fletcher l'a entendue.

– Ha ! chuchote-t-elle à son amie. Je savais que ce garçon n'allait pas lâcher l'affaire si facilement.

Cependant, c'est une autre voix qui me noue l'estomac.

– Tu l'as embrassée hier soir ?

Ses mots sont accusateurs et incrédules, mais c'est le regard de Sofia qui m'achève, plein de l'angoisse et de la douleur qu'elle n'essaie pas de cacher. Tout à coup, j'ai l'impression de lire dans ses pensées. Elle repense à notre virée à la rivière. Elle suppose que je me suis servi d'elle pour finir ce que Jenn et moi avions commencé.

– Sof…

J'avance vers elle pour lui expliquer, pour faire disparaître la douleur dans ses yeux, mais elle tourne les talons et s'en va.

Personne n'ose parler, et Ruby se racle la gorge.

– Nous allons servir des gâteaux et de l'alcool sur le porche… si vous voulez bien me suivre.

La pièce se vide, nous laissant seuls, Jenny, JD, nos parents, Carter, et moi. JD regarde sa future femme, attendant qu'elle poursuive ses aveux sans être certain de vouloir les entendre. Il n'a pas l'air en colère, il est surtout sous le choc. Anéanti.

– Jenny… je sais que je ne suis pas excitant. Je n'ai pas un boulot de rêve et je ne suis pas le quarterback que toutes les filles s'arrachent. Je suis un mec simple. J'aime… les choses simples, comme te tenir la main et regarder la télé en te tenant dans mes bras. Je t'aime plus que je n'aimerai quiconque de toute ma vie dit-il en se redressant. Mais je ne vais pas me battre. Nous ne sommes plus au lycée. Nous sommes adultes, maintenant. Il faut que tu décides ce que tu veux. *Qui* tu veux. Et il faut que tu le fasses tout de suite.

– J'ai déjà décidé, JD. C'est avec toi que je veux être. C'est toi que j'aime, dit-elle.

Ses paroles semblent le faire souffrir davantage. Il passe sa main dans ses cheveux et serre les poings.

– Tu es sûre de ça ? Parce que ça n'en a pas l'air.

Il est temps pour moi d'intervenir.

– Écoute, JD…

– Oh toi, ferme-la ! aboie-t-il.

– Je te demande pardon ?

– J'en ai assez de toi ! Tout allait très bien jusqu'à ce que tu reviennes. Tu étais un connard au lycée et tu l'es toujours !

– Mais Jenny a dit que j'étais ton héros ! je m'exclame, indigné.

– Le héros des enculés, oui ! Tu te pavanais comme si tu étais meilleur que tout le monde, trop bien pour cette ville. Eh bien va te faire foutre !

Alors là je suis vraiment insulté.

– Eh bien ce qui est sûr, c'est que j'étais meilleur que toi, *waterboy*.

– J'étais le *manager* ! crache-t-il en plongeant sur la table pour me plaquer.

– Et merde, grogne Jenny alors que June se met à crier.

Ma jambe frappe le pied de la table, faisant tomber la lampe qui se trouvait dessus, la brisant en mille morceaux.

– Enfin ! C'est de ça que je parlais, les mecs, s'exclame Carter. Purgez votre négativité !

– Je croyais que tu ne voulais pas te battre, je siffle en repoussant JD.

– J'ai changé d'avis, rétorque-t-il en me mettant un coup de poing dans l'œil.

Ma tête est projetée sur le côté mais je reviens en lui mettant un uppercut dans la mâchoire, le frappant si fort que mes phalanges se mettent à saigner. Nous roulons bientôt par terre en nous mettant des coups de pied, mais Wayne et mon père décident que c'en est assez. Ils nous saisissent par le col et nous traînent debout. Haletant, JD se débat contre Wayne qui finit par le lâcher, et il se tourne vers Jenny.

– Je me casse, j'en ai eu assez.

Il s'en va et claque la porte derrière lui.

◆◆◆

Après le départ de JD, Ruby a annoncé que la fête était finie et elle a renvoyé tout le monde avant de jurer qu'elle allait tous nous faire passer au Jerry Springer Show[25]. Vingt minutes plus tard, je suis assis à la table de la cuisine, un sac de petits pois surgelés sur ma pommette qui a doublé

25. Talk-show américain où des invités parlent d'expériences personnelles souvent cocasses. L'émission se termine souvent en bagarre ou sur des insultes virulentes.

de taille. Jenny est assise à côté de moi et notre fille fait les cent pas devant nous.

Elle s'arrête devant moi et me fusille du regard.

– Par ici on utilise notre vocabulaire pour résoudre les problèmes, pas nos poings. Et toi tu as fait du mal à JD, dit-elle. Tu dois aller t'excuser.

Nous hochons tous les deux la tête. Se faire engueuler par une enfant de onze ans n'a rien de drôle. Presley secoue la tête et remue son index de gauche à droite.

– Vous m'avez tous les deux beaucoup déçue. Maintenant vous allez rester là et vous allez réfléchir à votre comportement. Et la prochaine fois, j'espère que vous prendrez de meilleures décisions, conclut-elle avant de quitter la pièce.

Jenny tripote ses ongles en silence, c'est ce qu'elle fait lorsqu'elle est inquiète.

– Je suis désolé, Jenn. Je ne voulais pas…

Je m'arrête là, car finalement, foutre en l'air le mariage de Jenn et de JD est justement ce que j'avais eu l'intention de faire. Je pensais que je me sentirais victorieux mais… je me sens parfaitement minable.

– Ne t'en fais pas, Stanton. Tout n'est pas ta faute, dit-elle en posant sa main sur mon genou.

Je la fixe du regard.

– Bon d'accord, tout est ta faute, mais je ne suis pas innocente non plus. Si je t'avais parlé de lui tout de suite, si je t'avais laissé le temps de te faire à l'idée que j'allais me marier, on n'en serait pas…

La porte d'entrée s'ouvre avec fracas et un vent violent s'engouffre dans la maison, accompagné de feuilles, de poussière… et de Jimmy Face-de-cul Dean. Jenny se lève tandis qu'il entre, le visage de marbre, les sourcils froncés, et le regard… plein de panique.

– Tu es revenu, soupire Jenny.

– Il le fallait, pour m'assurer que Presley et toi allez bien, dit-il en la prenant dans ses bras. Une tempête arrive, explique-t-il en me regardant. Ils ont déclenché la sirène à tornades, je l'ai entendue en arrivant en ville. J'ai perdu le signal radio il y a un moment, mais d'après ce qu'ils disaient, elle se dirigeait ici.

Merde.

Les tornades sont assez fréquentes dans cette région du Mississippi. C'est un peu l'équivalent des blizzards sur la côte est du pays. Ce n'est presque jamais aussi catastrophique que dans les films, mais le fait que la sirène retentisse signifie qu'une tornade est bien là, et mieux vaut ne pas être en travers de sa route.

Tout le monde se met immédiatement en action : nous rentrons le mobilier de jardin et nous fermons les fenêtres et les volets. Toutes les fermes n'ont pas un abri spécial dans la cave, mais celle-ci, oui. Le père de Jenny attrape la trousse de premiers secours sous l'évier tandis que nous nous rassemblons dans la cuisine avant de descendre dans la cave. C'est en m'assurant que tout le monde est là que mon cœur cesse de battre.

– Où est Sofia ?

Je retourne dans le salon, j'ouvre la porte pour regarder dans le jardin et je dois m'accrocher au mur pour faire face au vent.

– Elle est partie faire un tour, dit Ruby d'une voix tremblante.

– Quand ? je hurle.

– Ça fait un moment, avant la baston. Elle est sortie par la porte de derrière.

La panique me saisit. J'ai l'impression d'être pris dans un sable mouvant alors qu'un millier de scénarios catastrophes me viennent à l'esprit. Sofia se faisant assommer par un débris, saignant, et criant mon nom. Sofia bloquée sous un arbre tombé, le regard sans vie. Sofia courant, parvenant presque à la maison avant d'être happée par la masse grise et monstrueuse. Partie, comme si elle n'avait jamais existé.

Je dois la trouver.

– Allez-y, je crie à tout le monde dans la cuisine. Je pars chercher Sofia.

– Papa ! hurle Presley en se jetant toute tremblante dans mes bras. Papa, reste avec nous s'il te plaît. Ne pars pas !

Sa terreur et son besoin d'être avec moi me fendent le cœur. Je m'agenouille pour la regarder dans les yeux et je lui caresse la joue.

– Je vais revenir. Je te le promets, Presley. Je reviens.

Ses lèvres se mettent à trembler.

– On ne peut pas laisser Miss Sofia toute seule dehors, ma chérie. Je vais la chercher et on va revenir ici, je continue en lui caressant la tête.

Je regarde Jenny, qui tient la main de JD, et je sais ce que je dois faire. Je prends Presley dans mes bras en l'embrassant sur la joue.

– Tu vas rester ici avec Maman et JD. Ils vont te protéger.

Elle me serre une dernière fois puis je la tends à JD.

Je n'ai jamais pensé qu'un jour je m'en remettrais à un autre homme pour la protection de ma fille. Cependant, je ne ressens aucune jalousie, aucune pulsion pour la reprendre. Je lui suis simplement reconnaissant que Jenny ne soit plus seule.

Elle murmure quelque chose à ma fille et hoche la tête en me regardant, les yeux pleins de gratitude. C'est alors qu'un énorme crash retentit dehors et nous ramène tous à la réalité. Ma mère hâte tout le monde vers la porte et je saisis JD par l'épaule alors qu'il tourne les talons.

– Assure-toi de fermer la porte derrière vous. Tu comprends ce que je suis en train de dire ? je lui exprime fermement en le regardant dans les yeux.

Ne m'attends pas. Ferme la porte à clé et garde-la fermée, même si je suis encore dehors. Protège mes filles.

Il hoche la tête, le visage solennel.

– Ouais, j'ai compris, Stanton. Eh, attends ! crie-t-il alors que je pars dans le salon.

Je me retourne alors qu'il me jette des clés.

– Ton frère a mis des pneus pourris sur ta caisse, tu vas t'embourber. Prends la mienne.

Je regarde les clés dans ma main puis je lève les yeux vers lui. Il hoche la tête. Je hoche la tête. Et l'affaire est réglée.

Sofia avait raison. Les hommes sont des créatures simples. Ce bref échange a réglé tous nos différends : j'ai accepté de ne pas faire obstacle à leur mariage ni à leur bonheur, et il a accepté de ne jamais me donner de raison de le tuer. *Problème réglé.*

Je cours à la porte puis je sprinte au pick-up, conscient de ne pas avoir la moindre idée d'où Sofia se trouve. Je connais la propriété des Monroe aussi bien que la mienne. Si elle est sortie par-derrière, il y a de fortes chances qu'elle soit partie en direction des champs de maïs.

À moins qu'elle n'ait fait demi-tour.

– Et merde !

Je conduis aussi vite que je peux tout en balayant les champs du regard, cherchant un signe qui montrerait qu'elle est passée par là. La voiture tremble sous la force du vent et de la grêle épaisse se met à tomber. Je pense à Sofia, seule dans la tempête, sans protection. A-t-elle froid ? A-t-elle peur ? Tous les muscles de mon corps sont contractés par l'angoisse.

– Allez, bébé, je marmonne en serrant les dents. Tu es où, bon sang ?

On dit que lorsque vous mourez, votre vie défile devant vos yeux. Je ne sais pas si c'est vrai, mais je sais qu'il arrive un point, lorsque la peur que vous ressentez pour un proche, quelqu'un que vous aimez, devient si intense, si paralysante, que tout le reste disparaît. Vous êtes envahis de pensées pour cette personne, du souvenir de son rire, de son odeur, du son de sa voix. Chaque moment que j'ai vécu avec Sofia se rejoue dans ma tête, comme un film muet. Sofia à mes côtés dans la salle d'audience, sous moi dans le lit, nos chamailleries, nos gémissements. Et chaque image me donne envie d'en vivre d'autres. Je veux plus de temps, plus de souvenirs. Je pense à tous ces moments que nous n'avons pas encore partagés, de tout ce que nous n'avons pas encore vécu, de toutes les choses que nous ne nous sommes pas dites. Et je les veux. J'en ai besoin. J'ai besoin d'elle, plus que de qui que ce soit d'autre.

Je ferme les yeux et je prie en silence, suppliant le ciel de me donner une autre chance pour réussir ces choses – de tout revivre avec elle, de l'aduler comme elle le mérite, de la chérir.

Mon Dieu, je t'en supplie.

Il faut croire que Dieu existe. Lorsque j'ouvre les yeux, je la vois au loin, les cheveux volant dans tous les sens, titubant contre le vent, chaussée de ses foutus talons aiguilles. Ma première pensée est : *heureusement qu'elle va bien.* La deuxième est : *je vais l'étrangler.*

Les pneus crissent lorsque je m'arrête à quelques mètres d'elle et je me force un passage contre le vent et la grêle pour l'atteindre.

– Qu'est-ce que tu n'as pas compris quand je t'ai dit que les vaches se regroupaient lorsqu'il y avait des orages ? je hurle par-dessus le vent.

– Quoi ?

Elle est enfin dans mes bras, contre mon torse, chaude et en vie. Je la serre si fort qu'elle ne peut sans doute pas respirer, mais je m'en fiche. Je ne peux plus la lâcher.

– Ne refais plus jamais ça, je dis dans son oreille.

Elle lève de grands yeux sur moi, si belle que j'en tremble.

– Refaire quoi ?

J'enlève les cheveux de son visage et je pose mes mains sur ses joues.

– Partir, je dis d'une voix tremblante.

Je la serre de nouveau contre moi, utilisant mon corps comme un bouclier pour la protéger. Mes muscles se détendent, soulagé qu'elle soit en sécurité.

Cependant, comme beaucoup d'autres choses que nous ne contrôlons pas, la sécurité n'est qu'une illusion. Lorsque je me tourne pour ouvrir la porte du pick-up et la faire monter, gardant Sofia protégée derrière moi, une douleur vive et tranchante explose sur ma tempe, et tout devient noir et silencieux.

20

Sofia

La manière dont notre cerveau choisit ce dont nous allons nous souvenir à l'avenir est étrange. Par exemple, je ne me souviens pas d'avoir eu peur lors du crash d'avion que j'ai vécu lorsque j'étais petite, et pourtant ce fut sans doute le cas. Je ne me souviens pas d'avoir eu mal lorsque mes côtes ont été fêlées. Sans doute le choc et l'adrénaline m'ont-ils anesthésiée. Ce dont je me souviens, après toutes ces années… c'est le bruit. L'impact du crash. Le rugissement de l'avion, glissant sur le ventre contre le goudron. Un bruit tonitruant. Je me souviens de m'être couvert les oreilles, alors que j'aurais dû m'accrocher à ce que je pouvais.

Ce bruit, maintenant, est presque identique. Le crissement aigu du vent. Le bourdonnement assourdissant.

Cependant, ce n'est pas le bruit qui est le plus marquant, cette fois-ci. L'image qui me hantera jusqu'à la fin de mes jours, c'est Stanton, immobile par terre. Les yeux fermés, le corps sans vie.

– Non ! Stanton !

C'est fou la façon dont les choses deviennent évidentes lorsqu'il est question de vie ou de mort. Un vent glacial fouette l'air tout autour de moi, pliant les arbres, projetant des bouts de bois et de métal partout. Je réalise soudain, maintenant que je suis face à la possibilité de le perdre – ou de l'avoir déjà perdu –, à quel point je tiens à cet homme.

– Stanton, réveille-toi !

J'étais tellement en colère lorsque je suis partie de la maison, il y a si peu de temps, et maintenant cela n'a plus d'importance.

– Tu m'entends ? Je t'en supplie, mon chéri, réveille-toi !

Enfin non. Il est temps d'assumer, je suis une adulte. Je n'étais pas en colère. J'étais vexée.

– Mon Dieu, Stanton, reste avec moi. Je t'interdis de me laisser comme ça !

Lorsque j'ai entendu l'aveu de Jenny, j'ai eu l'impression que l'on venait de me planter un poignard dans le ventre. Car la façon dont il m'a regardée, touchée et tenue contre lui, hier soir, m'avait donné l'impression que ce n'était pas simplement une autre partie de jambes en l'air. Au fond de moi, j'espérais que Stanton avait ressenti la même chose.

Mais apparemment, je n'ai rien compris.

Toutes les excuses que j'ai formulées dans ma tête durant les derniers jours, les explications et les justifications n'étaient que des mensonges que je me racontais pour continuer à ignorer ce que je ressentais. Je ne voulais pas l'admettre. Je ne voulais pas reconnaître la vérité.

– Je t'aime, Stanton, je chuchote.

C'est affreux, une véritable catastrophe, mais c'est le sentiment le plus honnête et le plus pur que j'ai connu de toute ma vie.

– Je t'aime, espèce de gros débile stupide !

Si j'avais les idées claires, je dresserais la liste de toutes les raisons pour lesquelles je ne devrais pas l'aimer : son histoire à propos de Rebecca, le piédestal sur lequel il a mis Jenny, le fait qu'à ses yeux nous ne sommes rien que des amis qui baisent. Mes sentiments sont la dernière chose qu'un mec comme lui peut gérer.

Toutefois, plus rien de tout cela n'a d'importance car je suis à peu près certaine que nous allons tous les deux mourir. J'ai vu le film *Twister*. D'une minute à l'autre, une maison ou une vache va nous atterrir dessus.

– S'il te plaît, Stanton ! Je t'aime !

Je ne réalise que je pleure que lorsque je vois mes larmes tomber sur son visage parfait. Sa tête repose sur mes cuisses, mon dos est courbé pour nous protéger sous mes cheveux agités par le vent. J'embrasse son front, son nez, puis ses lèvres chaudes. Soudain, je sens les mains de Stanton bouger sous ma taille, saisissant le tissu de mon tee-shirt. Et je recule juste assez pour voir ses yeux s'ouvrir. Ses pupilles sont dilatées, son regard perturbé. Cependant, il lui faut à peine deux secondes pour se souvenir et comprendre où nous sommes. En un instant, il est sur moi, me protégeant des débris que le vent projette autour de nous.

– Tu vas bien ? Dieu merci tu vas bien ! je sanglote. Je pensais que…

– Chut, je suis là, Sofia. Je t'ai retrouvée. Tout va bien, maintenant. Je suis là, chuchote-t-il en caressant mes cheveux.

Bien que je sache que nous sommes encore en danger, je me sens mieux, en sécurité. Je suis heureuse, car il est dans mes bras et moi dans les siens. Ses yeux caressent mon visage et ma poitrine se resserre lorsqu'il sourit. Il soupire et il cache ma tête sous son menton.

– Je crois que c'est officiel, je ne suis pas faite pour la vie au grand air.

Il rit doucement et je caresse son dos. Nous nous tenons l'un à l'autre et, ensemble, nous affrontons la tempête.

◆◆◆

Je regarde par la fenêtre tandis que nous rentrons chez les Monroe. Les dégâts sont moins affolants que je ne l'avais imaginé. Quelques arbres sont couchés, beaucoup de clôtures sont arrachées, mais la grange et la maison semblent en bon état. Des restes de la fête, des tables, des chaises, sont parsemés dans le jardin et une nappe claque dans un arbre, coincée dans ses branches. Stanton fait le tour de la maison pour se garer devant au moment où monsieur Monroe, le père de Jenny, se dépêche de monter dans sa voiture, sa femme étant déjà assise dans le siège passager. Il démarre en trombe en faisant crisser les pneus. J'aperçois son visage juste avant qu'il ne parte – les traits fermés, tirés, apeurés. Jenny fonce vers sa propre voiture, JD à ses côtés, tandis que Presley et Ruby sont à l'arrière, puis elle part elle aussi.

– Que se passe-t-il ? Quelqu'un est blessé ? je demande.

Stanton se gare et bondit hors de la voiture. Je lui emboîte le pas et nous courons vers sa mère, dont le visage est aussi angoissé que tous les autres.

– Qu'est-ce qu'il s'est passé, Maman ?

Elle pose sa main sur son bras.

– C'est Mamie.

21

Stanton

Je me souviens des sermons que faisait le prêtre sur l'Enfer, lorsque j'étais petit. À l'entendre, cela ressemblait au cœur d'un volcan en éruption, avec des lacs enflammés et de la lave en fusion. Cependant, je ne suis pas de cet avis. Je pense que l'Enfer ressemble plutôt à une salle d'attente d'hôpital – tout est infiniment lent, frustrant et ennuyeux, et chaque seconde semble interminable.

– Est-ce que Mamie va mourir, Papa ?

Je suis assis entre Presley et Sofia, qui me tient la main. Jenny est partie à la chasse aux informations, mais même en travaillant ici, la seule réponse qu'elle a obtenue est « nous attendons les résultats ». JD lui apporte un café, lui dit d'essayer de s'asseoir. Les parents de Jenny et les miens, ainsi que quelques voisins dont des membres de la famille ont été blessés dans la tempête, sont éparpillés dans la salle d'attente.

– Je ne sais pas, ma puce. Mamie est forte. Tu devrais prier pour qu'elle aille bien.

C'est alors que le docteur Brown passe la porte et June, Wayne, Jenny, JD et Ruby courent vers lui.

– C'était une crise cardiaque, dit-il. C'est grave, mais son état est stable. Elle restera ici quelques jours. Nous lui avons fait passer d'autres tests, mais il ne semble pas y avoir de dégâts à long terme.

Nous soupirons tous en même temps, profondément soulagés.

– Est-ce qu'on peut la voir ? demande June.

– Oui, elle peut recevoir des visites, mais une seule personne à la fois. Cependant, elle a demandé à voir Stanton en premier.

Tout le monde fronce désormais les sourcils.

– Moi ? Vous êtes sûr ?

Son visage me dit que Mamie a été *très* pénible à ce sujet.

– Elle a insisté, je vous le confirme.

Je croise le regard de Jenny, qui semble aussi confuse que moi. Je hausse les épaules et je suis le docteur Brown dans le couloir, laissant June Monroe rouspéter dans la salle d'attente comme une poule à qui on a pris l'œuf qu'elle vient de pondre.

Le médecin me laisse devant la porte de la chambre de Mamie. Je l'ouvre et entre lentement, précautionneusement, conscient que je pénètre dans l'antre d'une femme qui a menacé de me tuer plus d'une fois, et qu'il n'est pas impossible qu'elle ait piqué une aiguille ou un scalpel pour en finir avec moi.

Cependant, lorsque je vois Mamie dans le lit d'hôpital, couvertures remontées jusqu'au menton, je me dis qu'elle semble vieille et fragile. Je déglutis pour ravaler le nœud qui se forme dans ma gorge. Tous les héros ont besoin d'un ennemi, et je réalise à l'instant quelle ennemie merveilleuse Mamie a toujours été et à quel point elle me manquerait si elle n'était plus là pour jouer ce rôle.

Lorsqu'elle parle d'une voix faible et essoufflée, les larmes me montent aux yeux.

– Bonjour, garçon.

– Bonjour, M'dame, je réponds d'une voix tremblante en me forçant à sourire.

Sa petite main tapote le lit à côté d'elle et je m'assois sur la chaise à son chevet. Elle me regarde avec des yeux pleins de fatigue, mais aussi de détermination.

– Tu sais pourquoi je ne t'ai jamais aimé, garçon ?

Je me racle la gorge avant de répondre.

– Parce que j'ai mis votre petite-fille en cloque ?

– Ha ! Pas du tout. Ça faisait déjà deux mois que ma petite June cuisait dans mon four lorsque je suis passée devant l'autel.

Je ne suis pas certain d'avoir voulu le savoir, ça.

– Alors c'est parce que je ne l'ai pas épousée ?

Elle secoue la tête.

– Non, soupire-t-elle. C'est parce que même quand tu es venu renifler ma petite fille pour la première fois, à douze ans, avec ton ballon de football dans la main… je savais que tu allais partir. Tu avais ce *quelque chose* dans ton regard qui me disait que tu voulais être ailleurs.

Je hoche la tête, parce qu'elle n'a pas tort.

– Et je savais… que si tu en avais l'occasion… tu la prendrais avec toi, dit-elle en plongeant son regard dans le mien. Mais tu ne vas plus la prendre avec toi, n'est-ce pas, garçon ?

J'expire tout l'air que je retenais dans mes poumons et je recule dans ma chaise. Tout ce que j'ai ruminé ces derniers jours est désormais clair. La réponse est simple.

– Non, M'dame. Je ne l'emmène pas.

Les traits de Mamie se détendent et elle a l'air soulagée de m'entendre confirmer ses soupçons.

– Certains chevaux aiment être gardés en enclos. Ils aiment appartenir à quelqu'un, brouter l'herbe de la terre qu'ils connaissent. Ils n'ont pas le désir de s'aventurer en dehors.

Je repense soudain à toutes les discussions que nous avons eues, tard le soir sur la berge de la rivière, pleines de rêves et de feux d'artifice. Je vois maintenant ce que je ne voyais pas à dix-sept ans : l'enthousiasme de Jenny était toujours pour *moi*, jamais pour nous, car son cœur était ancré ici, dans cette petite ville avec ses habitants si chaleureux. Elle n'était pas en quête d'autre chose… alors que moi… j'étais déjà loin.

– Tu sais, dit Mamie, il est important pour une femme de ne pas se sentir comme la vilaine sœur, le choix par défaut. C'est une rancœur qui ne s'apaisera jamais.

Je cligne plusieurs fois des yeux.

– Comment vous…

– Ce n'est pas parce que je perds la vue que je suis aveugle.

Lorsque je ferme les yeux, c'est le visage de Sofia que je vois. Son sourire, son rire éclatant, ses lèvres pulpeuses, ses bras qui serrent si fort…

Et merde. Je pourrais passer ma vie avec elle.

– J'ai tout foutu en l'air, M'dame. *Tout.* C'est une catastrophe.

– Dans ce cas, va y remédier, rétorque-t-elle. C'est ce que font les hommes. Ils réparent les choses.

– Mais je ne sais pas par où commencer. Et avant que vous disiez « Au début », sachez que nous avons déjà commencé. Comment je suis censé lui montrer qu'il n'y a toujours eu qu'elle, alors que tout ce que j'ai dit, tout ce que j'ai fait, a prouvé le contraire ?

Mamie esquisse un petit sourire mesquin.

– Tu sais, garçon, mon Henry, paix à son âme, n'était pas bricoleur. Un jour, il a acheté une cabane de jardin pour y ranger mes outils. Il y avait des instructions en dix langues. Henry l'a montée, et c'était la chose la plus pitoyable que j'aie jamais vue. Les murs étaient penchés, la porte était à l'envers… Alors il l'a démontée pièce par pièce avant de tout recommencer. Il lui a fallu du temps, mais cela en valait la peine, car finalement, cette petite cabane était parfaite. Tu dois repartir de zéro toi aussi.

Je pense à Washington, à tout ce que j'ai envie de faire pour elle, à tout ce que je veux lui dire, lui montrer. Cependant, je vais devoir attendre après le mariage, pour que tout soit réglé avec Jenn. De cette façon, Sofia verra que j'ai tourné la page et que la connexion que j'ai avec Jenny ne diminue en rien celle que j'ai avec elle. Pour qu'elle n'ait plus de doute, pour qu'elle me croie.

– Mais surtout ne va pas dire à qui que ce soit ce dont on a parlé, gronde Mamie. C'est privé. J'ai une réputation à entretenir.

J'éclate de rire tandis qu'elle désigne la porte.

– Va-t'en, maintenant. Amène-moi ma fille avant qu'elle ne défonce la porte.

Je me penche pour embrasser Mamie sur la joue.

– Merci, M'dame.

– Je t'en prie, garçon.

◆◆◆

De retour dans la salle d'attente, je fais signe à June d'y aller, puis je réponds au regard inquisiteur de Jenny.

– Elle va bien. Ne t'en fais pas. Cette femme est tout simplement trop méchante pour mourir.

Jenny rit, soulagée. Je lui dis que je vais ramener Presley chez mes parents pour la nuit et, mon bras autour de Sofia, nous partons tous les trois.

22

Sofia

Vendredi matin, je suis tirée de mon sommeil profond par un rayon de soleil sur mon visage… et par quelque chose qui me chatouille le nez. J'ouvre les yeux… et je vois le sourire de Brent Mason.

– Allez, debout mon petit cupcake !

– Aaah ! je m'exclame en reculant brusquement la tête et en me cognant au front de Stanton.

Presley est rentrée avec nous hier soir et il l'a couchée dans le lit de Carter, puis nous nous sommes tous les deux endormis dès que nos têtes ont touché l'oreiller.

Que fout Brent ici ? Dans la chambre de Stanton ? Dans le fin fond du Mississippi ?

Stanton me tire contre lui et pousse ma tête dans l'oreiller.

– C'est un cauchemar, marmonne-t-il. Rendors-toi et ils s'en iront…

Je m'assois dans le lit et Jake Becker me salue de la main, assis dans un fauteuil dans un coin de la pièce.

– Qu'est-ce que vous foutez là ? Mais surtout, où est mon chien ?

Brent inspecte les trophées de foot de Stanton.

– Sherman va très bien, il est avec Harrison, c'est son nouveau meilleur ami.

Harrison est le majordome de Brent. C'est un jeune homme de vingt et un ans, adorablement coincé, qui descend d'une longue lignée de majordomes. Une des missions de Brent est de faire en sorte que Harrison se comporte comme un jeune adulte normal – rien qu'une fois.

– Mais pourquoi êtes-vous ici ? je demande d'une voix rauque.

Brent hoche les épaules.

– Je suis allé à Milan, Paris, Rome, mais jamais sur la côte du Golfe. J'ai voulu voir la ville natale de Shaw, élargir mon horizon. Jake était déjà venu et il connaissait le chemin. Puis vous nous manquiez, les amis, le bureau est vide, sans vous. Ça avait l'air tellement bien quand tu en parlais au téléphone que j'ai voulu voir par moi-même de quoi il retourne.

Cependant, Jake nous donne la véritable raison.

– Les parents de Brent venaient à Washington pour le week-end. Il a déguerpi aussi vite que possible.

Brent regarde Jake en grimaçant.

– Ne me juge pas, ma mère est une femme effrayante.

– Elle mesure un mètre quarante pour quarante kilos et elle ne parle jamais plus fort qu'un murmure, se moque Jake. *Terrifiante*, ouais.

– Deux de mes cousins viennent d'annoncer leurs fiançailles et un troisième a envoyé un faire-part de naissance. Ma mère venait avec une liste de débutantes qu'elle veut me faire rencontrer, et elle aurait refusé de partir tant que je n'en aurais pas choisi une. C'était au-dessus de mes forces.

– En parlant de mères, dit Jake en se levant, Maman Shaw nous a envoyés vous chercher pour le petit déjeuner, mais tu devrais peut-être enfiler un futal, mec, dit-il en jetant un jean à Stanton.

J'avoue être ravie d'avoir mis un pantalon de pyjama en me couchant hier soir.

– Comment se passe l'Opération Destruction du Mariage ? demande Brent tandis que nous sortons du lit.

– Eh bien, il y a eu une tornade hier, donc ça devrait ralentir les choses, je réponds d'une voix faussement légère.

Stanton se frotte le visage.

– Non, ce ne sera pas le cas.

– Ah bon ? Tu ne crois pas ? je demande, sincèrement surprise.

– S'il y a une chose que savent bien faire les citoyens de Sunshine, c'est tirer le meilleur des maigres ressources qu'ils ont, explique-t-il en enfilant un tee-shirt.

◆◆◆

Nous racontons la tornade à Jake et Brent alors que nous nous rendons à la maison. Dans la cuisine, la mère de Stanton finit de tout préparer, tandis que Marshall enfourne des céréales dans sa bouche tout en criant à sa sœur de se dépêcher. Monsieur Shaw est parti depuis plusieurs heures pour évaluer les dégâts causés par la tempête. Je ferme les yeux en buvant ma première gorgée de café. Brent commente la beauté du ranch et remercie madame Shaw pour son hospitalité, et bientôt Jake raconte les étés qu'il passait ici avec Stanton, lorsqu'ils étaient en fac de droit.

Mary descend enfin, au grand soulagement de son frère, vêtue d'une jupe beige et d'un débardeur rose. Elle nous salue, Stanton, Jake et moi, et son regard s'illumine en voyant Brent.

– Pourquoi n'ai-je pas été présentée à ce merveilleux spécimen masculin ? demande-t-elle en lui tendant la main. Je suis Mary Louise… et toi ?

Brent avale son biscuit et lui serre la main.

– Brent Mason, c'est un plaisir de te rencontrer.

Mary s'assoit sur la chaise libre à côté de lui et marmonne :

– Ça, je n'en doute pas.

Il me regarde d'un air inquisiteur, mais je ne peux que hausser les épaules.

– Tu travailles avec mon frère ? demande Mary.

– Tout à fait.

– C'est follement intéressant, ça, soupire-t-elle en posant son menton sur sa main. Tu es stagiaire ?

Brent se racle la gorge.

– Non… je suis avocat. Un vieil avocat ennuyeux. Très vieux, ajoute-t-il tandis qu'elle s'évertue à le dévisager amoureusement.

– Je préférerais vraiment que vous restiez ici avec nous, râle madame Shaw lorsqu'elle s'assoit enfin pour manger. Vous ne devriez pas rester à l'hôtel.

– Brent peut dormir dans ma chambre, dit Mary avant de rire lorsque sa mère la fusille du regard. Je *plaisante* !

Cependant, elle tourne la tête vers Brent et articule en silence « *Pas du tout* ».

Je me couvre la bouche pour cacher mon sourire en voyant le regard horrifié de mon ami. Cependant, personne ne semble l'avoir vu à part moi : Jake est concentré sur son assiette tandis que Stanton… a les yeux rivés sur sa tasse de café.

– Merci, madame Shaw, mais l'hôtel est très bien.

Mary se recule dans sa chaise et sa main disparaît sous la table. Dix secondes plus tard, Brent sursaute comme s'il venait d'être électrocuté.

– Whaou !

Tous les regards se posent sur lui pendant que Mary bat des cils innocemment.

– C'est quoi ton problème ? demande Jake.

– Je… j'ai juste hâte de visiter le ranch ! Allons-y ! s'écrie-t-il.

J'apporte mon assiette et mes couverts à l'évier et nous filons tous les quatre vers la porte.

– Salut, Brent ! chante Mary.

Brent lui fait un signe de la main et se rapproche de moi.

– C'est décidé, je me laisse pousser la barbe ! chuchote-t-il.

◆◆◆

Nous passons le reste de la matinée à faire visiter le ranch à Jake et à Brent. Stanton est silencieux, pensif.

Plus tard dans l'après-midi, alors que les garçons sont partis aider le père de Stanton à nettoyer les champs, madame Shaw m'annonce que tout le monde va dans le seul pub de la ville, ce soir, et que je devrais aller me préparer. Le soleil se couche lorsque je sors de la salle de bain, vêtue de ma robe rouge préférée, et je trouve Stanton dans ma chambre. Seul. Il me regarde comme si c'était la première fois qu'il me voyait, suffisamment longtemps pour qu'une nuée de papillons s'envole dans mon ventre.

– Tu es magnifique, dit-il d'une voix grave.

C'est un compliment simple, mais venant de lui, c'est la plus belle chose que l'on m'ait jamais dite.

Le pub est petit, avec du parquet au sol, un bar en chêne massif, quelques tables éparpillées, et deux tables de billard dans la salle du fond. À table, Jake et Ruby sont morts de rire pour je ne sais quelle raison et Brent a l'air plus détendu maintenant qu'il n'a pas à éviter les mains baladeuses de Mary.

Je me lève de table pour aller aux toilettes et lorsque j'en sors, je m'arrête net. Je vois Stanton se lever et aller au jukebox, puis il y enfourne une poignée de pièces. Des notes de piano prennent le dessus sur le brouhaha qui emplit le bar tandis qu'il va à la table de Jenny et JD. Je le vois parler, et JD hoche la tête avant de lui serrer la main. Jenny se lève, et ensemble, main dans la main, Stanton et elle se dirigent sur la piste de danse.

Je le regarde prendre Jenny dans ses bras, ces bras musclés qui m'ont serrée et réchauffée tant de fois. Ces bras auxquels je me suis agrippée des centaines de fois dans le plaisir et la passion. Il l'attire contre lui, contre ce torse sur lequel j'ai posé ma joue, hier soir à peine, bercée par le sommeil et les battements de son cœur. Ensemble, ils se balancent en musique.

Je ne sens pas les larmes monter, mais soudain j'y vois flou et je les sens couler sur mes joues. Ma gorge se ferme et une douleur vive s'empare de ma poitrine. *Je n'ai plus la force.* Je le sais, à présent. Je ne peux pas rester là, à feindre de l'aider à se battre pour elle, car je veux qu'il se batte pour moi. Je veux qu'il me veuille, pas comme amie, ni comme amante. Je veux qu'il me veuille *pour toujours*. De la même façon qu'il la désire.

Jenny lève la tête et plonge son regard dans le sien. Ils discutent et leurs visages sont pleins de tendresse. Heureusement que je n'entends pas ce qu'ils disent. Il lève la main pour lui caresser la joue et je ferme les yeux pour ne pas voir.

La seconde d'après je marche vers la porte, poussée par mon instinct de survie. Dehors, l'air est lourd et humide et j'en avale autant que je peux, croisant les bras sur ma poitrine pour m'apporter du réconfort.

– Sofia ?

Brent arrive derrière moi et je me tourne pour le regarder sans chercher à cacher ma tristesse. Non, ce n'est pas un terme assez fort : mon *désespoir* semble plus approprié. J'ai l'impression d'être un immeuble sur le point de s'écrouler. Les fondations que j'ai construites et les piliers que j'ai érigés pour m'aider à me tenir droite sont en train de s'effondrer sous mes pieds, sous le regard de Brent.

Il penche la tête sur le côté, compatissant, mais pas surpris le moins du monde. Il s'assoit sur le banc devant le pub et tapote ses cuisses.

– On dirait que quelqu'un a besoin d'un câlin. Allez viens, raconte-moi tout.

Je m'assois sur ses genoux sans gêne.

– Il ne danse jamais.

Brent hoche la tête, attendant que je poursuive.

– Mais il est en train de danser avec elle.

– Cela semble ridicule, dis-je à voix haute, mais je m'en fiche. Mon bouclier est tombé, je n'ai plus envie d'être forte. Je pensais que je m'étais protégée. Je ne pensais pas que cela ne me suffirait pas et que je voudrais *plus*. Je ne suis qu'une idiote.

Un petit rire grave résonne dans sa poitrine.

– Tu n'es pas idiote, ma puce. Je dirais plutôt ça du cow-boy aveugle qui te fait pleurer.

Je lève la tête et plonge mon regard dans les yeux bleus de Brent. Il m'a toujours fait penser à Tomás, mon frère. Ils ont tous deux cette attitude réconfortante qui donne l'impression que rien ne peut les déstabiliser.

– Comment peut-il ne pas savoir ? je demande. Pourquoi ne voit-il pas à quel point c'est difficile pour moi ?

Brent enlève les cheveux de mes épaules.

– À vrai dire, tu es une très bonne comédienne, Sofia. Et… parfois, les mecs n'arrivent pas à lire entre les lignes. Ils ne détectent pas tous les non-dits. Parfois on a besoin qu'on nous dise clairement les choses.

Brent me tient dans ses bras quelques minutes et j'absorbe son calme. Je passe mes index sous mes yeux pour essuyer le mascara qui coule et qui me donne sans doute l'air d'un raton laveur.

– Sof ? dit une voix angoissée derrière nous.

Je l'entends approcher mais je ne me tourne pas.

– Qu'est-ce qu'il y a ? Qu'est-ce qu'il s'est passé ?

Je déteste l'admettre, mais c'est agréable d'avoir toute l'attention de Stanton, d'entendre son inquiétude, et de savoir, au fond de moi, qu'il remuerait ciel et terre pour me défendre. Cependant, si cela me satisfaisait avant, cela ne fait qu'accentuer tout ce qu'il ne me donne pas.

Je me ressaisis du mieux que je peux et je me lève pour lui faire face. Stanton tend la main pour me toucher mais je recule.

– Je vais bien.

– Je vois bien que non. Qu'est-ce qu'il s'est passé ?

– Je ne me sens pas bien, je dis en secouant la tête. Je veux rentrer à la maison.

– D'accord, je vais…

Je recule davantage et me cogne contre le banc.

– Non. Pas toi.

L'idée d'être enfermée dans un espace réduit avec lui me terrorise. J'ai besoin de temps pour me calmer, pour ne pas être réduite à une masse dégoulinante d'amour, accrochée à sa jambe, le suppliant de m'aimer en retour.

Pas très séduisant, n'est-ce pas ?

– Mais…

Il a vraiment l'air confus.

– Je vais la raccompagner, intervient Jenny.

Nous nous tournons tous vers la voix de femme. Jenny est à la porte, blonde, petite, parfaite, aux côtés de son fiancé, je ne savais pas que j'avais attiré toute une foule. Elle a beau ne pas être la personne que je préfére au monde, je l'accepte.

– Merci.

Je passe devant Stanton sans un regard et je suis Jenny qui fouille dans son sac à la recherche de ses clés, tout en marchant d'un pas rapide.

– Eh ! Attendez une minute ! s'écrie Stanton en nous suivant.

– Retourne au bar, Stanton, crie Jenny. Bois une bière avec JD et parlez-vous de comment vous allez empêcher ton frère de se désaper, au moins cette fois-ci.

Elle baisse d'un ton et s'adresse ensuite à moi sur un ton de conspiration.

– Carter a tendance à avoir chaud lorsqu'il boit, et sa tendance nudiste ressort. Je suis prête à parier que cet abruti sera cul nu avant minuit.

Elle appuie sur un bouton pour déverrouiller les portes du pick-up noir et je m'installe sur le siège passager aussi vite qu'une ado fuyant un fou avec une machette. Le moteur ronronne et, lorsqu'elle allume les feux, nous découvrons Stanton Shaw devant nous, les mains sur le capot, nous barrant la route.

Jenny ouvre la fenêtre.

– Mec, si tu ne bouges pas, je vais t'écraser. Je ne te tuerai pas, mais tu seras moins persuasif dans un tribunal si tu boites avec des béquilles.

Sans que ses mains ne quittent le capot, il fait le tour jusqu'à sa vitre. Quant à moi, je garde les yeux droit devant, mais je sens son regard sur moi.

– Sofia, supplie-t-il d'une voix ferme. Sofia, regarde-moi, bon sang !

Jenny se penche en avant pour lui bloquer la vue.

– Laisse-la, Stanton. Parfois les femmes ont besoin d'être entre elles. Laisse-lui un peu d'espace.

Du coin de l'œil, je la vois lui tapoter le bras et, au bout de quelques secondes, ses mains lâchent le pick-up. Elle ne lui laisse pas le temps de changer d'avis car elle démarre en trombe et nous sortons du parking.

◆◆◆

En dehors de mes reniflements occasionnels, nous roulons en silence sur les routes désertes. Je ne sais pas ce que je suis censée penser de la femme qui est à côté de moi. D'une manière, elle est ma rivale. Je suis habituée à la compétition, c'est une situation que je connais tous les jours, au tribunal, au bureau… Parfois je suis meilleure que mes rivaux, parfois je dois me surpasser pour battre ceux qui sont mes égaux.

La différence, dans le cas présent, c'est que j'aime bien Jenny. Dans d'autres circonstances, nous aurions pu être amies. Elle est intelligente et drôle. Je comprends pourquoi Stanton l'aime.

La partie de moi qui est son amie et qui veut qu'il soit heureux ne veut pas qu'elle épouse JD. Cependant, l'autre partie, celle qui aime Stanton, veut arracher les yeux de Jenny, souhaite qu'elle disparaisse, ou mieux encore, qu'elle n'ait jamais existé.

– Depuis combien de temps es-tu amoureuse de lui ?

La question est posée doucement, comme un pédiatre parlerait aux parents d'un enfant malade.

– Depuis le début, je crois. Mais… je ne me l'admettais pas. Je pensais que c'était simplement une attirance physique… une amitié. Mais maintenant… je comprends que cela a toujours été… plus.

– Je crois que tous les hommes du Mississippi sont comme ça, ils ont ce charme du Sud, c'est naturel. Mais Stanton… est encore plus renversant. Il est brillant, il travaille dur, il est beau, et il baise comme un Dieu.

Je m'étouffe en éclatant de rire et Jenny rit aussi.

– Ma mère me collerait une gifle si elle m'entendait parler comme ça, mais c'est la vérité, dit-elle alors que nos rires s'apaisent. Il faudrait être folle pour ne pas tomber amoureuse de cet homme, ajoute-t-elle en me regardant. Et tu n'es pas folle, Sofia.

Je continue de la regarder alors qu'elle se concentre sur la route.

– Comment as-tu fait ? Pour cesser de l'aimer ?

Ces derniers jours ont été une véritable torture. Chaque preuve de son affection pour elle me faisait l'effet d'un coup de fouet. J'ai vu la tendresse dans son regard, son désir d'être avec elle et cela me coupait le souffle chaque fois, comme un électrochoc. Le sexe avec Stanton est époustouflant ; travailler avec lui est un privilège. Or l'aimer est une torture.

– Je ne crois pas que j'ai cessé, en fait. C'est juste que… mon amour s'est transformé. Il est devenu moins fou. Quand on est jeune, on aime les feux d'artifice parce qu'ils sont bruyants, lumineux et excitants. Or, en grandissant, on se rend compte que si la flamme d'une bougie est moins exaltante, son reflet sur tout ce qui l'entoure est encore plus beau. On se rend compte qu'un feu de cheminée peut être tout aussi excitant, et que c'est encore mieux car il tient chaud toute la nuit. Stanton était mon feu d'artifice… JD est mon feu de cheminée.

– Mais Stanton est amoureux de toi.

Elle me regarde du coin de l'œil.

– Tu le penses vraiment ?

– Peu importe ce que je pense. C'est ce qu'il croit qui compte vraiment.

Elle secoue la tête.

– Tu devrais lui parler, lui dire ce que tu ressens.

C'est facile à dire, pour elle. Elle habite à l'autre bout du pays. Moi je vais devoir le voir tous les jours au bureau. Pour l'instant, j'ai son amitié, son admiration, son respect, je ne suis pas sûre de pouvoir supporter sa pitié.

Jenny fait le tour de la maison et s'arrête devant la grange. Je me tourne vers elle avant de sortir.

– C'était un plaisir de te rencontrer, Jenny. Ta fille est merveilleuse, et j'espère… j'espère vraiment que ton mariage sera parfait.

Elle penche la tête sur le côté.

– Tu ne seras pas là pour la cérémonie, n'est-ce pas ?

Je secoue la tête.

– Dans ce cas… j'espère que tu reviendras un jour, Sofia. Et que ce jour-là, ce sera avec le sourire.

Elle me prend dans ses bras et me serre contre elle. C'est un câlin chaleureux et gentil, et avant tout, c'est sincère.

◆◆◆

Je ne pensais pas mettre autant de temps à faire mes bagages. Bon sang, *pourquoi* j'ai pris autant d'affaires ? Trois des valises sont pleines, plus que deux à remplir. Je prends mes derniers tee-shirts dans la commode et je me tourne pour les mettre dans ma valise lorsque je sursaute.

– Tu pars ? dit Stanton d'une voix rauque et angoissée.

Est-ce que je pensais vraiment pouvoir partir sans l'affronter ? Sans lui parler ?

Je ne le regarde pas, car je sais que je m'effondrerais. J'ai besoin de temps, de distance.

– Il faut que je rentre. J'ai pris beaucoup de retard, j'ai du boulot à rattraper…

Il se met devant moi. Je garde les yeux rivés sur son torse, le regardant se soulever sous son tee-shirt.

– Tu ne vas nulle part tant que tu ne m'as pas parlé, dit-il en prenant les vêtements que j'ai dans la main.

Je ferme les yeux en sentant mon pouls accélérer dangereusement.

– Qu'est-ce qu'il s'est passé, Sofia ?

Ma tête se lève contre ma volonté et nos regards se trouvent. Le sien est plein d'inquiétude et de confusion… mais aussi d'affection et de tendresse. Cependant, cela ne suffit pas.

– Qu'est-ce qu'il s'est passé ? Je suis tombée amoureuse de toi, Stanton, je chuchote alors que tous mes sentiments se logent dans ma gorge comme une arête avalée de travers. J'aime tout chez toi. J'aime te regarder au tribunal, ta façon de parler, de te déplacer. J'aime la façon dont tu te mords la lèvre lorsque tu cherches tes mots. J'aime ta voix, tes mains et leur façon de me toucher. J'aime… la manière dont tu regardes ta fille, ta manière de dire son prénom.

Je finis à peine de parler que ma voix craque et que je fonds en larmes.

– Non, bébé, ne pleure pas, supplie-t-il.

Il lève les mains pour prendre mon visage mais je fais un pas en arrière, craignant que son toucher ne m'anéantisse pour de bon.

– Je sais que tu ne ressens pas la même chose, je m'empresse de dire. Et j'ai essayé de l'ignorer, de repousser mes sentiments. Mais c'était trop douloureux de te voir avec…

Il baisse la tête.

– Sofia, je suis désolé… laisse-moi…

Je secoue la tête et ferme fort les yeux.

– Ne sois pas désolé, ce n'est pas ta faute. Il faut juste que… je m'en remette. Et j'y arriverai. Mais je ne peux pas… on ne peut pas continuer comme ça, Stanton. Je sais que tu vas souffrir à cause de Jenny… Mais…

– Ce n'est pas ce que j'ai voulu dire ! Ralentis, s'il te plaît. *Écoute-moi*, supplie-t-il.

Cependant, si je l'écoute, je n'arriverai jamais à dire tout ce que j'ai sur le cœur. Il ne comprendra jamais, et j'étais sincère en disant que je ne voulais pas le perdre.

– On sera de nouveau amis. Ça ne changera rien. On peut revenir à…

Je ne finis jamais ma phrase, car sa bouche s'empare de la mienne. Il prend mon visage et m'attire à lui, me touchant comme jamais auparavant, désespérément, comme s'il allait mourir s'il me lâchait.

Je laisse son désir pour moi m'engloutir, me noyer tandis qu'il promène ses doigts partout sur moi, enflammant ma peau au point d'y laisser une cicatrice. Si seulement c'était le cas… Je voudrais une marque pour m'en souvenir, une preuve que j'étais là et que nous avons bien ressenti cette passion. Que même si cela n'a duré qu'un instant… nous étions bien réels.

Il se tourne et nous tombons sur le lit. Il est sur moi, son poids m'enfonçant dans le matelas tandis qu'il me déshabille comme si mes vêtements étaient en feu.

Ce n'est pas intelligent. Je sais que je vais souffrir demain matin, mais je ne dis pas non. Je *veux* cette dernière fois.

Son souffle, ses lèvres sur ma peau, ses gémissements, ses baisers mouillés, ce sont des souvenirs auxquels je m'accrocherai à jamais, car ce seront les derniers.

23

Stanton

On parle toujours du calme qui règne à la campagne, or ce n'est pas tout à fait vrai. La cacophonie commence au crépuscule : le bruit des criquets, des moustiques, des sauterelles et des rongeurs est plus fort qu'on ne l'imagine. À l'aube, ce sont les aboiements, les cigales, les piétinements de sabots et les sonates des passereaux.

Ce sont les oiseaux qui me tirent d'un sommeil profond, celui d'un homme qui est en paix avec sa décision, et je sais qu'elle est partie avant même d'avoir ouvert les yeux. Je sens l'espace vide à côté de moi, l'absence de son odeur de shampoing et de gardénia, de Sofia. Je m'assois brusquement dans le lit en balayant la pièce du regard.

Ses bagages ont disparu. Le jean qui traînait sur le bureau aussi, tout comme sa petite robe rouge qui était par terre.

Merde.

Comment j'ai pu m'endormir sans lui avoir parlé ? Sans lui avoir dit…

Putain de merde!

J'enfile un jean et je cours dehors, sans tee-shirt, pieds nus. J'arrive dans la maison, espérant que…

Lorsque j'entre, la seule personne présente est Brent, une tasse de café et un muffin à la main.

– Où est-elle ? je grogne, furieux contre moi-même mais prêt à me défouler sur lui s'il le faut.

Il avale sa bouchée en me regardant de manière distante.

– Elle a appelé l'hôtel à quatre heures, ce matin. Elle a demandé si on pouvait la conduire à l'aéroport. Jake ne voulait pas la laisser rentrer seule alors il a changé son billet et il est parti avec elle.

Je me sens vide. Bon sang, j'ai tout raté.

C'est alors que je réalise quelque chose.

– Sofia ne prend pas l'avion.

– Eh bien elle devait être vraiment pressée de partir, parce qu'elle a pris l'avion ce matin, dit-il en me regardant avec pitié.

Je me laisse tomber sur une chaise, mon cerveau tournant à mille à l'heure, cherchant des moyens de la traquer et de la ligoter si besoin.

– Pourquoi tu ne m'as pas réveillé ?

– Elle nous a demandé de ne pas le faire. Elle a dit qu'il fallait qu'elle se ressaisisse et elle nous a promis que, lorsqu'on rentrerait, tout serait redevenu normal. Je suis désolé, Stanton.

– Mais je ne veux pas que les choses redeviennent normales, putain ! je m'exclame en frappant du poing sur la table.

Il gratte sa nouvelle barbe.

– Je ne suis pas thérapeute de couple, mais… tu aurais peut-être dû le lui dire, tu ne crois pas ?

Il arrive un moment dans la vie de chaque homme où il se regarde longuement dans le miroir et où il admet qu'il s'est comporté comme un enfoiré, un petit con égocentrique. Je ne sais pas si c'est le cas pour les femmes, mais si vous avez une bite, c'est inévitable. Même les hommes bons et courageux, les puissants de ce monde, les scientifiques ou les prix Nobel ont quelque chose d'égoïste en eux : un trou noir enfantin et capricieux qui n'est jamais satisfait. *Regarde-moi, écoute-moi*, dit-il. Il veut ce qu'il ne peut pas obtenir, en plus de tout ce qui est à sa portée. Il sait que le monde ne tourne pas autour de lui, mais cela ne l'empêche pas de défier les lois de la physique pour y remédier.

C'est donc mon moment *connard*, abandonné par la femme que j'aime, cette femme terriblement belle sans qui je n'ai pas l'intention de vivre. Le pire, c'est que je vois ce qui n'a pas fonctionné, toutes les erreurs que j'ai commises, tous les mauvais choix que j'ai faits. Si j'avais eu la présence d'esprit de prendre du recul et d'évaluer la situation d'un point de vue extérieur, rien de tout cela ne serait arrivé. Cependant, j'étais profondément enfoui dans ce trou noir, avec moi et seulement moi pour compagnie.

Brent s'essuie la bouche et se lève.

– Quoi qu'il en soit, il est neuf heures trente et le mariage commence dans deux heures. Il faut que je rentre à l'hôtel pour me changer. JD m'a invité, hier soir, c'est un chic type !

– Ouais, JD est un saint.

C'est alors que je remarque à quel point la maison est silencieuse, ce qui n'est jamais le cas.

– Où est tout le monde ?

– Ta mère est chez la coiffeuse, ton père fait la sieste – ce qui n'arrive presque jamais, m'a-t-on dit –, Carter est profondément endormi sur le canapé du salon, à poil, et ton petit frère n'est pas encore rentré. Ah, et ta sœur, Mary ? Elle me file la chair de poule, mec. Si je disparais, ce soir, promets-moi que le premier endroit où tu regarderas sera le placard de sa chambre et sous son lit.

J'éclate de rire et je me force à enfouir mes sentiments, ma panique, mon manque. Je ravale tout. Parce qu'aujourd'hui, ma nana se marie.

◆◆◆

L'église est pleine à craquer. Mademoiselle Béa joue la *Marche nuptiale* de Mendelssohn sur le vieil orgue, Presley jette des pétales de rose dans la nef, et Jenny… Jenny est sublime, comme je m'y attendais. Je regarde le visage de JD tandis qu'elle entre dans l'église, il est plein de gratitude, d'émerveillement, d'amour.

Cela ne me donne pas envie de le taper, même pas un peu. Et cela ne me rend pas triste. J'ai simplement l'impression… que tout est rentré dans l'ordre.

La réception se déroule dehors, derrière l'église, sous des tentes blanches décorées de façon élégante avec des tables de pique-nique et des chaises pliantes couvertes de coussins. L'herbe est aussi verte que dans les prairies de mon père et le ciel presque aussi bleu que les yeux de ma fille. Toute la ville est là, des gens qui me connaissaient déjà avant que je ne sois né. Brent discute avec le pasteur Thompson, Marshall est appuyé contre un arbre, essayant d'avoir l'air cool tandis qu'il parle à une fille, et Mary est entourée d'un groupe de copines qui gloussent en chuchotant. Carter est sur la pelouse, prêchant à un groupe d'adolescents aux visages émerveillés, qui le regardent comme s'il était le Christ en personne. Mes parents dansent sur la piste.

La seule personne qui manque… c'est *elle*.

Sofia…

J'ai essayé de l'appeler plusieurs fois mais je tombe directement sur sa messagerie. Je me dis qu'elle a dû oublier de rallumer son téléphone après avoir atterri, même si je n'arrive pas à m'en persuader moi-même – *moi*, le *Charmeur de jurys*.

– Je t'ai réservé une danse, tu es partant ?

Jenny est à mes côtés, toute souriante.

– Tu es sublime, je dis alors que nous commençons à danser.

– Je sais, dit-elle en battant des cils.

Nous rions tous les deux.

– Sofia est repartie à Washington ? demande-t-elle sérieusement.

Je hoche la tête.

– Je l'aime bien, Stanton. J'espère que tu ne vas pas la laisser filer.

– Je n'en ai pas l'intention, non. Mais elle ne le sait pas encore.

Je plonge mon regard dans ses yeux bleus et je la serre contre moi, ma tendre amie.

– Je suis content que tu n'aies pas laissé s'échapper JD. Tu mérites que quelqu'un te regarde comme il te regarde.

Elle passe sa main dans mes cheveux.

– Tu le mérites aussi.

Elle regarde par-dessus mon épaule un instant puis son regard revient sur moi.

– Tu te souviens de l'autre jour, au bord de la rivière ? Quand tu as dit que Presley et moi sommes ta famille ?

– Ouais.

– On le sera toujours, dit-elle les yeux brillants.

Mon cœur se réchauffe, une chaleur réconfortante et tendre, tandis que la voix de Presley nous atteint. Nous regardons tous deux notre adorable petite fille qui rit aux éclats.

– On s'en est bien sortis, hein, Stanton ?

– Jenn, on s'en est *merveilleusement bien* sortis, je réponds d'une voix rauque. Il suffit de la regarder pour le savoir.

Pendant un moment, c'est ce que nous faisons. Intimement liés par nos souvenirs et par l'amour éternel que nous avons pour cette même petite personne.

– Si je pouvais revenir en arrière et tout recommencer avec toi, je le ferais, Stanton. Je ne changerais rien.

Je plonge mon regard dans le sien et je l'embrasse sur le front.

– Mon non plus, Jenn. Je ne changerais rien du tout.

Et c'est ainsi que Jenny et moi nous nous sommes dit adieu.

◆◆◆

Un peu plus tard, Presley et moi sommes assis sur un banc en bois, regardant la fête suivre son cours.

– Et après, quand l'école sera finie, tu viendras à Washington pour l'été.

– Pour tout l'été, hein ? Tu as promis !

– Oui, pour tout l'été. Tu as ma parole.

– Est-ce que Miss Sofia sera là ?

– Oui.

Ma fille me regarde du coin de l'œil.

– Tu as tout fait cafouiller avec elle, Papa ?

– Un peu, oui, mais je vais arranger ça.

– Tant mieux, dit-elle fermement.

Un petit garçon blond, en chemise bleue avec une cravate grise, l'appelle, à quelques mètres de nous.

– Eh, Presley ! On va jouer à la rivière, tu viens ?

– J'arrive ! répond-elle.

– C'était pas Ethan Fortenbury, lui ? je demande en fronçant les sourcils.

– Si.

– Je croyais que c'était un fion de cheval ?

– Eh ben, soupire-t-elle, il s'est excusé d'avoir dit que j'avais des mains de garçon. Il m'a dit qu'il avait dit ça parce que son frère l'avait défié.

Mince, cette histoire m'en rappelle une autre.

– Les grands frères peuvent être pénibles, ma chérie.

Elle sourit timidement.

– Il me trouve jolie. Et il aime ma façon de jouer au football.

Et merde.

– Alors il a une bonne vue.

– Ouais, répond-elle.

Elle se lève et lisse sa robe en satin bleu.

– Eh, ma puce, tu peux me promettre quelque chose ? je demande avant qu'elle ne parte en courant.

– Bien sûr.

– Tu peux m'accorder quelques années avant de me donner des cheveux blancs ?

Elle rit et m'embrasse sur la joue.

– D'accord, Papa, promis.

Elle s'en va en sautillant et je la regarde partir en secouant la tête.

Enfoiré d'Ethan Fortenbury. Merde, merde, et merde.

24

Stanton

Brent et moi rentrons à Washington en un temps record. J'ai poussé ma Porsche jusqu'à ses limites et elle ne m'a pas déçu. J'ai refusé de m'arrêter pour dormir la nuit, donc un de nous a dormi dans le siège passager tandis que l'autre conduisait. Pour deux hommes de plus d'un mètre quatre-vingts, on ne peut pas dire que dormir dans une Porsche soit propice à une bonne nuit de sommeil, mais Brent n'a pas râlé. Il savait que cela me tuait d'être aussi loin de Sofia, et il a mis *La Chevauchée des Walkyries* de Wagner en boucle pour nous aider à nous détendre.

Je me gare devant chez lui et je cours jusque chez Sofia, qui habite en bas de la rue. Alors que je me rapproche, je vois des cartons devant chez elle et des meubles sur le trottoir. Mon cœur bat plus fort. Est-ce qu'elle déménage ?

Je frappe fort à sa porte, trépignant d'impatience. Elle s'ouvre… et je suis face à un géant. Sérieusement : un mètre quatre-vingt-dix-huit, des épaules de nageur, les bras d'un boxeur professionnel… et une mine renfrognée.

– Qu'est-ce que vous voulez ?

J'ai l'impression d'avoir dix ans.

– Est-ce que Sofia est là ?

– Ça dépend, qui la demande ? rétorque-t-il en me regardant des pieds à la tête.

Je reconnaîtrais n'importe où ces yeux noisette.

– Tu es son frère, c'est ça ? Celui qui peut facilement me casser la gueule – le médecin.

Il ne hoche pas la tête, mais il ne me contredit pas non plus.

– Je suis… ta sœur et moi sommes…

Je refuse de dire que nous sommes amis, car nous sommes bien plus que cela. Ainsi, et pour la première fois de ma vie, je réponds en bégayant comme un abruti.

– Je suis son… on est… elle m'a beaucoup parlé de toi.

Il croise les bras, ce qui les fait grossir encore plus.

– Eh ben elle ne m'a rien dit sur toi.

Avant que je n'aie pu répondre, un autre type arrive à la porte – celui-ci est de taille plus normale. Un peu plus petit que moi, avec des cheveux bruns courts et épais, un sourire amical, et des yeux moqueurs, comme Sofia me l'a décrit.

– Victor, viens, le canapé ne va pas bouger tout seul, dit-il au géant avant de me remarquer. Salut.

Je lui tends la main, pressé de me présenter au frère dont Sofia est la plus proche.

– Stanton Shaw. Tu es Tomás, n'est-ce pas ?

Il me serre la main et son sourire s'étend.

– C'est ça. Comment tu vas, Stanton ? Entre, Sofia m'a parlé de toi.

Le géant fait un pas de côté pour me laisser passer.

– Et pourquoi elle ne m'a pas parlé de lui, à moi ?

– Parce que tu ne sais pas garder un secret. Personne ne te dit quoi que ce soit, dit Tomás en regardant son frère d'un air exaspéré.

Il me met une grosse tape dans le dos.

– Tu es venu te faire pardonner ?

Je ris, bien que de façon un peu nerveuse.

– Ouais, comment tu sais ?

– Je connais ma sœur.

– Pour quoi il doit se faire pardonner ? demande le géant.

– Peu importe, répond Tomás, du moment qu'il est là.

Nous entrons dans le salon, contournant et enjambant les cartons. J'ai l'impression que la tornade a frappé ici, plutôt qu'à Sunshine.

– Sofia trouvait qu'il fallait rafraîchir la déco, explique Tomás. Ça lui arrive quand elle est stressée, alors elle a rappelé les troupes, et nous voilà.

Dans la cuisine, je vois un autre brun avec des lunettes rondes à la John Lennon – Lucas, le troisième frère, je suppose. Près du canapé, un autre géant à la peau hâlée, mais aux cheveux poivre et sel. Le père de Sofia.

Je marche jusqu'à lui et lui tends la main.

– Bonjour, monsieur Santos, je suis Stanton Shaw. C'est un honneur de faire votre connaissance, je dis en cherchant les bons mots. Votre fille est une femme incroyable, Monsieur.

Il me dévisage un moment, puis il sourit et me serre la main.

– Ravi de vous rencontrer, monsieur Shaw.

Tous les regards se tournent vers la femme qui descend les escaliers. Elle est plus petite que je ne l'avais imaginé, avec des cheveux bruns coupés aux épaules et des traits qui me sont familiers. Elle me reconnaît et me fusille du regard. Apparemment, Tomás n'est pas le seul à qui Sofia s'est confiée.

Je m'approche en lui tendant la main.

– Madame Santon, c'est un plaisir de vous…

Elle regarde ma main avec dédain et me coupe la parole – en portugais.

– *Você é um homem estúpido que machucou a minha filha. Se eu tivesse meu caminho, eles nunca iria encontrar o seu corpo.*

Il semblerait que je sois un homme stupide et que si cela ne tenait qu'à elle, on ne retrouverait jamais mon corps.

Sympa.

Je secoue la tête.

– *Estou aqui para fazer isso direito. Sofia significa… tudo par mim.*

«Je suis ici pour arranger les choses, car Sofia est tout pour moi.» En tout cas, j'espère que c'est ce que j'ai dit.

Elle écarquille les yeux, surprise.

– Sofia m'apprend le portugais, j'explique en haussant les épaules. Et j'apprends vite.

Madame Santos sourit à contrecœur et elle penche la tête sur le côté avec un regard approbateur, puis elle fait un pas sur le côté.

– Elle est en haut, en train de repeindre sa chambre.

– Merci, Madame.

◆◆◆

J'entre dans la chambre sans faire de bruit. Sofia me tourne le dos, le regard rivé sur un carré de peinture fraîche sur le mur. J'en profite pour m'abreuver de sa silhouette, comme une plante qui n'a pas vu le soleil depuis un an. Ses cheveux sont attachés en queue-de-cheval et quelques mèches s'en sont échappées. J'admire ses épaules délicates qui se dessinent sous son tee-shirt rouge et la courbe élégante de ses fesses sous son legging noir.

– Qu'est-ce que tu en penses, Mamáe ? demande-t-elle sans se tourner. Je ne suis pas sûre d'aimer ce jaune. Il est plus terne que sur l'échantillon.

– On dirait de la pisse de chien, si tu veux mon avis.

Elle se tourne brusquement, les yeux écarquillés comme si elle voyait un fantôme.

– Stanton ! s'exclame-t-elle.

Elle prend quelques secondes pour se calmer et faire comme si de rien n'était.

– Tu es rentré quand ?

– Je viens d'arriver. J'ai déposé Brent et je suis tout de suite venu ici. Te retrouver.

À présent, je savoure Sofia de devant : ses lèvres, ses seins délicieux dans lesquels je veux nicher ma tête, les éclats verts de ses yeux.

Je hoche la tête en direction des pots de peinture.

– C'est quoi le délire ?

– Je refais la déco, j'avais envie d'un nouveau départ.

J'avance vers elle, n'ayant plus la patience de me retenir.

– Bon sang, tu m'as manqué, Sof. Ces deux derniers jours étaient interminables.

Elle regarde ses pieds.

– Je suis désolée d'avoir été comme ça, mais j'avais besoin de…

– *Non*, dis-je fermement en traversant le reste de la distance qui nous sépare. Tu as eu ton temps de parole, tu as fait ta plaidoirie, maintenant c'est à moi. Je lui donne une chaise pliante. Maintenant tu vas t'asseoir, et tu vas m'écouter.

Elle écarquille les yeux et, l'espace d'une seconde, je pense qu'elle va refuser, mais elle finit par m'obéir.

Je me tiens debout, devant elle.

– Ça a commencé au match de softball, quand Amsterdam n'a pas arrêté de te mater le cul.

– Stanton, je t'ai dit que…

– Chut, je rétorque en appuyant mon index sur ses lèvres. Quand j'ai voulu lui mettre une pêche parce qu'il te matait les fesses, c'est la première fois qu'il m'a semblé qu'il y avait… plus. Ce n'était pas à moi de lui dire de regarder ailleurs, mais j'en avais envie quand même.

Je passe ma main dans mes cheveux, essayant de lui expliquer de manière qu'elle comprenne.

– C'est la véritable raison pour laquelle je t'ai demandé de m'accompagner, même si je ne le comprenais pas à l'époque. Je ne voulais pas être loin de toi, ni risquer de te perdre si tu me remplaçais en mon absence. Et quand je t'ai vue, là, dans ma maison d'enfance, avec les gens qui comptent le plus pour moi… c'est devenu plus intense. J'avais envie d'être avec toi, j'avais besoin de toi et j'étais infiniment reconnaissant que tu sois là. Cependant, j'étais déconcerté à propos du mariage de Jenny, j'avais l'impression de devoir agir pour ne pas la perdre.

Sofia se penche légèrement en avant, suspendue à mes paroles. Son regard me fend le cœur tant il est empli d'espoir et de peur.

– Quand j'ai enfin fait le tri dans ma tête et que j'ai eu les couilles d'admettre à quel point je tenais à toi… c'était déjà trop tard. Je ne savais pas si tu ressentais la même chose. Je ne savais pas comment te le dire sans que tu aies l'impression d'être un plan B après le mariage de Jenny. Je ne voulais pas que tu aies cette impression, jamais. Jenny sera toujours mon amie, la mère de la petite fille à qui mon cœur appartient, mon premier amour. Mais toi, Sofia… je te promets que si tu m'y autorises… tu seras mon dernier.

Ses yeux magnifiques sont pleins de larmes qui dévalent bientôt le long de ses joues. Je m'accroupis devant elle et je passe ma main derrière ses épaules pour lui tenir la nuque.

– Et je suis tellement en colère contre toi. J'ai envie de m'asseoir sur ce lit, de te mettre cul nu et de te fesser jusqu'à ce que ton petit cul soit aussi rouge que ce mur en bas des escaliers.

– En… en colère ? sanglote-t-elle. Pourquoi ?

– Parce que tu m'as laissé te faire du mal ! Tu ne m'as rien dit ! Quand je pense à ce que ça a dû être pour toi… c'est affreux.

Je lui tiens le visage et j'essuie ses larmes avec mes pouces tandis qu'elle cligne des yeux en hoquetant.

– C'était une sacrée conclusion, Stanton.

– Je sais, je suis doué, dis-je en plongeant mon regard dans le sien. Alors… quel est le verdict ?

Elle passe sa main dans mes cheveux et me regarde tendrement.

– Le verdict est… non.

Je le savais. Je n'ai jamais douté de mon pouvoir de persuasion. J'étais *sûr* que si j'avais l'occasion de lui expliquer, elle… attendez – *quoi ?*

– Comment ça, *non* ? Tu ne peux pas dire non ! je dis alors que des gouttes de sueur perlent subitement sur mon front et que mon cœur bat la chamade.

– Je viens pourtant de le faire, dit-elle en haussant les épaules.

Mes mains se resserrent sur sa mâchoire.

– C'est quoi ce bordel, Sof ? Il y a deux jours tu m'as dit que tu m'aimais ! Ça ne disparaît pas en deux jours, bon sang !

– Exactement, chuchote-t-elle.

– Je ne comprends…

– J'ai passé les dix derniers jours à te regarder draguer une autre femme. Ça fait des mois que je t'entends parler de Jenny à longueur de journée. Et maintenant qu'elle n'est plus libre, tu te rends compte, tout à coup, que c'est moi que tu aimes ?

– Ça fait des années que je ne suis plus amoureux de Jenny, Sof. C'est juste que je ne le savais pas jusqu'à maintenant. Tu… tu ne me crois pas ?

– J'ai envie de te croire, dit-elle en caressant ma joue. Vraiment. Mais… je ne veux pas être ton plan B. C'est hors de question. Ça m'anéantirait, Stanton. Il y a une semaine, j'étais satisfaite de prendre ce que tu voulais bien m'offrir, mais plus maintenant. Je te veux tout entier. Pour de vrai, et pour toujours.

Je m'avance encore vers elle en la regardant droit dans les yeux.

– Chérie, tu m'as déjà. Tu as mon cœur, tu as mes couilles, et tout ce que tu veux de moi. Je suis à toi tout entier.

Elle esquisse un minuscule sourire et soutient mon regard.

– Prouve-le.

Je me mords la lèvre en envisageant tout ce que je pourrais faire pour lui montrer ce qu'elle représente pour moi.

– Est-ce que c'est un défi ? je demande d'une voix amusée.

Elle rougit et soudain l'atmosphère change autour de nous. Elle devient plus intense, plus chaude, mais ce n'est pas seulement dû à notre attirance mutuelle, c'est aussi dû à la promesse de quelque chose de plus profond, un avenir, ensemble.

– Oui, répond-elle.

Je l'attire contre moi et mes lèvres effleurent les siennes.

– D'accord. Alors on va recommencer au début. On n'est plus des copains de baise. Je vais faire les choses comme il faut, t'emmener dans des endroits superbes, t'enfermer tout un week-end dans ma chambre. Je veux que tu te fasses belle pour moi pour que je prenne le temps de te déshabiller. Je veux me souvenir de chaque millimètre de ton corps et je veux connaître la moindre de tes pensées. Comme ça, tu ne pourras plus douter que c'est toi la seule femme que je veux, que j'aime.

– Alors… si j'ai bien compris, tu me demandes de sortir avec toi, c'est ça ?

– Absolument.

Ses yeux scintillent soudain de mille feux.

– Dans ce cas, j'aimerais préciser que cela ne me pose aucun problème de coucher le premier soir.

Je fonds sur elle et nos bouches fusionnent. Elle ouvre la sienne et nos langues se rencontrent. Je sens ses mains agripper ma chemise, glisser sur mes épaules, sur mon cou, caresser ma mâchoire. Je la plaque contre moi et la tiens aussi fort que possible pour qu'elle sache que je ne veux plus jamais la laisser partir. Et je ressens la même chose chez elle, un profond soulagement. Sofia et moi nous sommes embrassés des centaines de fois, mais jamais comme ça. C'est différent, mieux. C'est parfait.

◆◆◆

La plupart des histoires finissent à la fin.
Mais pas celle-ci.
Celle-ci se termine sur un nouveau commencement.

ÉPILOGUE

Stanton
Septembre

Nous sommes allongés sur une couverture, sur la pelouse du Washington Mall, dans un petit coin un peu éloigné de la foule. Il fait nuit noire mais les lumières de la ville sont trop vives pour que nous puissions admirer les étoiles. Sofia s'appuie sur mon torse et mes mains se promènent lentement sur elle, remontant sur sa taille à peine couverte par une petite robe d'été rose. L'air est chaud, avec une légère brise. Ses lèvres souriantes laissent échapper un soupir de contentement et je bois une gorgée du verre de bourbon qui m'accompagne depuis le début de la soirée. J'embrasse Sofia sur la tempe tandis qu'Elton John joue les dernières notes de son nouveau single.

Les événements comme celui-ci, un festival d'automne, sont gratuits. C'est le premier arrivé qui est le premier servi. Même si Sofia frissonnait de plaisir à l'idée de voir son idole, nous ne nous sommes pas battus pour avoir des places au premier rang. Elle était heureuse que nous nous asseyions ici pour nous détendre après une semaine interminable au bureau. Nous profitons de la musique… et de l'un de l'autre.

Cependant, alors que la mélodie familière de *Your Song* inonde le parc, je rapproche ma bouche de son oreille, la faisant frissonner.

– Danse avec moi, je chuchote.

Elle se cambre pour me regarder, les yeux doux et pleins de tendresse, comme lorsque je la regarde après l'avoir fait jouir avec ma bouche.

– Ne me dis pas que tu commences à aimer la danse ?!

– Non, je réponds en lui embrassant le nez. Je ne serai jamais fan, mais… je danserai toujours avec toi. N'importe où, n'importe quand, je dis en me levant et en l'attirant dans mes bras. Et puis… c'est ta chanson.

Je lui ai prévu une surprise, un cadeau. Elle va être folle de joie et j'ai hâte qu'elle me montre sa reconnaissance plus tard, lorsque nous serons rentrés.

Parfaitement dans les temps, la voix d'Elton couvre les cris de la foule.

– Nous avons une dédicace, Mesdames et Messieurs. Cette chanson est pour Sofia, de la part de Stanton, qui l'aime de tout son cœur, annonce-t-il avant de chanter.

Elle écarquille les yeux et s'appuie un peu sur moi, sous le choc.

– Mon Dieu ! Je n'arrive pas à croire que tu aies fait ça ! Comment as-tu fait ?

Je hausse les épaules.

– Je connais des gens, qui connaissent des gens, qui connaissent l'entourage d'Elton. J'ai passé quelques coups de fil.

Elle se lève sur la pointe des pieds et s'empare de ma bouche. C'est véritablement la meilleure idée que j'aie jamais eue.

– Je t'aime, chuchote-t-elle.

– Moi aussi je t'aime, je réponds tandis qu'elle niche sa tête dans mon cou.

– J'ai le meilleur petit ami au monde.

– Oui, c'est vrai, je dis en riant.

How wonderful life is, while you're in the world[26].

Et nous dansons.

◆◆◆

Novembre

– Pousse !

– Mais je pousse ! C'est trop serré.

– Plus fort.

– Si je pousse plus fort, je vais casser quelque chose.

– Vas-y, enfonce-le.

– C'est ce que j'essaie de faire, je grogne.

– Est-ce que cette conversation excite quelqu'un d'autre ou ce n'est que moi ? demande Jake depuis l'autre côté de l'énorme bureau que j'essaie de faire passer par la porte.

Nous finissons par y arriver en grognant et nous l'installons devant la fenêtre du salon, comme Sofia et moi l'avons décidé. Ainsi, nous pourrons profiter des rayons du soleil pendant que je la baise dessus.

– Je suis trop fatigué pour être excité, je siffle en essuyant la sueur sur mon front.

---

26. *Combien la vie est belle, tant que tu es sur terre.*

Sofia entre alors dans la pièce et je remarque tout de suite la manière dont son col roulé noir accentue la beauté de sa merveilleuse poitrine.

– Oubliez ce que je viens de dire, les mecs, je ne suis pas trop fatigué, en fin de compte.

– Ça rend vachement bien, ici ! s'exclame-t-elle en souriant. Eh bien c'était la dernière chose à bouger, donc c'est fini.

Sofia m'a demandé d'emménager avec elle, la semaine dernière. Je vivais pour ainsi dire ici depuis le mois d'août, de toute manière, mais l'idée que ce soit officiel – que nous nous réveillerons ensemble tous les matins et que nous serons ensemble tous les soirs – est fabuleuse. Sa maison est plus grande que mon appartement, et elle est déjà meublée, donc la plupart de mes affaires restent chez Jake. En dehors de la chambre de Presley, qui est désormais installée dans la troisième chambre de la maison, la seule chose que j'ai souhaité apporter, c'est mon bureau. Ainsi, au lieu de garder la deuxième chambre pour les invités, nous en avons fait un bureau pour tous les deux. Sofia aime l'énorme bureau en chêne massif autant que moi, surtout pour toute la place qu'il offre pour travailler et, comme je l'ai dit, pour baiser dessus.

Brent entre avec des flûtes à champagne et Sofia débouche la bouteille qu'elle tient dans les mains. Nous remplissons les verres, les faisons passer, et je propose un toast.

– Ma maman disait que la maison est là où se trouve son cœur, mais je n'ai jamais vraiment compris ce que cela signifiait jusqu'à maintenant. Tu es mon cœur, Sofia. Où que tu sois, je serai chez moi, je dis avant de l'embrasser.

– OK, maintenant je suis vraiment excité, marmonne Jake. Tu es prêt ? demande-t-il à Brent. On fait la tournée des bars ?

– Je suis toujours prêt, répond-il. Vous venez ? nous demande-t-il ensuite.

Sofia passe ses bras autour de ma taille.

– Non, on a de meilleures choses à faire, dit-elle avant de plonger sa langue dans ma bouche.

– Beurk, vous êtes dégueulasses, dit Brent.

Main dans la main, nous les raccompagnons à la porte.

– Mais sérieusement, vous ne venez pas ? redemande Brent.

– Je ne peux pas, j'ai plein de boulot, je dis en lui frappant l'épaule.

Nous les remercions et leur disons au revoir, puis je ferme la porte à clé derrière eux.

– Tu dois encore bosser sur l'affaire Penderson ? demande Sofia.

– Non, Sof. Je ne parlais pas de ce genre de boulot, je réponds en souriant.

– Ah ? Alors de quoi tu parlais ? insiste-t-elle en feignant de ne pas comprendre.

– J'ai l'intention de baptiser toutes les pièces de cette maison, je dis en la soulevant dans mes bras. Ça va être long, physique, et délicieux.

◆◆◆

La journée a été horrible. Elle a commencé avec un client qui me mentait à propos d'une peine antérieure, également pour agression, et les choses ne se sont pas passées comme je le voulais en cour d'appel. Cerise sur le gâteau, une tempête arctique a décidé de s'arrêter à Washington. Il fait si froid que j'ai l'impression que des milliers d'épines me piquent le visage.

Le seul point positif, c'est que la journée est presque finie et que j'ai réussi à me garer devant le palais de justice. Je monte les marches et je passe la sécurité, j'entre dans la salle du tribunal et je m'assois au fond. J'inspire, et je la regarde poser les dernières questions au témoin. Elle retourne ensuite à sa table, ses escarpins noirs claquant sur le sol. Tous les regards sont sur Sofia, et pas seulement parce que son cul est divin dans sa jupe crayon noire, mais parce qu'elle a une présence envoûtante. Sa posture, le ton de sa voix, elle capte l'attention de tous ceux qui se trouvent dans la pièce.

Ma frustration disparaît peu à peu, laissant place à une paix tranquille et une fierté infinie, car cette femme brillante et sexy est à moi.

Lorsque le procès est ajourné, je m'approche d'elle par-derrière tandis qu'elle range ses dossiers dans son attaché-case. Je passe mes bras autour de sa taille et je l'embrasse sur la tempe.

– Jolie, je dis.

– Merci. Qu'est-ce que tu fais là ? Je croyais qu'on devait se retrouver à la maison ?

– Il fait froid dehors, je ne voulais pas que tu rentres à pied.

C'est alors que je sors le bouquet de fleurs de derrière mon dos. Ses yeux noisette s'illuminent et un sourire sublime s'étend sur ses lèvres.

– C'est en quel honneur ? demande-t-elle en sentant les fleurs.

– Aucun, c'est juste parce que je t'aime.

◆◆◆

Les lumières du trottoir éclairent légèrement la maison. Sherman accapare notre attention dès que nous passons la porte, remuant la queue pour nous dire qu'il a été sage et que les chaussures de Sofia n'ont pas subi de dommages. Elle me sert un bourbon et s'octroie un verre de vin tandis que je sors les steaks qui marinent dans ma sauce spéciale depuis quelques jours, puis je sors sur le balcon pour lancer le barbecue. Car même si nous sommes en hiver, et même si nous ne sommes pas dimanche, Sofia adore ça.

Plus tard, lorsque la vaisselle est faite et rangée, je sors de la salle de bain avec une serviette autour de la taille. Sofia est allongée sur le lit, une jambe repliée, son ordinateur sur le ventre, vêtue d'un short en soie rose et d'un débardeur assorti. Elle promène ses yeux sur moi, dévorant chacun de mes muscles toniques, et elle referme l'ordinateur avec un *clap*.

De mon côté, je laisse tomber ma serviette. Je grimpe sur le lit à la manière d'un prédateur, et elle pousse un cri de joie lorsque je monte sur elle, des gouttelettes d'eau froide tombant sur elle.

– Tu es trempé, chuchote-t-elle d'une voix suave.

Je lèche sa lèvre et promène mes doigts sur son corps, descendant entre ses jambes où elle mouille déjà rien qu'à m'avoir regardé.

– Toi aussi, ma belle.

Je prends mon temps pour lui faire l'amour tendrement avec cette passion omniprésente. Ensuite, cela devient animal et bruyant – elle aura des bleus sur les hanches demain et moi des griffures dans le dos. Nous nous endormons sur la couette, bien assez réchauffés par nos chairs brûlantes.

La journée a été pourrie… mais la soirée est parfaite.

Vraiment parfaite.

◆◆◆

Mai
Sunshine, Mississippi

La voiture de Jenny remonte l'allée de la maison de mes parents, et dès qu'elle est arrêtée, Presley en sort en courant.

– Coucou Papa ! Coucou Sofia ! s'écrie-t-elle en nous serrant tous les deux dans ses bras.

– Dis donc, j'ai l'impression que tu as grandi de dix centimètres depuis la dernière fois que je t'ai vue.

C'était en mars, lorsqu'elle est venue passer les vacances de printemps avec nous à Washington.

– Tu veux aller faire une balade à cheval ? demande Sofia à ma fille tandis qu'elle lui tient la main.

Presley hoche la tête et je souris d'un air mesquin.

– Parce que tu es cavalière, maintenant ?

– Blackjack et moi sommes comme ça, répond-elle en entortillant son majeur et son index. On a une connexion spéciale, tu ne peux pas comprendre.

Je ris encore tandis que je trottine à la voiture pour aider Jenny à en descendre.

– Salut, dis-je en l'embrassant sur la joue en essayant de lui faire un câlin. Mon Dieu Jenny, tu es énorme.

– Va te faire voir, Stanton, rétorque-t-elle. Ce n'est pas le genre de propos à tenir à une femme enceinte !

– Et pourtant, c'est la vérité. Je ne me souviens pas que tu aies été aussi ronde avec Presley. Tu es sûre que tu n'en as pas deux, là-dedans ?

Elle frotte son ventre rond de huit mois.

– Non, il n'y en a qu'un. C'est largement suffisant. Et cette fois-ci je veux les médocs.

– Alors j'espère pour toi que ce ne sera pas Lynn qui s'occupera de toi, je dis en riant.

– On serait venus la chercher chez toi, tu sais, dit Sofia en prenant Jenny dans ses bras.

– Non, ça me fait du bien de sortir. Je suis dans la phase où je prépare le nid : les sols sont étincelants et tellement glissants que JD pense mettre des panneaux signalement « danger » un peu partout.

Nous discutons quelques minutes puis Jenny repart. Presley court aux écuries et Sofia et moi y marchons tranquillement en nous tenant la main.

– Alors… ça t'arrive d'y penser ?

– De penser à quoi ? demande Sofia.

Je hoche la tête dans la direction où Jenny est partie.

– Un bébé ?

– Un bébé, oui, je réponds.

– Toi et moi ?

– Eh ben… ça me ferait chier si c'était toi et quelqu'un d'autre.

Elle éclate de rire.

– Stanton, je veux devenir associée.

– Je sais.

– Et toi aussi, tu veux être associé.

– C'est vrai.

Nous marchons quelques secondes en silence, puis je me rapproche d'elle.

– Alors, ça veut dire oui ?

– Oui… je vais y penser, répond-elle en souriant.

– Tant mieux.

– Mais pas maintenant.

– Non.

– Fais passer le message à ton sperme, OK ?

– Ça marche. J'enverrai un mémo à mon sperme et je mettrai tes ovaires en copie.

Elle hoche la tête.

– Mais bientôt, quand même, j'ajoute.

– Bientôt, c'est bien.

– On devrait probablement se marier avant, tu ne crois pas ? je demande.

Sofia s'arrête et me regarde, bouche bée.

– Est-ce que c'est ta demande ?

Je pose ma main sur sa joue et je caresse ses lèvres.

– Chérie, quand je te le demanderai, tu n'en douteras pas. Mais ce sera bientôt, j'ajoute en l'embrassant.

– Bientôt, c'est bien, répond-elle en souriant jusqu'aux oreilles.

◆ À SUIVRE ◆

REMERCIEMENTS

Commencer une nouvelle série a été à la fois exaltant et terrifiant. Exaltant parce que ce sont de nouveaux personnages à explorer, de nouveaux endroits à découvrir et de nouvelles péripéties dans lesquelles me perdre. Les possibilités qu'offre le « Chapitre Premier » sont infinies. Or c'est aussi terrifiant car… eh bien… la raison tient en un mot, c'est *nouveau*. C'est quelque chose de différent, c'est un changement. J'ai rangé dans un coin de ma tête les personnages que je connais déjà, que j'aime, et qui sont devenus de bons amis.

Pour beaucoup d'auteurs, leurs livres sont comme leurs bébés, leur progéniture. Je ne comprenais pas cette comparaison jusqu'à ce que je commence à écrire *Overruled* [*Objection* en français]. L'Enfant #1 était tout pour moi – la plus belle chose que j'aie faite. Me sentirais-je pareille envers l'Enfant #2 ? Était-il possible d'en aimer un autre autant que j'aimais le premier ?

La réponse, bien sûr, était oui. Non seulement c'était possible, mais c'était une certitude.

Au fur et à mesure que les pages devenaient des chapitres, je faisais connaissance avec les personnages de la série *Legal Brief* [*Sexy Lawyers* en français] – leurs passés, leurs voix, leurs bizarreries et leurs forces. À présent, je peux dire sans le moindre doute que je les aime autant que les personnages de la série *Tangled* [*Love Game* en français], bien que de manière différente et pour différentes raisons, mais tout autant.

Je suis profondément reconnaissante envers tous ceux qui m'ont aidée à donner le jour à cette nouvelle histoire. La plupart se reconnaîtront, mais c'est un honneur de vous remercier ici, noir sur blanc.

Merci à ma super agente, Amy Tannenbaum, ainsi qu'à tout le monde à la Jane Rotrosen Agency, je serais perdue sans vous. Vraiment, vraiment perdue.

À Nina Bocci et Kristin Dwyer qui sont chargées de la communication, j'ai une chance infinie de vous avoir avec moi !

Mon éditrice, Micki Nuding, c'est un privilège de travailler avec toi. Merci d'avoir compris où je voulais emmener mes personnages et d'avoir su quoi dire pour m'aider dans ce sens.

Mon assistante, Juliet Fowler : tes idées innovantes et ton organisation sont inestimables. Merci d'avoir tout géré, cela m'a permis de rester enfermée dans ma bulle d'écriture.

Kim Jones, auteur de *Saving Dallas* : merci d'avoir pris le temps de me parler et de m'envoyer des messages pour m'apprendre tout ce qu'il y a à savoir sur le Mississippi ! Stanton est un homme meilleur grâce à toi.

À ma maison d'édition, Gallery Books, représentée par Jennifer Bergstorm et Louise Burke. Je continue de me pincer régulièrement pour être sûre que je ne rêve pas et que je travaille vraiment avec vous !

À tous mes amis auteurs, vous êtes talentueux, chaleureux

et hilarants, vous êtes mes idoles et une merveilleuse source d'encouragement.

À mes amis blogueurs – merci pour votre travail sans relâche, votre soutien est une leçon d'humilité. Merci de faire ce que vous faites.

À mon très cher mari et à mes deux enfants – je ne pourrais jamais raconter le bonheur de mes personnages si vous n'étiez pas là pour rendre ma vie si merveilleuse.

Enfin, merci à mes incroyables lecteurs, je pense à vous lorsque je travaille. J'écris toujours dans l'espoir de vous divertir, de vous faire rire, de vous surprendre ou de vous attendrir. Merci d'avoir embarqué avec moi dans cette nouvelle aventure, j'espère que, comme moi, vous tomberez raides dingues de ces nouveaux personnages.